果麦

世界超级畅销小说大系

全世界都在读

果然·世界超级畅销小说大系

月族

暗月之影

[美] 玛丽莎·梅尔 / 著
耿芳 / 译

北京联合出版公司
Beijing United Publishing Co.,Ltd.

谨以满纸无尽的爱，

献给我的祖母，莎玛李·琼斯。

第一篇 **不期而至**

第二篇 **迷雾**

目 录

Contents

第三篇 抉择

第四篇 陷阱

Chapter One

第一篇

不期而至

她们拿走了她的漂亮衣服，
给她穿上灰色的旧衣服，
并给了她一双木鞋。

第一章　修理

欣黛[1]脚踝上的螺丝钉已经生锈了，中间的十字螺纹都磨成了圆形。她用改锥使劲地拧着踝关节上的螺丝，想把它拧下来，每一次用力，都压得脚踝生疼。最后她终于拧松了螺丝，用钢机械手把它取下来，再看上面细细的螺纹已经完全磨平了。

欣黛把改锥扔到桌子上，用力抓住后脚跟，想把它从插槽里拽下来。瞬时，一股火花冒出来，差点烧焦了她的手指，她急忙向后闪身，松开了手，脚垂吊下来，上面还连着一根根红色和黄色的电线。

她重重地坐下，深深地舒了口气。在这些电线的末端，盘桓着一种感觉——自由和释然的感觉。这双脚太小，而她已经凑合着用了六年，她发誓再也不会把这双破烂安回去了。她只希望艾蔻能早点回来，把配件带来。

在新京市每周开放的交易市场，欣黛是唯一全职的修理工。她的修理铺子没挂招牌，人们只能从一排排靠墙摆放的、装满机

1　欣黛——Cinder，煤渣，灰渣。

器人配件的架子上，看出来这是个修理铺子。一个做旧显示屏生意的小贩和一个卖丝绸的小贩把她的修理铺子夹在中间，挤到了背阴的角落。他们时常抱怨欣黛的铺子散发出一股铁锈和油泥的味道，就算广场对面面包房飘出的蜂蜜面包的香味，常常把这味道给遮住，也不能让他们闭嘴。欣黛心里明白，他们只不过不愿意与她为邻罢了。

一块肮脏的桌布把欣黛和匆匆过往的购物者隔离开来。广场上人来人往，熙熙攘攘，有买东西的、小商贩，还有孩子。在这里，各种声音混杂在一起，喧闹异常。买计算机的主顾正和面无表情的店主大声讨价还价，想尽量压低对方的价格；身份扫描仪发出了嗡嗡声；交易产品时机器发出了单调的语音报账声；每座大楼的大屏幕也传出了播放广告的声音、新闻报道的声音和聊天节目的声音，不一而足。

欣黛把自己的听音系统调成了静音，可在这一片嘈杂中，有一种声音盖过了其他声音，她是无法屏蔽的，一群孩子就站在她的摊位旁边，嘴里兴奋地喊着:“土灰，土灰，我要飞飞！”喊完了就歇斯底里地大笑，笑倒在人行道上。

欣黛也咧嘴笑了笑。倒不是因为这首幼稚的儿歌有什么可笑——这是一首在十几年前重新流行起来的有关瘟疫和死亡的亡灵歌，这首儿歌本身让她觉得恶心——让她觉得好笑的，是那群在地上打滚，咯咯笑个不停地孩子给路人惹出了一脸的怒容。客人们为了避开在地上扭动的孩子们，而不得不绕道而行，嘴里还在不住地抱怨。欣黛为此倒蛮喜欢这群孩了。

“山德！山德！”

循声望去，欣黛看到面包师张萨沙，身上裹着满是面粉的围裙，正从人群里挤过来，她的愉悦心情，也就随之消失了。“山德，过来！我不是告诉过你，玩的时候别靠近……”

萨沙一抬头，看见了欣黛，便闭了嘴，不再说话，一把抓住他儿子的胳膊，扭头就走。男孩大哭了起来，赖着不愿意走，萨沙却命他不要乱跑，就在自家店铺附近玩耍。面包师硬把孩子拽走了，欣黛拧了下鼻子，觉得很厌恶。此时，其他的孩子也都哈哈地笑着，一哄而散。

“电线又不会传染疾病。”欣黛对着自己空空的摊位咕哝道。

她用力伸了个懒腰，脊椎骨发出嘎巴嘎巴的声响，又用脏手把头发草草梳成一个马尾，然后抓起黑乎乎的手套，先戴在钢手上。虽然右手掌心在厚厚的手套里很快就冒起了汗，但手套毕竟盖住了她左手的镀金层，她宁愿戴着它。她伸展五指，来舒缓一下刚才用力拧改锥时拇指下的肌肉痉挛。接着，又眯起眼睛向广场看去。在嘈杂的广场上，她看到不少矮壮敦实的白色机器人，但却没有一个是艾蔻。

欣黛无奈地叹了口气，俯下身去，在桌子底下的工具箱里翻找起来。她在一堆改锥和扳手里，刨出了一把埋在箱底已经很久的绝缘钳。她把连接脚和脚踝的电线一根一根地拆下来，每拆一根，都冒出一些火星。她隔着手套感觉不到。但是在她的视网膜显示器上，不断有红灯的文字出现，这说明她的肢体正在离开自己的身体。

终于，她拽断了最后一根电线，脚砰的一声掉在水泥地上。

脚离开身体后，差别还是很明显的，她生平第一次有了一种……如释重负的感觉。

她在桌子上腾出一块地方，把卸下来的脚摆放在成堆的扳手和螺母中间，就像供奉的什么神似的。然后俯下身去，准备用一块旧抹布把脚踝插口的尘垢擦干净。

砰。

听到声音，欣黛猛一抬头，脑袋却磕在桌子上，她往回一缩身子，抬起头来，先是看到桌上放了一个毫无生气的机器人，接着看到站在桌子后面的人。她没好气地看着他。站在眼前的人长着一双铜褐色的眼睛，黑黑的头发从耳边直垂到嘴边，这张脸是全国的女孩子们仰慕已久的一张脸。

她脸上的怒容消失了。

对方先是吃惊，继而转为歉意。

“对不起，我没想到那后面有人。”

欣黛脑中一片空白，几乎没听清他说什么。她的心跳加快起来，视网膜却显示出对方的扫描结果，这是一张多年来她在网络上经常看到的熟悉的脸。在现实生活中，他看上去更高些，他身穿灰色圆领帽衫，和平时在屏幕上露面时所穿的任何衣服的感觉都不一样。欣黛体内的扫描仪只用了2.6秒钟，就扫描了他的脸部特征，并和数据库中的数据吻合起来。下一秒，欣黛的视网膜显示出一排排绿色的文字，这些都是欣黛早已知道的信息。

凯铎，东方联邦王储

身份证号：#0082719057

生日：第三纪元[2]108 年 4 月 7 日

共有 88987 条新闻资讯，由新至旧排列：

第三纪元 126 年 8 月 14 日，媒体宣称：8 月 15 日将由凯铎王子主持召开一次记者招待会，内容是探讨正在进行的蓝热病[3]研究近况，以及如何找到特效药问题——

欣黛急忙从椅子上站起来，却忘了脚已经摘掉了，差点摔了个跟头。她赶紧用双手扶住桌子，站稳了身子，接着笨拙地向王子鞠了一躬。视网膜上显示的文字也消失了。

“尊敬的殿下。”她低着头，结结巴巴地说道。此时，她很庆幸王子看不到她藏在桌布后面的空空如也的脚踝。

王子很警觉地扫视了一下她的身后，然后探过身来，把手指压在嘴唇上，说：“也许，嗨……咱们可以不提什么殿下不殿下的？”

欣黛吃惊地睁大了眼睛，然后被迫颤巍巍地点了点头。

“是的，当然。我——怎么能——您可是——”她吞吞吐吐地说道，那些字眼好像泥巴一样沾在她的舌头上。

“我找林欣黛，”王子问道，“他在吗？”。

欣黛大着胆子，腾出扶稳身子的一只手，把手套向上拉了拉。她低垂着眼睛，盯着王子的胸脯，支支吾吾地说道：“我……我……就是林欣黛。”

这时，王子把手放在机器人的圆脑袋上，她的目光又跟着移到那里。

2　第三纪元——T.E.，记录地球时间的历法。

3　蓝热病——Letumosis，一种快速传染的疫病，可在短期内致人死亡。

“你就是林欣黛？”

“是的，殿……”她咬住了嘴唇，把下面的话吞了回去。

“你就是那个技师？”

她点点头。“我能为您做点什么？”

王子并没有回答，而是把脸凑到她跟前，迫使她不得不直视他的眼睛。接着王子对他咧嘴一笑。她的心紧张得怦怦直跳。

王子站直了身子，她的目光也不得不随着他的身体移动。

“你和我想象中的不太一样。”

“呃，您也不像——我——呣。”欣黛不好意思再直视她，于是把机器人从桌子的另一侧拉到自己这边。“您的机器人有什么问题吗，殿下？”

这机器人新崭崭的，就像刚从生产线上下来，但欣黛从它女人的外形可以看出来，这是一个过时的型号。然而，它的设计线条优美，圆圆的脑袋下是梨形的身体，白色的抛光表面亮晶晶的。

“我无法启动她。”凯王子边看欣黛检查机器人，边说道，“她头一天还正常运转，可第二天就不行了。”

欣黛把机器人转过来，好让它的传感器灯对着王子。她很庆幸此时有活能把手占上，有问题能把嘴占上，这样她就可以精神集中，而不至于在王子面前手足失措，让大脑里的网络连线失去控制。

“她以前出过故障吗？”

“没有。以前皇家技师每月检查一次，这次是她第一次真正出了问题。”

王子向前探身，拿起扔在桌子上的欣黛的小金属脚，放在手掌上好奇地摆弄着。他仔细端详塞满电线的插口，又摆弄着灵活的脚趾，接着又用长长的袖口去擦拭脚上的污渍。欣黛很紧张，不停地用眼去瞟他。

“您难道不热吗？”欣黛问道。话一出口，立刻又后悔了，因为这一问，他把注意力又转向了她。

瞬时，王子似乎有点尴尬。“特别热，可我不想引起人们的注意。”

欣黛觉得他穿什么都会被人认出来，本想告诉他，但转念一想，也未必。她的摊位周围到现在没有围上一群尖叫的女孩子，这也许说明他的这身乔装打扮比她想象的要管用。此时的他并不像一个来自皇家的万人迷，而只是一个有点疯狂的年轻人。

欣黛清清嗓子，继续鼓弄手里的机器人。她找到机器人后背近乎隐形的扣盖，打开了控制面板。“皇家技师怎么修理不好它？”

“他们试过了，可是弄不清有什么问题，他们建议我来找你。”

他把脚放下，把注意力转移到摆满旧零件的货架子——上面有机器人、气垫飞行器、网屏、波特屏[4]的各种零部件，也有赛博格的零部件。“他们说你是新京市最好的技师，我还以为是一个上了年纪的老师傅。”

“他们这么说了？”她低声说道。

他并不是第一个感到吃惊的人。大部分来找她修东西的顾客

4　波特屏——portscreen，一种交互式显示操作终端，可收发信息，收视网络节目、玩游戏等。

都弄不明白为什么新京市最好的技师竟然是一个十几岁的姑娘。而她也从没炫耀过自己的特殊才能。知道她是赛博格[5]的人越少越好。要是市场里所有的店主都用萨沙那种蔑视的眼光来看她，她肯定会疯掉的。

她用小指把机器人背板上的电线推开。“有时候也没什么大毛病，就是老化了，也许该换个新型号了。”

“这恐怕不行，她身体里藏着最高机密，我得赶在别人之前，先把她修好……这事关国家安全。”

欣黛停下手里的活，抬起头来看着他。

他也一脸认真地看着她，足足有三秒钟的时间，之后才开口说道:“我开玩笑的，南希是我的第一个机器人，我和她已经有感情了。”

在欣黛的视网膜里，一个橘色的信号灯闪了一下，它捕捉到了特殊的信号，究竟是什么欣黛也不清楚——也许是王子多吞咽了一口吐沫，也许是他眨眼太快了，或者是他咬了下牙齿。

她对这个小橘灯已经习惯了，它总是不停地闪烁。

它一闪烁，就说明有人在撒谎。

“国家机密，可笑。”她说。

王子歪了歪脑袋，好像故意等着反驳他。一缕黑发的头发滑进他的眼里。欣黛把脸扭向别处。

“图塔 8.6 型”她借着机器人塑料头盖里微弱的亮光，读着控制面板上的字。这机器人已经用了将近二十年，对机器人来说，

5 赛博格——cyborg，电子人，半机械人。

真够老的了。“可看上去跟新的一样。”

她使劲拍打了一下机器人脑袋的侧面，机器人在她的手里一滑，差点掉了，王子吓得跳了起来。

欣黛把机器人重新装好，按下电源按钮，可它并没有什么反应。“很多时候，这么一弄就修好了，您都想象不到。”

王子咧嘴轻笑了一下，“你肯定就是林欣黛？那个技师？”

“欣黛！我搞到了！”艾蔻从人群里穿过来，滚动到欣黛的桌子前，她的蓝色传感器显示灯一闪一闪的。她举起叉手，把一只崭新的镀钢脚扔到桌子上，王子的机器人旁边。“这比那款旧的强多了，还没怎么用过，电线好像跟你的也配得上。我跟卖主讲价，只用了六百尤尼就买下来了。”

欣黛内心一阵慌乱。她用人类的腿支撑着身子，从桌子上抓起假脚，把它扔到身后。“干得不错，艾蔻。你给牛英师傅的护卫机器人找到配件，他肯定很高兴。”

艾蔻的传感器灯暗了下来。“牛英师傅？搞不明白。”

欣黛不自然地笑笑，边向艾蔻示意王子在这。“艾蔻，给我们的客人打声招呼吧。”她压低了声音，“尊敬的殿下。”

艾蔻伸长了脖子，把圆形传感器对准王子，王子比她高出三英尺[6]。在扫描仪一阵闪动之后，她认出了他。“凯王子”她金属质感的嗓音很尖利，“看您真人更帅啊。”

欣黛不禁感到一阵尴尬，王子也笑出了声。

“好了，艾蔻。进来吧。”

6　英尺——foot，一种英制长度计量单位，1 英尺 =30.48 厘米。

艾蔻很听话，掀开桌布，从桌子底下钻了过来。

“像这样有个性的，可不是天天都能碰到。”凯王子身子靠着门框说道。听他的口气好像天天都拿机器人到市场来修理。“她的程序是你设计的？”

“您可能不相信，她原本就那样。我怀疑程序上有错误，也许就因为这个，我养母才这么便宜就买到了她。”

“我没有程序错误！”艾蔻在她的身后说道。

这时，欣黛一抬头，恰与凯的目光相遇，他正眼含微笑地看着她，这令她瞬间像被电击了一样，赶紧把脸藏到他的机器人后面。

“你看怎么样？”他说。

“我需要好好检查一下，得要几天的时间，也许一个星期。”欣黛把一绺头发别到耳后，然后坐了下来，能在检查机器人体内部件时给她的腿休息一下，真是谢天谢地。她知道这么做肯定是不合乎礼仪的，但是王子正探身看着她手里的活，似乎也并不介意。

“要马上付钱吗？”

说着，他把嵌着身份卡的左手腕伸过来，但是欣黛伸出戴手套的手对他摆了摆，说道：“不需要了，谢谢，能为您服务是我的荣幸。”

凯王子想说点什么表示反对，但接着却把手放了下来。“我想，节前应该是修不好了吧？”

欣黛把机器人的控制面板盖盖上。“应该没问题。但如果不知道她的问题出在哪的话——”

“我知道，我知道。”他站直了身子，“我只是希望能修好就行。”

“修好后我怎么联系您？”

“给王宫发个信息就行。或者你下周末还在这里吗？我可以顺便过来一下。”

“噢，是的！”艾蔻从后面说道，“我们每天开市的时候都在这儿。您可以过来，那样就太棒了。”

欣黛感到有点难为情。“您不必再——”

“这是我的荣幸。”他礼貌地点头道别，同时把帽衫的帽子向前拉拉，把脸遮住。欣黛知道自己应该站起来，鞠躬致意，但也只是点了点头，她不敢再次考验自己的平衡能力了。

直到他的身影从她视线中消失了，她才环视了一下广场。王子在熙熙攘攘的人群中出现，似乎并没有引起人们的注意，欣黛也让自己紧张的心松弛下来。

艾蔻滚动到她的身边，把金属叉手抱在胸前，“凯王子啊！快检查下我的风扇，我觉得身体太热了。”

欣黛弯腰捡起她的新脚，在工装裤上蹭掉了灰尘，查看了一下金属镀层，很高兴没弄出凹痕。

“要是牡丹听说这事儿，你能想象出她脸上的表情吗？”艾蔻说道。

“她一定会尖叫个不停。”她内心一阵狂喜，可还是小心地扫视了一眼广场。她简直迫不及待地要把这事告诉牡丹。她看到了王子本人！她突然笑出了声。这简直太不可思议了，太难以置信了，太——

“噢，天呐。”

欣黛收起了脸上的笑容。“怎么啦？”

艾蔻用叉手指着她的额头，“你脑门上有一块油污。”

欣黛吓了一跳，赶紧用手揉着眉头，“你开玩笑吧。”

“他没注意到，我敢肯定。”

欣黛把手放下来。“这有什么关系呢，快点，帮我把这个安上，搞不好其他王室成员又会从这经过。”

说着，她把脚踝搭在另一条腿的膝盖上，开始连接同色的电线，心里一边盘算着王子是不是看到她额头的油迹。

“像手套一样合适，对吧？”艾蔻手里捧着一堆螺丝钉，欣黛把螺丝钉拧进预制的孔中。

“真不错，艾蔻，谢谢你。我希望这事别让爱瑞知道，要是她知道我花了六百尤尼去买一只脚，非杀了我不可。”她拧紧了最后一颗螺丝，伸直腿，前后活动活动脚踝和脚趾，确实有点僵硬，神经传感器还需要几天时间去适应新换的接线，但至少她不用一拐一拐地走路了。

“太好了。”她边说边穿上靴子。这时她注意到艾蔻正用叉手举着她的旧脚。“你可以把那东西扔——”

突然传来了一声尖叫，震得欣黛的耳朵直嗡嗡，她吃了一惊，循着声音传来的方向望去。市场里的人们听到喊声都静下来，那些正在拥挤的店铺间玩捉迷藏孩子们也从他们藏身的地方探出头来。叫声是从面包师张萨沙那里传出来的。欣黛纳闷究竟出了什么事，于是登上一把椅子，越过人群向外看去。萨沙就在自己的店铺里，站在摆满甜面包和猪肉包的玻璃货柜后面，正在怔怔地看着自己的手。

欣黛赶紧用一只手捏住鼻子，与此同时，广场的其他人也都明白了是怎么回事。

“是瘟疫！”有人喊道，“她感染了瘟疫！”

大街上一片恐慌。妈妈们赶紧抱起了自己的孩子，在惊恐中用手捂住他们的脸，慌不择路地逃离萨沙的货摊，店主们也赶快放下了卷闸门。

山德哭喊着扑向他的妈妈，可她却伸手拦住了他，不，不，别过来。临近店铺的店主抓住那男孩，把他夹在腋下，赶紧跑开了。萨沙还在他的身后喊着什么，但声音却淹没在一片混乱的嘈杂声中。

情急之中，欣黛一时也手足无措。她们不能跑，在一片混乱中，艾蔻会被别人踩踏。她一边屏住呼吸，一边抓住店铺角落的细绳，把金属卷闸门拉了下来。屋里顿时一片漆黑，只有靠近地面的门缝透进来一线光亮。水泥地面的热气蒸腾起来，这狭小的空间很快变得异常憋闷。

“欣黛？”艾蔻说道。可以听得出，她金属质感的声音里充满担忧。艾蔻调大了传感器灯的亮度，小屋里充满了莹莹的蓝光。

“别担心。”欣黛说着，从椅子上跳下来，顺手抓住桌子上满是油污的抹布。此时人们的叫喊声已经减弱了，店铺里顿时显得空荡荡的。“她在广场对面，我们在这里会没事的。”她虽然这么说着，可还是退到了最里面放货架的墙边，蹲下来，用抹布捂住鼻子和嘴。

她们凝神屏气地等着，欣黛尽量让自己呼吸得浅些，直到她们听到警报声，有人把萨沙带走。

第二章　礼服

紧急报警的声音还没有消失，又传来了机器的轰鸣声，广场的寂静被街道上传来的沉重的脚步声打破，有人在发布命令，有人在大声地回应。

欣黛背上斜挎包，轻手轻脚地她从满是尘土的店铺中间穿过，撩开了桌布。卷闸门的门缝里透出一线光亮，她把手指伸进门缝，轻轻推开了一点，把脸贴在温热而粗糙的地面上，从这里能看到广场对面的三对黄色的靴子。是救援人员。她把门缝打得更大些，看到了救援人员都戴着防毒面具，从黄色罐子里倒出一些液体，将整个店铺内都洒了个遍。欣黛闻到了一股臭味，呛得直拧鼻子。

“发生了什么？”艾蔻从她的身后问道。

“他们要把张姐的店铺烧掉。”

欣黛扫视了一下广场，看到停在广场角落着洁白崭新的悬浮车。除了三个救援人员，广场上的其他人都撤离了。欣黛一骨碌平躺在地上，眼睛直直地盯着黑暗中仍然闪着幽幽蓝光的艾蔻传感器眼睛[1]。“等火一点着，趁他们不注意，咱们就离开这儿。”

“我们遇到麻烦了？”

“没有，只是我今天不愿意去隔离区。”

这时一个人发出了命令，接着就是一阵脚步声。欣黛扭过头，透过门缝朝外望去。店铺被点燃了，汽油味混着烧焦的面包味冒了出来。救援人员都向后退，火光中映出了他们穿着制服的身影。

欣黛伸手抓住了凯王子的机器人的脖子，把它夹在腋下，把门缝打开，一边紧盯着着救援人员的后背，一边钻了出去。艾蔻紧随其后，从门缝里钻出来，趁着欣黛拉下卷闸门的当儿，溜到另一间店铺前。她们顺着店铺门前的通道往前疾走——大部分店铺的门在人们仓皇撤离时都大敞着——然后转身钻进夹在店铺间的第一个狭窄的胡同里。浓烟染黑了天空。几秒钟以后，大楼楼顶传来新闻悬浮车的嗡嗡声，那是前往市场广场的一队悬浮车。

待欣黛跑得离市场足够远的时候，便放慢了脚步，待她们从七扭八拐的胡同里钻出来时，太阳已经过了正午的位移，慢慢西沉，落到摩天大楼的后面。八月份的天气，炎热难当，不时从大楼中间的夹道吹过夹杂着下水道臭味的温热的气流。在离市场四个街区远的大街上又看到了生命的迹象——行人三五成群站在人行道上，议论着市中心瘟疫爆发的事情。各个高楼墙面上的大屏正在转播新京市商业区浓烟滚滚，火光冲天的现场实况，新闻头条也在不时播报着每秒钟都在增加的感染人数——而据欣黛所知，目前真正感染的只有一人。

1　传感器眼睛——因为艾蔻是机器人，因此她的眼睛就是一种传感器。

“那些热乎乎的面包啊。”当大屏上最后显示烧焦的面包房的镜头时，艾蔻说道。

欣黛咬住嘴唇，默不作声。她们从来没有尝过被人们交口称赞的市场面包房的甜点。艾蔻没有味蕾，而张萨沙的甜点也不卖给赛博格。

高高耸立的写字楼和购物中心渐渐与布局散乱的公寓楼融为一体，大楼之间的空隙非常狭窄，以至于成片的楼宇成了绵延不断的玻璃与混凝土森林。这里的公寓楼曾经很宽敞，很不错，但是随着时间的推移，空间已经被一再分割，重新划分——在一块狭小的地方总有更多的人想挤进来——以至于这里的建筑已经成了过道和楼梯井的迷宫。

不远处，欣黛一转弯来到一条街道，这是她喜欢的街道，瞬时，那些拥挤不堪的丑陋的建筑就被欣黛暂时抛到了脑后。从这里，可以看见坐落在一个建筑群中的新京王宫，庄严肃穆地屹立在山崖上，俯瞰全市。宫殿尖尖的金顶在阳光下发出金黄色的光芒，玻璃窗上反射的光芒使这座城市熠熠生辉。在这里还可以看到装饰华丽的山墙，伸向山崖边缘的层层宝塔和高耸入云的圆形庙顶。欣黛长时间伫立，凝望着王宫，想象着住在那些高墙里的人们，也许此时他就在那里。

以前，每当欣黛看到王宫的时候，并非不知道王子住在那里，但今天她有了一种从未有过的特殊感觉，甚至可以说是沾沾自喜的、无比快乐的感觉，因为她见到了王子，王子来到了她的店铺，知道她的名字。

欣黛深吸了一口湿润的空气，强迫自己转身，心里觉得自己太孩子气了，她快变成牡丹了。

她和艾蔻小心翼翼地走到凤凰塔公寓的骑楼[2]楼下时，欣黛把王子的机器人换一只胳膊夹着，腾出手来，把手腕在墙上的扫描仪上划了一下，门咔嗒一声打开了。

艾蔻是用加长的手臂协助她走下楼梯，她们一起走进地下室。这里阴暗杂乱，有很多铁丝网围成的储藏间，还有一股难闻的霉味。艾蔻打开了泛光灯，驱散了四周的黑暗。从楼梯井到18-20号储藏室是一段熟悉的路——这寒冷而狭小的空间是爱瑞让欣黛干活的地方。

进了储藏室，欣黛把桌子上乱七八糟的东西清理一下，腾出一块地方，把机器人放下，然后把斜挎包放在地上。在锁上储藏室的门走之前，欣黛把工作手套换成了不太脏的棉手套。"如果爱瑞问起来，"欣黛边朝电梯走，边对艾蔻说，"你就说咱们的店铺离面包师的很远。"

艾蔻的显示灯闪了一下，"明白。"

电梯里只有她们两个人。直到上到十八层，她们走出电梯时就好像突然进了动物园——一群孩子在楼道里追闹，一些家养的和流浪的猫紧贴着墙边溜达，室内的网络电视正在播放节目，发

2　骑楼——overhang of a building，楼房向外伸出，遮盖着人行道的部分。作为一种典型的外廊式建筑物，骑楼的渊源最早可上溯到约2500年前的希腊"帕台农神庙"，那是雅典卫城的主体建筑。这种建筑形式可以遮阳挡雨，造成凉爽环境，因此在东南亚十分风靡。骑楼也是我国广东、海南、广西、福建等沿海侨乡特有的南洋风情建筑。

出了很大的声响。欣黛调整了大脑中的白噪声[3]输出，边朝公寓走边躲闪着四处乱窜的孩子们。

门大开着，欣黛不由地停住脚步，进去之前，仔细地看了看门牌。

起居室传来爱瑞生硬的说话声。“把牡丹的领口再弄低点儿，她看上去像个老女人。”

欣黛又伸伸头，往屋里看去。爱瑞正站在全息影像[4]壁炉旁，一只手搭在壁炉架上，身上穿着一件绣着菊花的浴袍，与身后墙壁上摆放的一组艳俗的纸扇相呼应——那些纸扇都是些复制品，为的是让室内显得古香古色。她的脸上涂了厚厚的粉，嘴唇涂得很红，看起来也像个复制品。爱瑞浓妆艳抹，好像准备出门参加什么活动，实际上却很少离开自己的公寓。

不知她是否看到了站在门口的欣黛，她没理睬她。

壁炉的全息影像火焰是没有温度的，挂在其上方的网屏正播放着市场的画面，面包师的店铺被烧成了灰烬，小烤箱也烧成了焦黑的空壳。

珍珠和牡丹分别穿着真丝和薄纱的裙子，站在屋子中间。牡

---

3 白噪声——white-noise，一般在物理上把它翻译成白噪声，是指功率谱密度在整个频域内均匀分布的噪声。相对的，其他不具有这一性质的噪声信号被称为有色噪声。当你需要专心工作，而周遭总有繁杂的声音时，就可以选用这种声音来加以遮蔽。

4 全息影像——holographic，全息技术是利用干涉和衍射原理记录并再现物体真实的三维图像的记录和再现的技术。全息影像技术尚在研究中，多在科幻作品中出现，是指制作一种物理上的纯三维影像，观看者可以从不同的角度不受限制地观察，甚至进入影像内部。

丹正撩起了自己黑色的卷发，好让一个女人鼓弄她的衣领。这个人欣黛并不认识。牡丹越过女人的肩膀看到了欣黛，眼中立刻闪出喜悦的光芒，她高兴地小声叫了一声欣黛，边指着自己的裙子给欣黛看。

欣黛也笑了，她的小妹妹像天使一样美丽，她穿着银色的裙子，熠熠闪光，在火光的映衬下泛出淡淡薰衣草的紫色。

“珍珠。”爱瑞转动手指，示意她的大女儿转一圈，珍珠旋转起来，露出她后背的一排珍珠纽扣。她的裙子是金色的，上半身紧身，下半身是飘逸的荷叶裙，点缀着星星图案，与牡丹的裙子很搭“还得把腰围再收一点儿”。

那陌生女人用别针把牡丹的领口别住，这时她看到了门口的欣黛，但旋即扭过头去，朝后退了一步，把塞得满嘴的一把尖利的别针拿掉，歪着头看，说道:“这已经够紧身了，我们还得让她跳舞呢，不是吗？”

“我们得让她找到丈夫。”爱瑞说道。

“不，不。”那女裁缝不禁抿嘴笑起来，边用别针把珍珠的腰线再收紧些。欣黛看得出来，珍珠已经尽量收紧腹部，肋骨的边缘都显了出来。“她还太年轻了，不到结婚的时候。”

“我已经十七岁了。”珍珠说着，用眼瞪着眼前的女人。

“十七岁!嗬，你还是个孩子，正是玩的时候，对吧，姑娘？”

“我给她花了大把的银子，可不是让她光找乐子玩，穿上这裙子，也该有所收获。”爱瑞说道。

“别担心，林姐。她会像露珠一样美丽可爱的。”女人把别针塞回嘴里，又开始鼓弄牡丹的衣领。

爱瑞抬起下巴，终于意识到欣黛的存在，她从上到下打量着欣黛，看到她穿着很脏的靴子和工装裤。“你怎么没在市场？”

“今天闭市早些。”欣黛说着，朝电视屏幕深深地看了一眼，爱瑞并没有注意。欣黛装作漫不经心的样子朝客厅方向指了指，“那我先去洗洗，一会儿试衣服。”

女裁缝停下手里的活，“林姐，还有一套衣服？我可没拿衣料啊——”

“你把悬浮车的磁条换好了吗？”

欣黛脸上的笑容消失，结巴地说：“没，还没有。”

“好吧，要是悬浮车修不好，咱们谁也去不了舞会，对吧？”

欣黛听了这话，真窝火。关于这事，上周她们已经说过两次了。“我需要钱去新买一个磁条，至少要800尤尼。要不是您把在市场赚的钱都直接存起来，我早就买来了。”

“然后让你拿那钱去买那些没用的玩意？”

爱瑞撇着嘴说玩意的时候，眼睛不满地盯着艾蔻，可实际上艾蔻是爱瑞的财产。“再说了，又要买磁条，又要给你买只穿一次就再也不穿的裙子，我可负担不起。你得自己想办法去修好悬浮车，要么就自己搞到裙子。”

欣黛窝了一肚子火。她真想说，要是给牡丹和珍珠买成衣而不是定制服装，就可以省下钱来给她买衣服。她还想说，她们俩的衣服也只穿一次；她更想说，自己才是干活挣钱的人，这些钱本该由她决定怎么花。可跟爱瑞辩解这些又能有什么用呢？从法律上讲，欣黛属于爱瑞，就像家用机器人，因此她的钱也是爱瑞的；她的那点可怜的财产，甚至刚安的脚，都属于爱瑞。而爱瑞也特别爱在她面前提起这一点。

因此，在爱瑞看出她有一丝的反抗意识之前，她只好把气都咽下去。

“我会去各处的店铺转转，看能不能跟别人换一条磁条。”

爱瑞对她的提议不屑一顾，“你干吗不拿那没用的机器人去换？”

艾蔻一听，立刻躲到欣黛的腿后面。

“用她换不了多少钱，”欣黛说，“没人想要这种老型号的。”

“是吗？他们不想要，对吗？那我可以把你们俩都当配件卖了。”爱瑞边说，边伸出手鼓弄着珍珠没有完成的袖子。“我不在乎你怎么修，总之你要在舞会之前把它修好，而且要便宜。我可不想让那堆废物占用了珍贵的停车空间。”

欣黛把手揣到屁兜里，“您是说，如果我修好了悬浮车，弄到了裙子，今年就可以参加舞会了？”

爱瑞轻扬了下嘴角，“你要是能找到合适的裙子，来盖住你的——”她说着，把视线移到了欣黛的靴子上——“与众不同之处。啊，是的。如果你能把悬浮车修好，我想你可以去参加舞会。”

牡丹不敢相信似的朝欣黛微微笑了笑，而她的姐姐则跑到她妈妈那里，“您不是当真的吧？她？和我们一起去？”

欣黛的肩膀靠在门框上，尽量不让牡丹看出她的失望。珍珠也大可不必愤愤不平，因为她眼角的橘色灯又闪了——爱瑞根本没打算信守诺言。

“好吧，”她尽量打起精神说道，“我想我最好还是先找到磁条吧。”

爱瑞朝欣黛挥了挥手，注意力又回到了珍珠的裙子上。

欣黛朝门外走，出门前又朝她姐姐和妹妹华丽的礼服看了一眼。刚要走进楼道，就听到牡丹的尖叫声。

“凯王子！”

欣黛也一下子怔住了，回头朝电视屏幕看去。提示公民警惕瘟疫的画面已经消失，取而代之的是王宫新闻发布厅的现场，凯王子正在对一群记者发表讲话——记者中既有人类，也有机器人。

“开大音量。”珍珠说道，拍拍裁缝，让她闪开。

“……我们会继续把疾病研究放在首位，”王子两手扶着讲台的边缘说道，“这种疾病已经夺走了我母亲的生命，并且正在威胁着我的父亲以及成千上万的公民的生命安全，我们的研究小组已经下定决心，一定要找到预防这种疾病的疫苗。今天，城区内爆发了瘟疫，因而我们面临的情况也更加严峻。我们不能再说此种疾病仅在农村的贫困地区流行了。蓝热病正在威胁我们每一个人，而我们必须找到办法，去阻止它的蔓延。唯有如此，我们才能重振东方联邦的经济，实现它的复兴。”

听众那里传来了稀稀拉拉的掌声。十二年前，当这种瘟疫在非洲联盟的一个小镇爆发的时候，有关疾病的研究就已经准备就绪了。现在看来研究没有取得很大进展。与此同时，这种疾病在世界范围内的许多地区爆发，而这些区域与此疾病看似并无关联。成千上万的人染上了这种疾病，遭受痛苦，并最终死亡。甚至爱瑞的丈夫在去欧洲途中——他答应去那里领养一个十一岁的赛博格孤儿——也染上了这种疾病。在欣黛不多的记忆中，其中之一就是他被车拉着送到隔离区。而那时的爱瑞愤愤地哭喊着，他怎么能把这东西留给她。

爱瑞从来不谈起她的丈夫，而房间里也没有太多可让人记起他的东西。他唯一存在过的印记就是摆放在壁炉架上的一排带有手写字迹的牌匾和有雕饰的奖章——这是一个国际技术博览会连续三年对他所取得成就的奖励和祝贺牌匾。欣黛并不知道他有什么发明。可不管他发明了什么，显然也没起到什么作用，因为他过世时几乎没给家人留下分文。

在电视屏幕上，正在讲话的凯王子被一个陌生人打断，那人登上讲台，递给王子一张纸条。王子的脸上立刻阴云密布。随后，屏幕上就换成了其他画面。

屏幕上出现了一个女子，她表情严肃地坐在桌前，身后是一个蓝色的屏幕，苍白的手放在桌子上。

“我们打断了尊敬的王子殿下的新闻发布会，现在播报尊敬的雷肯皇帝陛下的最新病况。皇帝陛下的御医刚刚通知我们，陛下已经进入蓝热病的第三期。”

裁缝脸上显出吃惊的表情，把嘴里的别针都拿了出来。

欣黛倚在门框上，回想她今天见到王子时，没有祝福皇帝陛下早日康复，甚至连一句安慰的话都没有，他一定会觉得她既无知又冷漠。

“据知，目前医生正在想尽一切办法，尽量让皇帝陛下减轻痛苦，据王室官员透露，研究人员正在夜以继日地工作，以求早日找到疫苗。虽然赛博格报名人数在增加，但现在仍急需志愿者参加抗生素药物测试。”

“鉴于皇帝的病情，有关第126届年度和平庆典活动是否如期举行存在争议，但是凯铎王子告诉记者，庆典活动将如期举行，并希望活动的举办能为目前的悲痛时期带来欢乐。”说到这里，主持人不顾有人催，还是停顿了一下，接下来，她面部表情和语气都变得柔和起来，最后说道:“皇帝陛下万岁。”

裁缝的嘴里也咕哝着，“皇帝陛下万岁”。屏幕转成空白，接着画面又切回新闻发布会现场，但是凯王子已经离开了讲台，新闻记者纷纷对着镜头开始做现场报道，声音纷乱。

“我知道有一个赛博格可以做药物试验的志愿者，干吗要等着人家来征召啊？”珍珠说道。

欣黛拉低视线，愤怒地看着珍珠，珍珠虽然比她大一岁，却比她低将近六英寸。“这主意真不错，这样你就有了工作，可以挣钱买你的漂亮的裙子了。

珍珠吼道:“他们会给志愿者家庭补偿金的，木头脑袋。”

一年前皇家研究小组就开始征召赛博格。每天早晨都从东方联邦成千上万的人中抽取一个新的身份号码，甚至远在孟买和新加坡的赛博格也被运来做药物试验的小白鼠。这被宣传成一种荣誉，是为了人类的健康而献出自己的生命，但其实这只是提醒那些赛博格，他们是异类。赛博格中有许多是借科学家的回天之手才获得了第二次生命，因而应该感谢那些创造了他们的人，他们能活这么久是很幸运的。因而，在寻找治愈方法时，他们应该首先献出自己的生命。

“不能让欣黛做志愿者，”牡丹手里提着裙子说道，“我还想让她给我修波特屏呢。”

珍珠哼了一声，头一扭，不看她们俩。牡丹朝她的姐姐拧拧鼻子。

“别吵了，牡丹，你把裙子弄褶了。”爱瑞说道。

裁缝又开始干活了，欣黛退回到楼道里。艾蔻已经先她两步走在前面，急着逃出爱瑞的视线。

当然，牡丹为她辩护，她很感激，但她心里明白，这终究也没什么用。爱瑞不会让她做药物试验的志愿者，因为这会断了她唯一的财路。欣黛敢肯定她的养母一天都没工作过。

但是，如果她一旦被征召，任何人都没有办法。似乎最近相当比例的人是从新京市以及周边郊区征召的。

每次招到一个十几岁的女孩，欣黛都能感到危险迫近。

第三章　牡丹

“你就要去参加舞会了！”艾蔻高兴地拍着她的叉手，模仿着人的动作。“得想办法给你找到裙子和鞋。我可不愿意让你穿那双破靴子了，还得找一副新手套，另外——”

“给我来点灯光好吗？”欣黛说着，用力拉开了立式工具箱的第一个抽屉，在里面使劲翻找着，弄得螺栓、插座叮当作响。艾蔻滚动到她跟前，打开灯，浅蓝色的灯光照到了光线很暗的抽屉里。

“想象一下那些美食吧，还有裙子，还有音乐！”

欣黛没理她，她挑出了各种工具，然后按类摆在艾蔻的磁性身体上。

“噢，我的天呐！想想凯王子！你可以跟凯王子一起跳舞！”

欣黛停下手里的活，眯起眼睛对着艾蔻令人目眩的灯光。“为什么王子要跟我跳舞？”

每当艾蔻苦苦冥思，寻找答案的时候，她的风扇就会嗡嗡作响。“因为这次你的脸上没有油泥啊。”

听了这话，欣黛使劲忍着才没笑出声来。机器人的推理竟是如此简单。“我本不想跟你说的，”她说着，使劲把抽屉关上，然后走到另一个抽屉跟前，“我不会去参加舞会的。”

艾蔻的风扇刚才暂时不转了，但现在又转起来。“我计算不出来为什么。”

“我一抬手，就把攒了一辈子的钱都花在了一只新脚上。话说回来，就算真有钱，我干吗要把钱花在裙子、鞋子和手套上？那太浪费了。”

“那你还想把钱花在哪？”

“比如一套扳手？一个抽屉不会打不开的工具箱？”说着，她用肩膀使劲把第二个抽屉啪地推上，好显出她说的话没错。“再比如给我自己的房子交上首付？这样我就不用再当爱瑞的奴隶了。”

“那解除关系的文件，爱瑞是不会给你签字的。”

欣黛打开了第三个抽屉。“明白。也是啊，签这个字可比买裙子的代价大得多。”说着，她抓住了一个棘齿和一把扳手，放在工具箱上面。“也许我会被扒一层皮的。”

“你的皮很好。”

欣黛用眼角瞥了艾蔻一眼。

“噢，你是说你身体上的机器人的那部分。”

欣黛把第三个抽屉关上，拿起桌上的斜挎包，把所有工具扔进去。“我们还能怎么样——噢，千斤顶。让我放哪儿了？”

“你太不理智了。也许你能用什么东西来换条裙子，或者靠寄售来弄一套。我一直好想去樱花街的古香服装店，你知道我说的是哪家店吧？”

欣黛不停地翻弄着桌子底下的零散的工具。“知不知道有什么关系，反正我也不去。”

“有关系。这是舞会。还有王子！”

“艾蔻，我只是给他修理机器人。我们好像还算不上朋友。”一提起王子的机器人，欣黛似乎想起了什么，不一会，她就把千斤顶从她踏步板后面拉了出来。“没关系啦，反正爱瑞也不会让我去。”

“她说过如果你修好悬浮车——”

“是啊，那我修好之后呢？牡丹那老出问题的波特屏怎么办？还有——”她在屋子四处看了看，发现一个屋角有一个生锈的机器人。“那个旧的7.3型护卫机器人怎么办？”

“爱瑞要这个破东西做什么？她已经没有花园了，她甚至连阳台都没有。”

“我只想说她根本不会让我去。只要她一想起还有什么东西让我修理，我的‘家务’就永远没完。”欣黛把两个千斤顶放到包里，一边在心里告诉自己并不在乎，没关系。

不管怎么说，她并不适合去参加正式的舞会。就算她能弄到裙子、手套和鞋，也没法掩盖身体上的丑陋的金属部件，头发乱蓬蓬的，也做不出漂亮的发卷，而且一提化妆，她就头大。就算她去了舞会，也只能坐冷板凳，顶多看看在王子面前争相邀宠的女孩子们的笑话，还得装出不嫉妒、不烦心的样子。

可她对于那里的食物还有些好奇。

从某个角度讲，现在王子确实也算认识了她。在市场的时候，他对她很和气。也许出于礼貌，或者看到她孤零零站在一边时，王子出于骑士精神，也会邀她跳个舞。

这些狂乱的想象一旦开始，便在她的脑子里翻滚。但说到底，这是不可能的，根本不值得去想。

她是赛博格，她永远不可能去参加舞会。

“就是这么回事。”她掩饰着内心的失望说道，边把背包挎在肩上。“你准备好了吗？”

“我不明白，如果修好悬浮车，爱瑞也不会让你去参加舞会，那为什么我们还要去废品场？如果她那么想要一个磁条，那她干吗不自己去废品堆里找一个？”

“因为不管去不去舞会，我真的相信她会随便找个理由就把你卖了，换点儿零花钱。另外，要是她们去了舞会，整个公寓就是我们的了。这不是挺好吗？”

“真是太好了！”

欣黛一扭头，看到牡丹正拖着沉重脚步从门口走进来，身上仍穿着银色的舞裙，但领口和袖子已经改好了，胸口的蕾丝边附近隐隐显出乳沟。这说明了一点，在十四岁的年龄，牡丹已经拥有了欣黛不敢期冀的身体曲线。如果说欣黛也曾可能成为好女人，那么外科医生也已经毁了一切，把她弄得像个直溜溜的细柴火棍。她太瘦了，太像男孩了，拖着一条沉重的假腿，也太可笑了。

“我要掐死妈妈，她让我太丢人了。‘牡丹需要找个好丈夫，’‘我的女儿们就像吸钱桶，’‘没人会感激我为她们所做的一切，’哇啦哇啦。”说着，她模仿妈妈的样子摇晃着手指，来讽刺她的妈妈。

“你来这儿干吗呢？”

“躲起来。哦，对了，我还想问问你能不能帮我看看我的波特屏。”她从身后拿出一个便携的屏幕，递给欣黛。

欣黛伸手接过来，可眼睛却看着牡丹的裙摆，那华丽的裙边已经沾上了很多灰尘。“你可不能把裙子毁了，爱瑞可是会大发雷霆的。”

牡丹吐了吐舌头，赶紧把裙子拉起来，拉到膝盖的位置。“喏，你觉得怎么样？”她边说，边踮起两只光脚。

“太漂亮了。”

牡丹听了这话，喜不自禁，手里的裙子更是被她攥出了褶子。但她快活的神情马上消失了，“她本来也可以给你做一件的。这不公平。”

“我并不太想去。”欣黛耸耸肩说道。牡丹的话语里充满同情，因此她也懒得辩解什么了。通常，欣黛不会嫉妒她的姐妹们——爱瑞对她们宠爱有加，她们的手柔软细腻——她都可以容忍，特别是牡丹是自己唯一的人类朋友。可当她看到牡丹穿的那件裙子，却无论如何都无法压制内心的嫉妒。

她赶紧把话题岔开。“你的波特屏怎么了？”

“它又开始出些莫名其妙的小毛病了。”牡丹把那些工具从一摞油漆桶上面推开，选了最干净的一块地方坐下，让整个裙摆蓬松地垂下来。她晃悠着腿，脚跟一直啪啪地拍打着塑料油漆桶。

“你是不是又下载那些愚蠢的名人网应用软件了？”

“没有啊。”

欣黛扬了扬眉毛，对她的话，未为深信。

“一个语言应用软件，就这些，我上课要用。噢——趁我还没忘，艾蔻，我给你带了点儿东西。”

艾蔻滚动到牡丹身旁。牡丹从紧身上衣里拉出了一条天鹅绒丝带，是做衣服剩下的衣料。艾蔻看见了，周围的一切都明丽起来。

“谢谢你，”当牡丹把丝带围在她纤细的腰部时，她说道，“太美了。”

欣黛把牡丹的波特屏放在工作台上，王子凯的机器人旁边。“我明天再弄，现在我们要出去给女王陛下找磁条。”

“哦？你们要去哪儿？”

“废品场。”

“那里可好玩了。”艾蔻说着，一边一遍遍地用传感器扫描她临时充作腰带的布头。

“真的吗？我可以去吗？”牡丹说道。

欣黛笑起来。“她说着玩的，艾蔻是在练习说反话的本事呢。”

“我不管，反正只要不回到那让人没法透气的家就行。”牡丹一边给自己扇风，一边漫不经心地靠到身后的铁架子上。

欣黛赶紧把她拉开。“小心，你的裙子。”

牡丹看看她的裙子，又看看落满灰尘的架子，然后手一挥，表示欣黛不用担心。“真的吗？我能去吗？听上去很好玩。”

“听上去很脏、很臭。”艾蔻说道。

“你是怎么知道的？你又没有嗅觉接收器。”欣黛说道。

“我有奇妙的想象力。”

欣黛咧嘴笑着，边把她的妹妹推到门口，“好吧，去把衣服换了，要快，我还有故事要说给你听嘞。”

第四章　废品场

牡丹猛推一把欣黛的肩膀，差点把她推到一堆机器人脚踏板上。“你怎么能等那么久不告诉我？你在家里只待了，嗯，四个小时？”

“知道了，知道了，对不起，”欣黛边说，边揉揉肩膀。“没找到合适的时间，我又不想让爱瑞知道，不想让她利用这件事。”

“谁在乎妈妈怎么想？我要利用这件事。明星，王子。在你的铺子。难以置信。当时我没在。为什么我没在啊？”

“你正忙着试你的丝绸华服呢。”

“呜呜。”牡丹踢了一脚面前的破头灯。“你应该叫上我。我两秒钟就能过来，管他裙子不裙子的。呜呜，我恨你。我正式说，我恨你。你还会见到他吗？我是说，你还得见他，对吧？你要是答应叫上我，我就不恨你了，好吧？就这么定了？”

“找到一个！”艾蔻在她们前面十码远的地方喊道。她的泛光灯照到了一个生锈的悬浮车，把后面的废弃物件都罩在阴影里。

“哎，他长什么样？”牡丹说道。欣黛快步朝废悬浮车走过去时，牡丹紧紧跟在她后面，好像靠近欣黛就是靠近了尊敬的王子殿下本人。

“我不知道。”欣黛说道。她拉起悬浮车的罩子，把它搭在支撑架上。“啊，太好了，还没被别人捡走。”

艾蔻滚动到一旁，给欣黛让出地方。“他很礼貌，没提起欣黛脑门上的一大块油污。”

牡丹很吃惊。“噢，你，不会吧！”

“怎么啦？我是技师，我自然会脏。如果他让我打扮得花枝招展，那他得提前说。艾蔻，给我打点儿亮儿。”

艾蔻向前弯身，把机器引擎照亮了。在欣黛的另一侧，牡丹在不停地啧啧感叹。“也许他会觉得那是块痣？”

“你这么说，让我觉得好多了。”欣黛边说，边从她的背包里拿出一把钳子。夜晚的天空疏朗澄澈，尽管城市的灯火遮蔽了满天星光，但一弯皎洁的新月即将从地平线升起，仿佛蒙眬睡眼透过迷雾凝视着大地。

“他真人看上去和在网屏上一样帅吗？”

“是啊，甚至更帅呢，他个儿特别高。”艾蔻说道。

“你看谁都高。”牡丹双臂交叉，靠在汽车的前保险杠上，“我想听听欣黛是怎么说的。”

这时，欣黛正用钳子鼓弄着发动机，凯王子轻松的微笑又在她的脑海中闪过，于是停下手里的活。尽管凯王子一直都是牡丹热衷的话题——王子的每个粉丝团里肯定都少不了她——但欣黛却很难想象自己也对王子同样崇拜。事实上，她一直觉得牡丹对名人的狂热有点愚蠢，是即将进入青春期的冲动。凯王子这，凯王子那。都是些不切实际的幻想。

可现在她也……

欣黛的脸上一定是流露出了内心的真实想法，因为牡丹突然尖叫起来，一下子扑向她，用手臂环住她的腰，连蹦带跳地说："我就知道！我就知道你也喜欢他！我真不敢相信你见到了他本人！这不公平。我说过我有多恨你了吗？"

"是的，是的，我知道，"欣黛边说，边把她的胳膊从自己身上拿开。"快去一边闹吧，我还有活干呢。"

牡丹做了个鬼脸，闪到了一边，围着一堆废品旋转着身体。"还有什么？快告诉我。他都说了什么？做了什么？"

"什么也没说，他就是让我给他修理机器人。"欣黛边说，边把悬浮车太阳能发动机上的蜘蛛网扒拉开。这发动机已经很旧了，比个塑料壳子强不了多少。清理蜘蛛网时，一股灰尘朝她脸上扑过来，呛得她直咳嗽，赶紧躲开。"棘齿。"

艾蔻从身上拔下棘齿，递给了欣黛。

"是哪种机器人？"牡丹问道。

欣黛哎的一声，用力把发动机从机壳子里拽出来，放在悬浮车旁边的地上。"很旧的型号。"

"图塔 8.6 型，比我的型号还老。他说下周末会到市场来取。"艾蔻说道。

牡丹把面前一个生锈的油桶踢到一边，然后俯身看着发动机。"据说因为瘟疫，下周市场要关闭。"

"哦——我没听说。"欣黛把手在裤子上抹抹，低头查看发动机的底部。"我想，那样的话，我们就得把它送到皇宫去。"

"没错！"牡丹适时地插进话来，"我们一起去，你可以把我介绍给——给——”

“哈哈！磁条。”欣黛高兴得眉开眼笑。

牡丹双手捧住脸颊，提高了嗓门，“然后，在舞会上他就会认出我，然后，我就会和他跳舞——珍珠一定会气疯了！”说完，大笑起来，仿佛让她的姐姐生气是她人生的一大成就。

“说不定机器人在开舞会之前就修好了。”欣黛从挂在屁股后面的工具袋里拿出一把扳手。她不想告诉牡丹，在王宫签收快递的未必是凯王子。

牡丹的手在空中一挥，“哈哈，什么时候都没关系。”

“我想去参加舞会，”艾蔻眼望着远处说道，“不让机器人参加，是偏见。”

“那就向政府请愿吧，我敢肯定牡丹一定愿意把你的请愿书直接递给王子本人的。”欣黛用手抓住艾蔻圆圆的脑袋，强迫她扭向发动机。“现在，别动啊，我要把这头拔下来了。”

欣黛把扳手吸到艾蔻身上，把磁条从托架上拽下来，然后哐的一声，扔到地上。“一侧放下，一侧向前走。”她绕着悬浮车往前走，边走边清理前面的废品，好让艾蔻往前滚动时不至于绊倒。

牡丹跟在后面，爬上了悬浮车的车厢，双腿跪在上面。“你知道吗，有人说他要在舞会上找到自己的新娘。”

“新娘！太浪漫了。”艾蔻说道。

欣黛正站在后保险杠的后面，她俯身钻到车底下，从工具带上取下一个小手电。“把那扳手再递我一下。”

“你听见我的话了吗？新娘，欣黛。也就是，一位公主啊。”

“也就是，这不可能发生。他只有，多大？十九岁？”欣黛把手电塞进嘴里，从艾蔻手里拿过扳手。有了车厢的保护，悬浮车后部的螺栓锈得并不厉害，只几下就拧下来了。

“十八岁半，真的，所有网上的八卦新闻都这么说的。”

欣黛含混其词地嗯了一声。

“我好想嫁给凯王子啊。”

“我也是。”艾蔻说道。

欣黛把手电从嘴里拿出来，然后换到车厢的第四个角。“你，还有东方联邦的每一个女孩都想。”

“就好像你不想似的。”牡丹说道。

欣黛没回答，只顾着拧固定磁条的最后一个螺栓。终于拧开了，磁条哐的一声落在地上。“行了。”她从车底下爬出来，把扳手和手电都塞到腿肚子里，然后站了起来。“你看趁咱们在这儿，是不是其他悬浮车也找找？”欣黛把磁条从悬浮车底下抽出来，从有铰链的地方折叠起来，这样它就变成一个不太占地方的金属条了。

“我看那边好像也有。”艾蔻打着灯在废品堆里扫来扫去。“不清楚是什么型号的。”

“太好了，带路。”欣黛用磁条推着那个机器人。艾蔻边往前走，嘴里边嘟囔着，她们要在废品堆里到处跑，而爱瑞却干净舒服地待在家里。

“你知道吗，说他要在舞会上找新娘的传闻还算好，其他的传闻才离奇呢。”牡丹边说，边从车厢上跳下来。

“让我猜猜。凯王子是一个火星人？噢，不，不——他和女侍卫有一个私生子，对吧？”欣黛说。

“侍卫机器人能生孩子？”牡丹说。

“不能。”欣黛说。

牡丹气呼呼地把垂在眼前的一绺头发吹开。“你听听，这个更糟糕。有人说他要娶……”接着压低声音，“娶拉维娜女王。”

“女王——”欣黛听了一怔，赶紧用手捂住她的嘴，四处看看，生怕有人就藏在废品堆后面偷听。接着，她把手放下来，但声音还是很低。“说实话，牡丹，这些小道消息会毁了你的大脑的。”

“我也不相信，可到处都传得沸沸扬扬。要不为什么女王的大使，就是那个巫师，才会一直待在宫里，这样才能保证联姻成功。这都是政治。”

“我觉得不会。凯王子绝不可能娶她。”

“你不知道。”

欣黛也许对政治联姻懂得不多，但她很清楚凯王子是不会蠢到娶拉维娜女王为妻的。

挂在天空的月亮吸引了欣黛的注意力，她胳膊上立刻起了鸡皮疙瘩。月亮总是引起她的妄想，比如在那里生活的人都在看着她；再比如，如果她盯的时间够长，就会引起他们的注意。都是迷信和妄想，但是那时有关月亮的一切确实都是诡异的和神秘的。

月族来自数百年前地球的殖民地——月球，但经过世代繁衍，他们已不再是人类。据说月族能改变人的大脑——可以让人看见以前看不到的东西，感觉到以前感受不到的事物，做一些以前不想做的事情。他们的非自然力量已经使他们变得贪婪而暴虐，而拉维娜女王则是众恶之首。

据说，即使有人在几千英里之外，甚至在地球谈论她，她都能听到。

有传闻说她杀死了自己的姐姐珊娜蕊女王，并篡夺了她的王位。还有人说她杀死了自己的丈夫，以便自由选择对自己更有利的婚姻。也有人说她强迫自己十三岁的养女自残面容，因为这个嫉妒心很重的女王已经不能容忍这个美丽的姑娘。

还有传闻说她杀死了自己的外甥女，唯一威胁她皇位的人。塞琳公主的婴儿室着火，塞琳公主和她的保姆都被烧死，那时她只有三岁。

一些阴谋论者认为公主还活着，正藏身某处，等时机一到就宣布夺回王位，结束拉维娜的暴政。但是欣黛明白，这只不过是绝望的人们编出的谎言。不管怎么说，有人在灰烬中找到了孩子遗体的痕迹。

"这里。"艾蔻抬起手，正好撞上一块从废品堆里伸出来的铁板，吓了欣黛一跳。

她赶紧把这一切胡思乱想都抛开。凯王子绝不会和那个女巫结婚，他绝不会娶一个月族的人。

欣黛把几个生锈的喷雾剂罐子和一个旧垫子推到一旁，才看清了悬浮车的前窗。"眼力不错。"

她们接着一起清理了大堆的废物，才把整个悬浮车的前部露出来。"我以前从没见过这样的悬浮车。"欣黛边说，边用手抚摸着满是凹痕的镀铬标志。

"它太丑了，多难看的颜色。"牡丹不屑地说道。

"这肯定是很老的型号。"欣黛找到手柄，把前盖打开。她向后退了一步，出现在眼前的一堆金属和塑料的部件令她很吃惊。"真是很旧的型号。”她眯起眼，仔细地看着发动机的上角，但是车盘挡住了视线，看不到磁条固定架。“嘿，把灯往这边照，好吗？”

欣黛躺倒在地，把马尾辫紧了紧，然后钻到车底，同时把烂在车底草丛里的一堆旧部件推到一旁。

“天呐，”当她看到车底时，嘴里咕哝着。艾蔻的灯光透过一条条的缆线、电线、各种输气管、歧管、螺栓和螺母从上面照射下来。“这东西真的有年头了。”

“这可是废品场。”牡丹说道。

“我是认真的，我真的从来没见过这玩意。”欣黛边用手划过一条橡胶缆线，边说道。

艾蔻的传感器从上面不断扫过发动机，光线左右摇摆着。“有什么能用的部件吗？”

“问得好。”欣黛接上网络时，眼前的显示器呈现出蓝色。“你能把挡风玻璃上的车辆识别码给我念一下吗？”牡丹给她念了，她搜了下代码，几分钟时间就下载了悬浮车的设计图。欣黛又将设计图与头顶的发动机进行对照。“似乎还很完好，”她咕哝着，边用手指划过上面的一缕接线。她的视线随着接线移动，歪过头看着它的走向，从软管、皮带轮，到车轴，试图搞清楚它们是如何连接，又是如何工作的。

“真是太奇妙了。”

“真没劲。”牡丹说道。

欣黛叹了口气，开始在设计图上寻找磁条，但是眼前绿灯闪烁，示意出错了。她又试了试“磁条”，然后仅仅“皮条”，最后搜到了有关信息。设计图上高亮的部分是“皮带”的搜寻结果，它是一个被一组齿轮包围的橡胶皮带，在金属盖下面——一种叫作正时皮带[1]的东西。欣黛不禁皱了皱眉，她伸手摸到了将金属盖和发动机连接在一起的螺栓和防松垫圈。

她原以为自从内燃式发动机过时以后，正时皮带就再也没使用过。

这真让她吃惊。她歪过头来，向车底最暗的地方看去，发现了旁边有一个圆圆的东西，与上面的平衡杆连接在一起。那是一个车轮。

“这不是悬浮车，这是汽车，一辆烧汽油的汽车。”

“你当真？我以为真的汽车都应该……我不知道。很时髦的。”牡丹说道。

听了这话，欣黛觉得真没好气。“应该说有性格才对。”她边说，边用手抚摸着轮胎的花纹。

“这么说，”艾蔻过了一秒钟才说，“这车上没一点我们能用的东西？”

欣黛没搭腔，她急切在扫描着眼前的设计图。油底壳，喷油嘴，排气管。“这是第二纪元的产品。”

“太奇妙了。啊！”牡丹说着，突然尖叫起来，从车上跳下来。

欣黛猛一抬头，脑袋砰地一下撞在前悬架上。“牡丹，怎么啦？”

“刚才有一只老鼠从窗户里跑出来了！一个又大又肥浑身是毛

1　正时皮带——timingbelt，是发动机配气系统的重要组成部分，通过与曲轴的连接并配合一定的传动比来保证进、排气时间的准确。

的老鼠。噢，好大。”

欣黛无奈地叹了口气，把头放了下来，揉了揉脑门。一天就撞了两次脑门。照这速度下去，她得新买个控制面板了。“它肯定是在车上做窝了，我们肯定吓着它了。”

“我们吓着它？”牡丹的声音还在颤抖。“我们现在能走了吗？好吗？”

欣黛叹了口气。“好吧。”欣黛把设计图关掉，从车底钻出来，拉住艾蔻伸给她的手，站了起来。“我以为所有完整存留下来的汽车都进了博物馆。”她边说，边把头发上的蜘蛛网弄掉。

“我可不敢肯定这是一个‘存留下来’的汽车，”艾蔻的传感器灯因为厌恶而关闭了。“它更像是一个烂南瓜。”

欣黛砰的一声把发动机盖盖上，在那个机器人的头顶上扬起了好多灰尘。“你的想象力那里去了？只要好好清理保养一下，它就会恢复往日的神采。”

她抚摸着发动机盖。车的圆弧形车身在艾蔻灯光的照射下呈现出橘黄色，显得并不怎么精神——现代人没有一个会选这种颜色——但是它设计古朴，因而几乎可以说是独具魅力。破碎的车头灯里面已经开始生锈，锈迹蔓延到了满是坑洼的车挡板。一侧后窗已经没有了，车座也已霉迹斑斑，破烂不堪，在这儿做窝的也许不仅仅是啮齿动物，但车座还是完整的。方向盘和仪表盘虽废弃多年，但损坏并不严重。

“这车也许在我们逃跑时能用得上。”

牡丹从副驾驶一侧的车窗看过来，问道：“往哪儿逃跑？”

“离开爱瑞。逃离新京。我们可以一起离开东方联邦。我们可以去欧洲！”欣黛绕到驾驶座一侧，用手套把土擦干净。在车里，三个脚踏板仿佛正在冲着她眨眼睛。虽然悬浮车都是电子控制，但是她读过很多有关旧科技的书籍，她知道离合器是什么，甚至基本知道怎么操作。

“这堆废铁连拉我们到城边都不可能。”牡丹说道。

欣黛向后推了一步，拍了拍手上的土。也许她们说的是对的。也许这不是一辆带来奇妙变化的车，也许它不能成为救助她们的工具。但也许某天，以某种方式，她会离开新京。她可以找到一个没人认识她、知道她是谁的地方。

“再说了，我们也付不起油钱，虽说可以把你的新脚卖了去买油，可是不够支撑我们离开这里。还不要说污染罚款。另外，我也不愿意坐这辆车，这车座底下说不定积了几百年的耗子屎。”

牡丹也觉得恶心，喊道：“噢。”

欣黛哈哈笑了起来。“好吧，我明白了，我是不会让你们这些大小姐把车推回家的。”

“呦，你还真吓着我了。”牡丹说道。牡丹说话时面带微笑，说明她并没有真的被吓着。她轻轻一摆头，把头发甩到身后。

欣黛突然看到了什么——在牡丹的锁骨下面有一个小黑点，刚刚从领口露出一点。“别动。”说着，她走上前去。

牡丹听了无比慌乱，手不停地在胸前胡噜。“什么？什么东西？是虫子吗？是蜘蛛吗？”

“我说，别动！”欣黛抓住牡丹的手腕，刚要挥手打掉那个东西，但她却— 僵在那里。

她扔掉了牡丹的胳膊，吃惊地向后退了一步。

“什么？什么啊？”牡丹拽着自己的衣服，想去看清楚，然后看到手背上的另一个黑点。

她看着欣黛，脸色发白，“一个……疹子？从车里传染的？”她说。

欣黛心跳加快，她屏住呼吸，犹犹豫豫地靠近牡丹，把手伸到牡丹的锁骨旁，扯下牡丹的衣领，露出了里面的斑点。在月光下看去，这是一个周围青紫色的红点。

她的手指颤抖，眼睛死盯着牡丹，踉踉跄跄地向后退步。

牡丹尖叫了起来。

第五章　死神降临

牡丹的尖叫声在废品场回荡，如锋利的刀刃划破了陈旧的机器和过时的计算机。欣黛的听觉界面也无法屏蔽这种尖锐的叫声，牡丹一直喊到声音撕裂，陷入歇斯底里状态。

欣黛浑身颤抖，不能动弹。她想安慰牡丹，但也想逃跑。

这怎么可能？

牡丹还年轻，还很健康。她不可能生病。

牡丹大哭着，用力地擦拭着自己的皮肤，擦拭那些斑点。

欣黛的网线连接上了，正如每次她自己无法思考的时候一样，网络会自动搜索、链接、给她输入她不想看到的信息。

蓝热病。世界范围内的流行病。成千上万的人死于蓝热病。不明病因，无法治愈。

“牡丹——”

她试探着向前移步，但是牡丹却踉踉跄跄地向后退去，同时擦去脸颊上和鼻尖上的汗珠。“不要靠近我！你会传染上的。你们都会传染上的。”

欣黛把手缩了回来。她听到艾蔻就在身旁，因为她的风扇又在嗡嗡地响了。她也看到艾蔻的蓝灯在牡丹身旁划过，在废品场划过，一闪一闪的。她也很害怕。

“听我的，快回去！”说着牡丹弯下了身子，跪倒在地。

欣黛向前了两步，然后犹豫起来。她看到在艾蔻的灯光下，牡丹前后摇晃着身体。

“我……我需要叫一辆救护车。来——”

来把你接走。

牡丹并没做出反应，她整个身体都在颤抖。欣黛在她的哭喊的间隙，能听到她牙齿打战的声音。

欣黛也颤抖起来。她揉搓着自己的皮肤，在上面查找斑点。她并没有看到斑点。继而她的视线落又到戴着手套的右手，心里觉得信不过。可她也不想摘掉手套，不愿查看。

她又吃了一惊。废品场死亡的阴影在向她靠近。瘟疫，已经到了这里，在空气中飘浮，在垃圾堆游荡。疫病的第一个症状出现要多长时间？

又或者……

她想起了市场的张萨沙。想起那些无比恐慌的人群从她的铺子前跑过的情景，想起了尖锐的警报声。

她的心情无比沉重。

这是她的错吗？是她把疫病从市场带到家里的吗？

她又检查自己的胳膊，擦拭着想象中爬满手臂的、根本看不见的斑点。她向后踉跄着。牡丹的哭声充塞着她的耳膜和大脑，让她窒息。

红灯在她的视网膜显示器上出现，提醒她肾上腺素提高。她眨了眨眼，把它取消了。然后她接通了通信链接，鼓起勇气，在她还没来得及质疑时，发出了简单的信息：

紧急情况，泰航区废品场，蓝热病。

她咬紧牙关，但她流不出泪水，只能在心中感受着无比的痛苦。剧烈的头疼告诉她，她应该哭出来，应该和妹妹的泪水一起流。

“为什么？我做什么了？”牡丹的声音断断续续。

“你什么也没有做，这不是你的错。”欣黛说道。

可也许是我的错。

“我该怎么办？”艾蔻说道，声音小得几乎听不到。

“我也不知道，悬浮车就快到了。”欣黛说道。

牡丹用小臂揉揉鼻子，眼圈红红的。“你们必——须走，你们会被传染的。”

欣黛觉得有点头晕，她意识到自己一直呼吸得太浅了。她又向后退了一步，才深吸了口气。“没准我已经染上了，你染上病也许是我的错。今天市场疫病爆发了……我原以为离得没那么近，可是……牡丹，对不起。”

牡丹紧闭双眼，再次把脸埋在手掌里。她棕褐色的头发乱蓬蓬地垂在肩头，在苍白皮肤的映衬下，显得更加干枯毛糙。她停了一下，又开始抽泣。“我不想就这么走了。”

“我知道。”

欣黛所有能想起的话只有这些。别害怕？一切都会好起来的？她不会撒谎，特别是现在，一切都是如此明显。

“我希望能有什么……”她的话没说完，就停了下来。她在牡丹之前听到了救护车的笛声。“对不起。”

牡丹用袖子擦着鼻涕，在袖子上留下一长溜鼻涕印，然后接着哭泣。她开始没有反应，直到凄厉的笛声传到她的耳朵里，才猛地抬起头来。她眼睛盯着远方，朝着废品场门口方向，废料堆之外的地方看着，眼睛睁得大大的，嘴唇不停地颤抖，有斑点的脸涨得通红。

欣黛的心里好难过。

她实在忍不住了，如果她会感染，她早就感染了。

她跪了下来，用双臂抱住牡丹，她腰带上的工具扎到了屁股，但她也顾不上了，牡丹抓住了她的 T 恤衫，仍在继续哭泣。

“对不起。”

“你怎么跟妈妈和珍珠说啊？”

欣黛咬住嘴唇。“我不知道，”但接着，她说，“说实话吧，我想。”

她的嘴里觉得苦苦的，也许这就是一种病前征兆，也许恶心也是一种征兆，她把牡丹抱近些，低头看了看前臂，仍然没有斑点。

牡丹一把把她推开，急速后退，坐在地上。“离我远点，也许你还没有得病。可他们会把你带走的，你快走。”

欣黛犹豫着，她已经听到远处有人踏在废铝片和塑料上发出的吱吱嘎嘎的声响。她真的不愿意离开牡丹，可如果她真的没感染呢？

她跪在地上，接着吃力地站起来。黄灯已经从黑暗的远处逐渐靠近了。

欣黛的右手在手套里冒汗，她感觉喘不上气来。

“牡丹……”

“走！快走！”

欣黛向后一步步地退去，慌乱中捡起折叠好的磁条，朝出口走去，她人类的腿如同假肢一样麻木。牡丹的哭泣声在她的身后追赶着她。

在拐角处，她与三个白色的机器人相遇。它们有黄色的传感器，头上有红十字标志。其中两个机器人推着运送病人的轮车。

“你是蓝热病患者吗？”其中一个用不温不火的口气问道，同时举起了身份扫描仪。

欣黛把手腕藏在身后。“不，是我妹妹，林牡丹，她——她在那边，左边。”

于是两个医疗机器人推着轮车离开了她，顺着她指的方向往前走。

“在过去的十二小时你和患者有直接接触吗？”剩下的一个问道。

欣黛欲言又止，不知如何作答。内疚和恐惧在她的心里翻搅。

她可以撒谎。现在她并没有感染的迹象，但如果她被带到隔离区，就没有任何机会了。

但是如果她回家，可能会感染所有的人。爱瑞，珍珠，还有那些在楼道里尖叫笑闹的孩子们。

她的声音小得几乎连自己都听不到。“是的。”

“你有什么症状吗？”

“没——有，我不知道。我觉得头晕，但不是——”她停了下来。

医疗机器人走近她，脚下腾起了灰尘。欣黛笨拙地向后退步，但它也没说什么，只是一点点地靠近她，直到欣黛的两腿被一个破旧的板条箱拦住了去路。它用伸长的手臂举起了身份扫描仪，然后又从身体里伸出第三只手——是一个注射器而不是叉手。

欣黛不禁打了个冷战，但当机器人抓住她的右手给她注射药物时，她并没有反抗。欣黛感到害怕，她眼看着深色的液体，在机器人的黄灯下几乎是黝黑的液体，被抽到了注射器里。她并不晕针，但是周围的世界都倾斜了。机器人刚拔出针头，欣黛就一屁股瘫坐在板条箱上。

“你在干什么？”她用虚弱的声音问道。

“抽血，做蓝热病病原体携带者检查。”欣黛听到机器人体内的马达在响，微弱的嗡嗡声显示着每一步检查过程。机器人的电源消耗时，显示灯逐渐变暗。

她屏住呼吸，直到控制面板发挥作用，强迫她的肺收缩。

“身份。”机器人边说，边把扫描仪伸向她。扫描仪发出了哔哔的声响，红色光线在她手腕扫过。机器人扫描完后，把它收到空空的胸腔里。

她纳闷检查需要多长时间，多久才能决定她是否是病原体携带者，多久才能证明她生病了。一切的一切。

远处传来了脚步声。欣黛扭过头，看到另外两个机器人推着轮车走过来。牡丹双臂抱膝坐在轮车上，哭得红肿的双眼疯狂地扫视着废品场，似乎想要逃跑。她看上去就像突然坠入了一场噩梦。

但她并没有逃跑，被带到隔离区的人没有人会去搏斗。

她们的眼光相遇了，欣黛张口欲言，却不知该说什么。她想用眼神来祈求对方的原谅。

牡丹的嘴角露出了一丝丝的笑意。她举起手，可是只挥动了手指。

欣黛也同样举手，她知道，这就是牡丹。

她已经逃过了命运的一劫，她才应是被推走的那个人，那个即将死去的人。那个人应该是她。

就要轮到她了。

她想开口说话，想告诉牡丹她会随她而去，牡丹并不孤单。但是，接着机器人发出哔哔的声音。“检查结束。没有发现携带蓝热病病原体。被测试者应远离被感染者五十步。”

欣黛不解地眨眨眼，她感到释然，同时也很痛苦。

她没有病，她不会死。

她不会与牡丹同去。

“林牡丹病情恶化时，我们会通知你，谢谢合作。”

欣黛抱住双臂，看着牡丹像婴孩一样蜷缩在轮车上，然后被推走了。

第六章　志愿者

夜晚的空气是温暖宜人的，然而欣黛却步履沉重。她的两条腿好似灌了铅，每走一步都在水泥地上发出刺啦刺啦的声响。空寂的夜晚充斥着各种不易察觉的声音，在她的脑中回荡：艾蔻滚动时发出的沙沙的声，头顶的路灯发出的滋滋的声，地下的磁感超导体发出的嗡嗡声，还有欣黛每迈一步脚踝关节发出的吱嘎声。与欣黛脑子里回放的视频相比，这些声响都渐远渐小。

她大脑的存储器有时会出现这样的情况——把强烈感情冲击的情景记录下来，并反复播放。比如刚才的场景或者谈话结束时最后的几句话会在耳边久久回响。通常，她会在这些画面把她逼疯之前将其关闭，但今晚她没有力气理它了。

这一幕幕情景在欣黛眼前闪过：牡丹身上的黑色斑点，她的尖叫，医护机器人用注射器从欣黛的胳膊弯取血，牡丹即将逝去的娇小的身躯躺在轮车上颤抖。

她停下了脚步，捂住了胃口，感觉就要吐了。走在她前面的艾蔻也停了下来，把灯光打在欣黛因痛苦而扭曲的脸上。

“你还好吧？”

艾蔻的灯光在欣黛的身上扫过。欣黛很清楚，尽管医护机器人说她并没有感染，但艾蔻仍在她的身上查找是否有类似瘀伤的圆点。

欣黛并没有回答，她把手套摘掉，塞到后兜里。等那阵晕眩过去，她便靠在一个路灯杆上，大口吸着夜晚潮湿的空气。她们就快到家了。凤凰塔公寓一拐弯就到了，只有大楼的顶层沐浴在淡淡的月光里，其余的都淹没在黑暗中。除了几户人家还亮着灯，另外几户的窗口闪烁着网屏的亮光，其余的人家都已经黑灯了。欣黛数数楼层，找到了家里的厨房和爱瑞卧室的那几扇窗户。

尽管很暗，但是屋子里仍亮着灯。爱瑞不是一个喜欢熬夜的人，但是也许她已经发现了牡丹仍然没有回家，也或许珍珠还没睡，正在完成学校留的作业或者和朋友网聊。

也许这样更好，她就不必再叫醒她们。

“我该怎么跟她们说呢？”

艾蔻的传感器一开始对着公寓楼，过了一会，又朝向地面，她捡起人行道上被踢到一边的杂物。

欣黛把出汗的手掌在裤子上擦擦，逼迫自己向前走。尽管她绞尽脑汁，可还是找不到合适的借口或者合理的解释。你怎么开口告诉一个女人她的女儿就要死了？

她刷了自己的身份卡，这次进了主门。灰色的走廊里只有一个网屏作为装饰，给住户发通知——什么维修费涨了，什么要求更换前门身份卡了，什么谁家的猫走失了。再说电梯，机件老旧，总是发出吱吱嘎嘎的声响。大厅里空空的，只有住 1807 室的那个男人坐在自己门阶上打盹。他呼吸粗重，满嘴酒气。欣黛不得不把他伸开的手臂合拢，免得艾蔻通过时碾着他。

在1802门口，她犹豫了，心怦怦地跳着。由于太紧张，她已经记不清在她脑子里重复播放的有关牡丹的视频是何时结束的。

她该怎么说啊？

欣黛咬住嘴唇，抬起手腕，划过扫描仪，门锁的指示灯变成绿色的。她尽量轻手轻脚地打开门。

起居室明亮的灯光洒进楼道。欣黛瞥了一眼网络电视屏幕，上面正在反复播放的仍是前一天市场里面包师的店铺着火的画面。电视调成了静音。

欣黛进到屋里，但走了两步却停了下来。艾蔻砰地撞在她腿上。

三个在圆圆的头上标着红十字的机器人正站在屋子中间看着他。是急救医护机器人。

爱瑞穿着真丝睡衣站在他们身后，她靠在壁炉架上，人造壁炉已经关闭。珍珠仍穿着日常的衣服，抱膝坐在沙发上。她们都用干浴巾捂着鼻子，看着欣黛的眼神中既有厌恶又有恐惧。

欣黛感到一阵不安，她向后一步退到楼道里，纳闷她们谁病了。但很快意识到她们俩都没病。否则机器人应该很快就把她们带走了，她们也不可能捂着鼻子。现在，整座大楼可能已经封闭了。

她看到爱瑞的手臂上贴着一小块胶布，看来她们都已经验过血了。

欣黛把斜挎包扔到地上，但手里仍拿着磁条。

爱瑞清清嗓子，把浴巾拉低到胸前。她脸色苍白，颧骨突出，在惨淡的灯光下像个骷髅。她没用化妆品，布满血丝的眼睛周围有明显的黑眼圈，她哭过，不过现在却双唇紧闭。

“我一个小时前收到信息，”她打破了僵滞的气氛，“通知我牡丹在泰航区废品场被找到，并带到——”她声音嘶哑，说不下去了。她低垂着眼皮，过了一会，当她抬起眼时，眼睛里充满着怒火。“但是你早就知道了，对不对？”

欣黛扭过头，尽量不去看医护机器人。

爱瑞不等欣黛回答，径直说道：“艾蔻，你可以开始处理牡丹的东西了。上周她穿过的所有衣服可以扔到废品站——但是你要亲自去扔，我不想把垃圾道堵了。其他东西，我想，可以到市场卖掉。”她的声音尖锐而平稳，仿佛从她刚收到信息的那一刻起就在脑子里重复了多遍。

“好的，林姐。”艾蔻说着，退回到楼道里。欣黛僵硬地站在那里，双手仍握着磁条，好像在防护着自己。尽管艾蔻不能拒绝爱瑞的命令，但从她迟缓的动作中可以看出，她不愿把欣黛一个人留在这里，因为医护机器人还用它们空洞的黄色传感眼睛器盯着欣黛。

“为什么，”爱瑞攥着浴巾说道，“今晚我的小女儿会在泰航区废品场？”

欣黛把磁条拉近自己，竖起来，放在地上，磁条很长，从她的肩头一直延伸到她的脚趾，磁条和她的手一样都是钢制的，都已失去了光泽，因而看上去就像她身体的延伸。“她和我一起去找磁条。”说完，她深吸了口气，觉得舌头僵硬，嗓子发紧。“对不起。我不知道——我看到了斑点，叫了急救车。我不知道该怎么办。”

爱瑞的眼里充满了泪水，但很快，她忍住了泪。她低垂着头，眼睛直勾勾地看着手里拧皱了的浴巾，身体瘫软地靠在壁炉上。“我不知道你是否能回到这里，欣黛。我随时在等另一个通知，告诉我自己的养女也被带走了。”爱瑞振振肩，抬头看着她，眼中的柔弱不见了，取而代之的是坚定的眼神。“医护机器人已经给我和珍珠化验过了，我们两个都还没有感染。”

欣黛点点头，舒了口气。爱瑞接着说：“告诉我欣黛，如果我和珍珠都没有疫病，那牡丹是从哪儿得的？”

“我不知道。”

“你不知道？但是你确实知道今天市场爆发了疫病。”

欣黛吃惊地张开了嘴。难怪了，那浴巾，那机器人。他们以为她被感染了。

“我不理解你，欣黛，你怎么能这么自私？”

欣黛使劲摇着头，不。“它们也给我验血了，就在废品场。我没得病。我不知道她是从哪儿得上的。”她说着把手臂伸出来，露出臂弯里的针痕。“如果愿意，它们可以再验一次。”

其中一个机器人终于现出生命迹象，用灯照着她扎针留下的小红点。但它们没有动，爱瑞也没催促它们，而是把注意力转向一个立在壁炉上的小波特屏上，不停地翻着一张张牡丹和珍珠小时候的照片。这些照片有的是在她们的老房子照的，有的是在花园照的，有的是和爱瑞一起照的，那时她脸上的笑容还没有消失，还有的是和她们的爸爸一起照的。

“对不起，我也爱她。”欣黛说道。

爱瑞紧握着电脑。“不要侮辱我了，”她说，把波特屏拉得更近些。“你们这些人懂得什么是爱吗？你能有感觉吗？或者，只是……一个程序？”

她只是在自言自语，但这些话很伤人。欣黛偷偷地看了一眼珍珠，她仍坐在沙发里，脸半埋在膝盖里，但是她现在已经不把浴巾捂住脸了。当她与欣黛的眼光的相遇时，便把视线移开，盯着地板。

欣黛更加握紧了磁条，说道：“我当然知道什么是爱。”还有悲伤。她真希望自己能大哭一场来证明这一点。

“很好，那么你也能明白一个母亲为了保护自己的孩子所做的一切。”爱瑞把波特屏扣在壁炉上。坐在沙发上的珍珠把脸扭到一旁，把脸颊贴在膝盖上。

欣黛感到一阵恐惧。“爱瑞？”

“欣黛，你作为这个家里的一个成员，已经有五年时间了。自从嘉兰把你留给我，已经五年了。我仍然不明白是什么促使他这么做，也不知道他为什么在所有的地方里选择了欧洲，去找到什么……基因突变人来照顾。他从未向我解释过。也许早应该告诉我。可我从来都没想要你，这你是知道的。”

欣黛嘴唇抖动着，面无表情的机器人斜眼看着她。

这一点她很清楚，可是她没想到爱瑞会这么直接地说出来。

“嘉兰希望有人照顾好你，我已经尽力了。甚至在他过世之后，甚至在我穷得叮当响的时候，甚至……当一切都糟糕透顶的时候。”她的声音沙哑了，无法再说下去，她用一只手捂住嘴，她的肩膀在抖动，尽力忍住不让自己大哭出来。欣黛看在眼里，听在耳中。“可如果嘉兰在世，他也会同意的，应该优先考虑的是牡丹。是我们的女儿。”

爱瑞的声音不断升高，让欣黛吃惊。从她的语气里，欣黛可以感受到她为自己辩护的充分理由，听出了她的决绝。

别把这东西丢给我。

欣黛颤抖着说：“爱瑞——”

“要不是因为你，嘉兰还活着，而牡丹也——”

“不，这不是我的错。”这时欣黛看到白光一闪，看到艾蔻在楼道里歪歪斜斜地移动。她的传感器灯几乎都快灭了。

加速的血流和脉搏使得白点在她的视网膜上闪动，她极力把声音放平缓。一个红色的警示信号在她的眼角闪过——提示她要镇静。“我没要人把我变成这样。我也没要你或别人收养我。这不是我的错！”

“这也不是我的错！”爱瑞激动地喊道，啪的一声把波特屏从支架上摔到地上，把屏幕摔得粉碎，也把她丈夫的两块牌匾带到地上。塑料碎片散落在破旧的地毯上。

欣黛急忙向后退去，但是这种纷乱的场面来得快，去得也快。爱瑞因愤怒而急促的呼吸已经缓和下来。一直以来，她都是小心谨慎的，尽量不去打扰邻居，尽量不引起别人的注意，尽量不吵闹，尽量不做任何有损自己名誉的事情。甚至此时此刻，也是如此。

“欣黛，”爱瑞边说，边用浴巾擦拭手指，仿佛这样就能平息她心中的怒气。“你和这些机器人一起走吧。不要吵闹。”

欣黛觉得脚下的地板在打转。“什么？为什么呀？”

“因为我们都有责任去做自己该做的事情，而你也知道他们现在多么需要……你这样的。特别是现在。”她停顿了一下，脸憋得通红，“你还可以帮助牡丹。他们现在仍需要赛博格，去找到治疗方法。”

“你让我去当疫病研究的志愿者？”她几乎说不出那几个字。

“其他的，我还能做什么？”

欣黛惊得张大了嘴，木然地摇着头，三个机器人把三个黄色传感器眼睛都对准了她。“可是……做过实验的，没有人能够活下来。你怎么能——”

“在瘟疫中，没人能活下来。如果你真像你说的那样在乎牡丹，你会按我说的去做。如果你没有那么自私，今天离开市场以后你就应该去报名，而不是来这里，再次毁了我的家人。”

“可——”

“把她带走，她是你们的啦。”

欣黛惊得动弹不得。离欣黛最近的一个机器人用扫描仪去扫欣黛的手腕，仪器哔哔地响着，欣黛赶紧把手缩了回来。

“林欣黛，”机器人用生硬的金属声说道，“所有东部联邦的公民对你的自我牺牲的精神表示尊敬和感谢。为了感谢你对我们所做研究的贡献，我们会付给你的亲人一笔报酬。”

她紧握着磁条。“不——你真正的目的在这儿，对吧？你并不在意牡丹，你也不在意我，你在乎的只是那笔该死的报酬！”

爱瑞的眼睛睁得大大的，太阳穴上青筋暴跳。

她三两步就从屋子中间跨过来，用手背扇了欣黛一耳光。欣黛被打得一个趔趄靠在门框上，手紧紧地捂住脸。

“把她带走，让她从我眼前消失。”爱瑞说道。

“我没有申请成为志愿者。你们不能无视我的意愿把我带走！”

机器人不为所动。“我们已经得到你的监护人的合法授权将你带走，如有必要，可以使用武力。”

欣黛举起了攥紧的拳头。

“你们不能强迫我去做试验品。”

“是的，”爱瑞说道，她的呼吸变得粗重起来，“我可以，只要你还在我的监护之下。”

“你也知道这样做未必救得了牡丹，所以不必假装是为了牡丹。她日子不多了。他们找到治疗方法的可能性——”

“那么我唯一的错误就是等的时间太长，没能早点摆脱你。”爱瑞边说，边使劲地拧着浴巾，“相信我，欣黛，你去做牺牲品，我永远都不会后悔。”

一个机器人碾着地毯走过来，“你准备好跟我们走了吗？”

欣黛双唇紧闭，她把手放下来，眼睛盯着爱瑞，可是在爱瑞的脸上，没有一丝的同情。她的心里涌起了新的仇恨，显示器上又出现了警示信号。“不，我不愿意。”

欣黛举起磁条，狠狠地打在机器人的头顶。机器人瘫倒在地上，脚轮在空中摇晃着。“我不会去的，科学家对我的身体已经做的够多了！”

第二个机器人朝她走过来。“启动 240B 程序：将已征招的赛博格试验对象强行带走。”

欣黛冷笑一声，挥起磁条，向机器人的传感器砸去，砸毁了它的镜头，然后用磁条猛推它的背部。

她扭过身来面对着最后一个机器人，脑子里已经盘算着怎么从公寓里逃走：叫一辆悬浮车是不是太冒险了；到哪里去找一把刀子把身份芯片挖掉，否则他们可定能追踪到她；艾蔻是否能跟上她的速度；她靠两条腿能不能跑到欧洲。

这个机器人的移动速度太快了，她脚下不稳，打了个趔趄，磁条也打歪了，瞬时间，机器人的叉手已经抓住了她的手腕，接着用电击来袭击她，欣黛感到电流穿过身体，一阵抽搐，张嘴要喊，但喉咙像被什么东西卡住了，喊不出声来。

她扔掉磁条，瘫倒在地。她的显示器上闪过红色的警示信号，但她的大脑启动了赛博格自我保护机制，强制信号灯关闭。

第七章　老古董

米特里·厄兰医生正用手划过波特屏屏幕，查看病人记录。男，三十二岁，有一子，配偶未提及，失业，三年前因工伤致病，后变为赛博格，无疑大部分积蓄用于手术，从东京远道而来。

这人真是厄运连连啊，这事厄兰医生也没人可说，只好无奈地撇了撇嘴。“您觉得怎么样，医生？”今天值班的助理是一个黑皮肤的女子，比他高出足足四英寸，他总是想不起她叫什么，每次她当班，他总喜欢给她派些坐着干的活。

厄兰医生深吸了一口气，然后慢慢地吐出来，他把屏幕上的显示拉到病人身体结构图上。他只有百分之六点四的人工结构——他的右脚，一点电线和埋入大腿的指甲盖大小的控制芯片。

“太老了。”说着，把波特屏扔到观察窗口的窗台上。在玻璃窗的另一侧，病人躺在试验台上。他表面平静，但手指却紧张地敲打着塑料床垫，被人造皮肤覆盖着的假脚没穿鞋袜。

“太老了？”助手说道。她站起身来，走到窗口，向他挥着手里的波特屏，“现在三十二岁就太老了？”

“我们不能用他。”

她撇撇嘴，“大夫，他是您这个月所弃用的第四个试验人员了。这样我们的试验对象可是会短缺的。”

“他有一个孩子，一个儿子，资料上是这么写的。”

“是的，一个孩子，他今晚能有晚餐，就是因为他爸爸很幸运，能符合我们的试验条件。”

“符合试验条件？就以百分之六点四的比例？”

“这总比在人身上试验要强啊。”说着，她把显示屏扔到一堆陪替氏培养皿[1]的旁边。“您真的要让他走吗？”

厄兰医生盯着隔离室，他真想大声吼出来，却忍住了。他挺挺胸脯，理理自己试验制服。“给他使用安慰剂。”

“安慰剂——可他没病啊！”

“没错，要是我们什么都不用，财政部门会纳闷我们一直都在干什么。现在，给他一些安慰剂，然后提交报告，他就可以走人了。”

那女人气呼呼地走了，去药架上拿了一个带标签的小瓶子。“我们到底是干什么呢？”

厄兰医生举起手，刚要说话，却看到那女人正气冲冲地看着他，都忘了要说什么。“你叫什么来着？”

她不满地瞥了他一眼。“说实话，这四个月来，我每周一都来做您的助手。”

她生气地转过身去，甩动了长长的、垂到臀部的辫子。厄兰

---

1 陪替氏培养皿——petridish，是由德国细菌学家朱利斯·理查德·佩特里（Julius Richard Petri）（1852 － 1921）于1887年设计，并倡导使用的。这种玻璃制品可以高温消毒清洗后反复使用。

医生盯着她的辫子，不禁蹙起了眉头。她的辫子仿佛已经自己卷起来，盘成一团，像一条浑身闪亮的黑蛇，正在朝他吐芯子，要向他扑过来。

他赶紧闭眼，心里默默地数数。当他睁开眼时，辫子又变成了辫子。黑油油、亮闪闪的辫子，并不会伤害他。

厄兰医生摘掉帽子，抚弄一下自己的头发，已经是灰白的了，比助手的头发要稀疏得多。

视力也越来越差了。

实验室的门开了。“医生！”

他回过神来，重新把帽子戴上。“什么事？”他说着，拿起显示屏。李，另一个助手，抓住门把手，却没有进去。厄兰医生一直很喜欢李——他也很高，但没那女人那么高。

“在 6D 室，有一个志愿者正在等候。是昨天晚上送来的。”他说。

“志愿者？好久没有志愿者了。”那女人说道。

李从口袋里拿出波特屏。“她也很年轻，十几岁。我们还没有她的诊断记录，但我想她的假体安装比例应该很高。没有植皮。”

厄兰医生一脸兴奋，他用波特屏角蹭着太阳穴，“十几岁的女孩？怎么……”他试图找着合适的字眼。

特殊情况？偶然的巧合？还是好运降临？

“可疑。”那女人说道，她的声音很低。厄兰医生扭过身，发现她正怒气冲冲地看着他。

“可疑？你究竟什么意思？”

她把身子靠在桌子边上，这样她就没那么高了，眼睛处于与他平视的高度，但是她紧抱双臂，面无表情，看上去还是凶巴巴的。“您很乐意给刚才的男赛博格用安慰剂，可您一听到女孩两个字，就高兴起来，特别是年轻的女孩。”

他惊得张开了嘴，但很快恢复常态，“越年轻，越健康。越健康，我们的复杂程序就越少，而他们总是招来女孩子，这可不是我的错。”

“复杂程序就越少，好吧，不管怎样，他们都得死。”

“嗯，谢谢你的乐观精神。”他向玻璃窗里的人挥挥手。“请使用安慰剂，完事了来找我们。”

他走出实验室，李正好在他旁边，他捂住嘴说道：“你那人叫什么来着？”

“芳婷？”

“芳婷！我总记不住。弄不好将来我连自己叫什么都要忘了。”

李呵呵地笑了起来，厄兰医生很高兴自己成功地开了个玩笑。当一个老人偶尔对自己记忆力减退敢于自嘲的话，别人对此也就不太在乎了。

走廊里空荡荡的，只有两个医护机器人站在楼梯井里，等候命令。从这里到 6D 实验室用不了几步就到了。

厄兰从耳后拿出触控笔，轻击波特屏，下载了李发送给他的有关信息，新病号的资料一下了显示了出来。

林欣黛，持照技师

身份证号：#0097917305

生于：第三纪元 109 年 11 月 29 日

无任何新闻资讯。

居住地：东方联邦，新京市，房主林爱瑞。

李打开了实验室的门。厄兰医生把触控笔放回耳后，进到实验室，他的手指有些抽搐。

女孩躺在远离观察窗一侧的试验台上。无菌隔离室的灯光打得雪亮，因而厄兰医生往里看的时候，不得不眯起眼睛。一个医护机器人正在给装满血液的塑料瓶盖上帽，然后把它放到输送带上，以传送到血液化验室。

这个女孩的手和手腕已经被金属绑带固定住。她的左手是钢制的，关节上已经没有了光泽，黑乎乎的好像需要清洗。她的裤腿已经卷起来了，露出一只人腿和一只假肢。

“已经给她插上电源了？”他问道，同时把波特屏放到口袋里。

“还没有呢，可是您看看她。”李说道。

厄兰嘟囔了些什么，免得自己太失望。“是的，她的安装比例还不错。但是质量不太好，是吗？”

“外部机件也许是，但是您应该看看她的内部线路，是自动控制的四级神经系统。”

厄兰医生皱了一下眉头。“她是不是不听话？”

“医护机器人在拘押她的时候遇到点儿麻烦。她用一个……棍或者什么的打伤了两个人，然后他们就电击她，她一整晚都昏迷着。”

“可她不是志愿者吗？”

“是她的法定监护人为她报的名。她怀疑病人早已接触了病菌。是她的妹妹——昨天收治的。”

厄兰把桌子上的麦克风拉过来。“醒吧，醒吧，睡美人。”他一边唱，一边敲着玻璃。

“他们是用200伏电压击昏的她，我觉得她随时都会醒过来。”李说道。

厄兰医生手插在衣兜里说道：“呃，我们不需要她清醒，咱们开始吧。”

“噢，好吧。”站在门口的芳婷说道。她进到实验室，高跟鞋打得瓷砖地面嗒嗒响。“很高兴您终于找到合您口味的实验者。”

厄兰医生用一个手指点着玻璃窗，看着眼前的姑娘有泛金属光泽的假肢说道：“年轻啊，真健康。”

芳婷不屑地冷笑了一声。她在一个显示了这个赛博格的记录的网屏前坐下。“要是三十二岁就算老了，那你又是什么，老东西。”

“在古董市场很珍贵啊。”厄兰把嘴凑近麦克风。“护士？请准备检测安装率。”

第八章　噩梦

她躺在一堆柴火上，身下炙热的炭火。火焰裹着黑烟在她的身体下熏腾燃烧，把她的皮肤烧出了血泡。她的腿和手已经没了，只留下医生在其上连接假肢的残端，不通电流的电线垂吊在下方。她想挪动身体，却像被打翻的乌龟一样动弹不得。她伸出一只手，想把自己拽离火焰，可是柴堆却很大，似乎望不到边际。

这个噩梦已经缠绕她无数次了，但这次却有些不同。

以前梦中她总是一个人，但这次周围却有很多人。那些残疾的受害者也在炭火堆上翻滚扭动着身体，口中痛苦地呻吟着，祈求别人给他们水。他们的身体只剩下残缺不全的部分，有的几乎只剩下头或躯干或者只剩下一张嘴，他们哀求着，不断哀求着。欣黛看到他们皮肤上淡蓝色的斑点，他们的脖子、他们的大腿残端、他们萎缩的手腕，她不敢再看。

她看到了牡丹，正在尖声号叫，在咒骂欣黛，咒骂她对她所做的一切，咒骂她把疾病带到她家里，咒骂她这都是她的错。

欣黛张开嘴想祈求她的原谅，但当她看到她的一只好手时停了下来，她的皮肤上布满蓝色斑点。

火焰吞噬了染病的皮肤，将它熔化了，露出了皮肉下面的电线和金属。

她的目光与牡丹的再次相遇。她张开嘴呼喊，但她的声音是那么低沉而浊重。“请把配件扫描仪仪准备好。”

那声音就像蜜蜂的嗡嗡声在欣黛的耳边回响。她摇动身体，但却动不了。她的四肢太沉重了。浓烟的味道充满了她的鼻孔，但是火焰的灼烧正在减弱，只觉得后背无比疼痛、灼热。牡丹渐渐消失了。炭灰化入到地面。

绿色的字体在欣黛眼角闪过。

在无边的黑暗中，她听到了机器人重重的脚步声。是艾蔻吗？

诊断结束。系统稳定。重启 3……2……1……

什么东西在她头顶咔嗒作响。接着是电流的声音。欣黛感到她的指头能动了，这是她身体唯一能动的部位。

黑暗中渐渐有了一点亮光，微弱的红光在她的眼皮上出现。

她使劲睁开眼睛，强烈的荧光映入她眯起的眼睛里。

“啊！朱丽叶醒了。”

她又把眼睛闭上，让自己适应一下。她想抬起手来捂住眼睛，但手却被绑住了。

她感到一阵恐慌。她再次睁开眼睛，扭过头来，尽力看清楚是谁在说话。

墙上是一面大镜子，她在镜子里看自己正睁大了眼睛，一脸的迷茫。她的马尾辫乱糟糟的，肮脏的头发干枯、打结。她的皮肤苍白，几乎是半透明的，仿佛电流带走的不仅是她的力气，还有血液。

他们已经拿走了她的手套、靴子，一只裤管也挽到了腿根。她在镜子里看到的不是一个女孩，而是一部机器。

“你觉得怎么样，嗯……林小姐？”空中传来了一个声音，她搞不清楚是哪里口音，欧洲人？美国人？

她舔舔嘴唇，伸长脖子仔细地看着身边的医护机器人。它正在操作桌面上一部机器，旁边还有许多其他机器。都是医疗器械，外科工具，静脉注射针头。欣黛意识到她的前额和胸部已经由连线的传感器和其中一部机器连接在一起了。

她右侧的墙上挂着一个网屏，上面显示了她的名字和身份号码。除了这些，屋子里也没别的什么了。

“请不要动，好好配合，我们不会占用你很多时间。”一个声音说道。

欣黛很气愤。“真可笑，”她说着，使劲扭着手腕上的铁箍。“我并没有跟你们签约，我没报名参加这些愚蠢的试验。”

一片寂静。接着什么东西在她身后发出哔哔的声音，她越过头顶看去，一个机器人正把两个连接在细线上的探针从机器上拉出来。她感到背部一阵发冷。

“别拿那东西碰我。”

“这一点都不疼，林小姐。”

“我不管，离我头远点。我不是你们的志愿小白鼠。”

一个声音说道：“我这里有林爱瑞的签名。你一定认识她吧？”

“她不是我妈！她只是——”她的心感里到一阵恐惧。

“你的法定监护人？”

欣黛用头猛力撞击着有软垫的病床。纸垫在她的身下发出咯咯吱吱的声响。“这样做不对。”

“不要急躁，林小姐。你出现在这里，正是在无私地为公民服务。”

她愤怒地盯着镜子，就好像怒视着身边的混蛋。“是吗？可他们为我做过什么？”

他并没有回答，而是简短地说道：“医护，请继续。”

传来机器人滚动的声音。欣黛拼命挣扎，拧着脖子尽量避开那冰冷的探针，但医护机器人用机器人特有的大力气抓住她的头皮，把她的右侧脸颊按到医用床单上。她拼命地挥动胳膊和腿，但也没有用。

如果她继续挣扎，他们也许会再次用电击把她打晕。她不肯定这么做是好还是坏，一想到躺在燃烧的柴堆上的恐怖记忆，她便不再挣扎了。

机器人打开她脑后的扣盖时，她的心狂跳着。她闭上眼睛，竭力想象自己是在别的地方，而不是这个冷冰冰、空荡荡的房间里。她不愿去想那两个伸进她的控制面板——她的大脑中——的探针，可当她听到了探针伸到既定位置发出声音时，她不想也不可能。

一阵恶心，她拼命忍着没吐出来。

她听到了探针发出的声响。可她什么也感觉不到——那里没有神经中枢。但她突然感到身体一阵战栗，胳膊上立刻起了鸡皮疙瘩。她视网膜上的显示屏告诉她，自己正在连接部件扫描仪 2.3 型，扫描……2%……7%……16%……

她听到身后桌子上的仪器发出吱吱的声音。欣黛想象着一股微弱的电流正通过她体内的线路。在她的皮肤与金属部件接触的部位，也就是血流中断的地方，感觉最明显，是一阵刺痛。

63%……

欣黛恨得咬牙切齿。有人已经动过了——她的大脑。这是一个永远不会忘记，而又常常被忽视的事实。有那么个医生，一个陌生人，在她无力地躺在他们面前时，打开了她的脑壳，装入了预制的线路和导体，改变了她的大脑，改变了她这个人。

78%……

她刚要喊出来，却被什么东西卡住了。没有痛苦，没有。可是有人已经进入她的大脑，在她身体里。无情地侵入她的身体。她想要挣脱开，可一个机器人按住了她。

“滚开！”她的喊声被冰冷的墙壁反射了回来。

扫描结束。

医护机器人断开了探针。欣黛躺在床上，身体在颤抖，她的心已经碎了。

医护机器人甚至没有关上她脑后的控制面板盖子。

欣黛心怀一腔愤恨。她恨爱瑞，恨那面镜子后疯狂的声音，恨那些她不知道名字，却把她变成这样的人。

“谢谢你的倾力合作。”空中的声音说道，“我们很快就会记录下你的全自动控制结构，然后我们就可以继续了，请让自己尽量躺得舒服些。”

欣黛不理她，扭过脸不看镜子。她没有泪腺，这是为数不多令欣黛为此感到高兴的时候。否则她会哭得死去活来，那样她会更恨自己。

她仍能听到话筒传来的人们说话的声音，但他们说话声音很低，多是些科学术语，她也听不懂。机器人仍在她的身后忙活着，把扫描仪拿走，准备下一个折磨她的医疗设备。

欣黛再次睁开眼时，墙上的网屏画面已经变了，不再显示她身体状况。她的身份号码仍在屏幕顶端，屏幕上显示的是一个立体图像。

是一个女孩。

一个满身电线的女孩。

她仿佛被人拦腰斩断，把上半身和下半身分开了，然后卡通片似的图像被放进医学教科书。她的心脏、大脑、肠道、肌肉、静脉，还有她的控制面板、她的人造手和腿。电线从她的脑后一直穿过脊椎，然后连接到假肢。与金属部件相接处的残损的肌肉清晰可辨。手腕上有一个黑色的方块——那是她的身份卡。

她早知道会是这样，她早预料到了。

但她不知道的是脊椎也是金属的，还有四根金属肋骨，心脏周围的人造组织，以及她的右腿的金属夹板。

配件比例：36.28%

她身体的36.28%不是人类。

“你很有耐心，谢谢。”一个声音传来，吓了她一跳。“年轻的女士，你肯定已经注意到了，你是现代科学的优秀范例。”

“走开。”她低声说道。

“接下来，医护机器人会给你注射十分之一的蓝热病病菌溶液。它已经过磁化处理，所以在全息图上会实时呈现绿色。一旦你的身体进入发病的一期，免疫系统就会发挥作用，试图杀死病菌，但并没有完全奏效，接着你的疾病会进入二期，在这个阶段，我们会看到你的身体出现像瘀青似的蓝色斑点。也就是在这个阶段，我们会给你注射一组最新研制的抗体，如果我们成功了，病原体将会被永远杀死。嗯嗯，啊啊，也就是说，到那个时候，你就可以回家吃饺子了。你准备好了吗？”

欣黛看着图像，想象着正看到自己慢慢死去。实时地。

“你们已经使用了多少组抗体溶液？”

“医护？”

“二十七组。”医护机器人答道。

“可是，每次使用，他们死得都慢了些。”空中的声音说道。

欣黛不由地攥紧了纸床单。

“我相信我们已经准备好了。医护，请继续注射 A 溶液。”

桌子上一阵噼啪作响，接着医护机器人来到了她身旁。它的身体护盖打开了，露出了装有注射器的第三只手臂，是跟急救机器人一样的装置。

欣黛想挣脱开，可她根本动不了。她想象着镜子另一侧发出声音的那个人正在看着她，嘲笑她无用的挣扎，她便不再动了，尽力保持安静，尽力坚强起来，尽量不去想他们对她所做的一切。

机器人用叉齿抓住欣黛的胳膊，欣黛感觉到它是冰凉的。她的臂弯在过去的十二个小时内抽血两次，现在仍有瘀青。她的脸痛苦地扭曲着，肌肉也紧张地绷紧着。

“如果你放松点儿，就更容易找到血管。”机器人用空洞的声音说道。

欣黛的胳膊却绷得更紧，甚至颤抖起来。话筒里传来嗤嗤的鼻息声，好像那个发出声音的人对她的过度反应觉得可笑。

机器人的程序设计还真够严谨，尽管她在反抗，针头却一下准确地扎入她的静脉。欣黛紧张地大口喘着气。

扎进去了，只扎了一下，液体流入欣黛体内，她便无力挣扎了。

Chapter Two

第二篇

迷雾

夜晚，

她干了一天活已经筋疲力尽，

他们拿走了她的床铺，

她只能躺在壁炉的炭灰旁。

第九章　消失的病菌

“病原体成功输入，所有反应似乎都很正常。血压稳定，明天上午约 0100 点，预计会进入病症二期。”李说道。他高兴地拍拍手，转过椅子面对着厄兰医生和芳婷。“这样看来，我们都可以回家打个盹了，对吧？”

厄兰医生对此不以为然。他用手指在面前的屏幕上轻轻划过，慢慢地翻着病人的全息影像。二十个小绿点在她的血流里闪动着，慢慢地在她的静脉里扩散。可这个他已经见过了，而且是很多次。然而现在让他感兴趣的是别的东西。

“您以前见过这种事吗？”站在他身旁的芳婷说道。“她一个人的收入负担全家的支出。”

厄兰医生不满地瞟了她了一眼，可是因为他仰起头来才能看到她，也并未引起她的注意。他噢地喊了一声，把椅子滑到一旁，接着看病人影像。他轻敲着屏幕上两节金属椎骨接驳处的亮点，继而把影像放大了看。刚才只是小阴影的地方，现在却十分明显，十分清晰。

芳婷两臂交叉，俯下身来。“那是什么？”

“我不敢肯定。”厄兰边说，边旋转影像，以便看得更清楚些。

“看上去像是一个芯片。”李医生站起身来，过来和他们一起看。

“在脊椎上？这对她有什么用呢？”芳婷说道。

“我只是说看上去像。没准儿是脊椎骨错位，然后重新连接的，也说不好。”

芳婷指着屏幕说：“这不仅是重新连接，可以看到脊椎边缘，好像是植入的……”她也摸不准是什么。

他们都看着厄兰医生，厄兰医生目光却停留在刚刚飘入影像上的一个小绿点。“像一个邪恶的萤火虫。”他自言自语道。

“医生，”芳婷说道，把他的注意力转到她这里来，“她为什么要把一个芯片植入到神经系统？”

他清清嗓子，“也许，”说着，他从上衣兜里拿出眼镜，架在鼻梁上。“她的神经系统曾受过剧烈的外伤。”

“悬浮车事故？”李说道。

“以前在电子导航出现以前，脊椎受伤很常见。”厄兰医生用指甲划过屏幕，她的全身影像又显示出来。他眯起眼来仔细地看着屏幕，手指在影像上不停地划动着。

“您在找什么？”芳婷问道。

厄兰医生放下手，看着窗口另一侧静止不动的女孩说：“少了什么东西。”

她手腕上的疤痕组织。她人造脚上的光泽。她指尖上的润滑油。

“什么？少了什么？”李说道。

厄兰医生走到窗前，把一只汗津津的手按在观察台上。“一个绿色的小萤火虫。”

在他身后的李和芳婷迷惑不解地看了眼对方，然后又转向全息影像。他们开始数数，李默数，芳婷大声地数，突然芳婷数到十二时惊讶地停了下来。

“一个刚刚消失了。”她边说，边用手指着女孩右腿上消失的点。“有一个病菌，刚才就在这儿，我一直看着呢，现在却消失了。”

他们看着看着，两个闪光的小点儿再次消失了，就像灭掉的电灯。

李把波特屏从桌子上一把抓起来，用手指敲着屏幕说：“她的免疫系统正在疯狂地工作。”

厄兰医生靠近麦克。“医护，赶快再取一个血样。快。”芳婷听到声音，马上反应过来。

她来到窗前。“我们还没有给她注射抗生素呢。”

“没有。”

“那怎么……”

厄兰医生咬住指甲，稳稳神儿。“我需要马上拿到第一个血样。”他说着，向后退了一步，眼睛始终盯着那个赛博格女孩。

“所有病菌消失以后，把她移到4D实验室。”

“4D实验室不是隔离实验室。”李说道。

“确实，她不会传染的。”厄兰医生已经走到门口，他打了个响指。“或许可以让医护给她松绑。”

“松绑……”芳婷脸上一脸的怀疑。“您肯定这是个好主意？她对医护机器人动过武，还记得吗？”

李环抱双臂。“她说的没错，她发怒的时候，我可不想靠近她的拳头。”

“你没什么好怕的，我要和她单独见面。”厄兰医生说道。

第十章　4D 实验室

当那个神秘的声音再次出现，要求从这个待宰的羔羊身上提取血样时，欣黛又是一惊。她死盯着镜子，身旁的医护机器人以机器人特有的高效率准备新针头，她也并没有看它。

她使劲咽了口吐沫，润润嗓子，问道：“我还要多久才能用抗生素？”

她等着，却没有人回答。机器人用金属叉手抓住她的胳膊。她缩了一下，接着针头又扎进了她仍然疼痛的臂弯。

看来瘀青要持续好多天了。

然后她想起了她明天就死了，或者快死了。

跟牡丹一样。

她感到心中一阵绞痛。也许爱瑞是对的，也许这样最好。

她浑身打了个冷战，金属腿与缚住她的脚箍碰撞，发出叮当的声响。

也许不会死，也许抗生素会起作用。

她深深地吸了口实验室里清凉、无菌的空气，她可以看到墙上的全息图像在模仿她的动作。右脚有两个绿点在游走。

医护机器人拔出针头，用棉球堵住针眼。盛装她血液的试管被放入墙壁上的一个金属盒子里。

欣黛用头撞着病床。“我问你问题呢，抗生素？什么时候，今天吗？你们至少是在尽力救我，对不对？”

“医护，”传来一个新的女人声音。欣黛猛地扭过头，重又盯着镜中的自己。“断开病人的监护仪，护送她到4D实验室。”

欣黛用手紧张地抓着身下的医用床单，指甲都嵌了进去。4D实验室。*他们是不是要把你送到那里，然后看着你死去？*

机器人关闭了她头上的控制面板盖，把她胸口的导联线拔掉。监护仪上的心电波成了一条直线。

“你好？你能告诉我正要干什么吗？”欣黛问道。

没人回答。机器人传感器旁边的绿灯一闪一闪的，门开了，外面是镶着白瓷砖的走廊。医护机器人把欣黛的轮床从镜前推开，出了实验室。走廊空空的，有一股消毒液的味道，轮床的一只轱辘发出吱吱的声响，正好与机器人的脚步声相互呼应。

欣黛使劲地扭头，但却看不到机器人的传感器眼睛。“我想我的小腿肚子里有些润滑油，能不能让我把那轱辘弄弄。”

机器人默不作声。

欣黛也闭了嘴。心中默数着身边划过的一扇扇的白门。“4D实验室有什么？”

寂静。

欣黛用手指敲着身下的纸床单，听着它发出咯吱咯吱的声响和轱辘发出的吱嘎声，真令她心烦。她听到远处的另一条走廊里传来了说话声，她设想从紧闭的大门里随时会传来尖叫声。接着一扇门开了，机器人把她推进了4D房间。这间屋子和刚才那间几乎一模一样，只是没有观察镜。

欣黛被推到另一张床的旁边，上面放着熟悉的靴子和手套。接着，让欣黛吃惊的是，捆绑着欣黛的卡扣啪的一声打开了。

她赶紧把手脚都从金属卡扣里挣出来，免得机器人一会儿发现自己弄错了，又把她扣起来。但是机器人直接退回走廊，并没有别的反应。大门在它身后砰地关上了。

欣黛胆战心惊地坐起来，在屋子里搜寻着隐藏的摄像头，但并没有看到。墙边的桌子上放着一个同样的心率监控仪和部件扫描仪。她右边有一个网屏，并没有打开。接着是门，两张病床。还有她自己。

她腿一悠，摆到了床的另一侧，抓住她的手套和靴子。在系左靴子鞋带时，她想起了离开废品场之前藏在左腿里的工具，这简直就像是几辈子以前的事了。她打开左腿，发现工具没被拿走，不禁松了口气。她憋足一口气，拿起了一个最大最沉的工具——一把扳手——然后把盖子盖上，接着把鞋带系好。

当她把假肢遮盖起来，手里拿起武器后，感觉好多了。她仍然很虚弱，但是不像以前那么脆弱了。

然而却比以前更困惑了。

如果他们要让她死的话，干吗又把她的物品还给她？又为什么把她带到一个新的实验室？

她用冰凉的扳手揉搓着臂弯上的瘀伤，这看上去简直就像疫病的斑点。她又用拇指按压，隐隐作痛，证明它不是疫病斑点。

她再次察看屋子里是否有摄像头，不难想象，如果她试图捣毁试验设备，还没等她砸完，就肯定会有一队医护机器人冲进屋子；但并没有什么人进来。外面的走廊也没有脚步声。

欣黛从床上滑下来，来到门边，试了试门把手，门是锁着的。门框上有一个身份扫描仪，但欣黛把手腕在前面晃晃，显示灯仍是红色的，这说明扫描仪已经预先设定，只有特定的人员才能进来。

她来到柜子旁，试着打开一排抽屉，但是一个也打不开。

她不耐烦地拿扳手轻敲着大腿，边打开了网屏。网屏上一下子跳出一个图像，是一个全息影像，是她的，她的全息影像被分成两半。

她用扳手轻敲影像的腹部，画面忽闪了一下，接着又恢复了正常。

在她的身后，门猛地打开了。

欣黛也猛地转身，同时将扳手藏到身后。

一位戴着灰色便帽的老者站在她的面前，一手拿着波特屏，一手拿着两个装着血液的试管。他比欣黛要低，一件白色的试验大褂从他的肩上垂下，简直就像穿在骷髅模型上。他脸上的皱纹说明多年来他一直在苦思一些艰深的问题。但他的眼睛比天还蓝，此时，他眼中满含笑意。

面前的他让欣黛觉得像是一个在松软的面包前流口水的小孩。

门在他身后关上了。

“你好，林小姐。”

她的手握紧了扳手。他那奇怪的口音，颇似实验室空中传来的声音。

“我是厄兰医生，皇家蓝热病研究小组的首席专家。”

她强迫自己放松下来。“难道您不应该戴上口罩吗？”

他扬起灰白的眉毛。“为什么？你有病吗？”

欣黛恨得咬牙切齿，握紧了扳手。

“你干吗不坐下来？我有重要的事情和你商量。”

"噢，现在你想说话了。" 她说着，一点点往他身边挪。“我印象中您好像对您的试验小白鼠并不关心。”

“你和其他的志愿者有点儿不同。”

欣黛死盯着他，金属工具在手心里攥得都发热了。“也许这是因为我并没有要做一个志愿者。”

她高高地举起胳膊，瞄准了他的太阳穴，设想着一下子把他击倒在地。

但是她定住了，犀利的眼神不见了，心率减慢，视网膜还没有显示任何警告，肾上腺急速分泌也消失了。

此时，在她还没有完全清醒的头脑里闪过了一个清晰、明确的念头。他只不过是一个朴实的老人家。一个孱弱、无助的老人。长着她所见过的最无辜、最柔和的蓝色的眼睛。她并不想伤害他。

她的胳膊颤抖起来。

这时小橘灯闪了起来，她吃惊地扔掉了手里的扳手，哐啷一声掉在瓷砖地板上，但此时她一脸茫然，也顾不上它了。

他还什么都没说，怎么可能在撒谎？

医生甚至没有露出一丝害怕的神情。他的眼睛闪闪发光，对于欣黛的反应还挺高兴。“请，”他说，用手指指着病床，“你难道不想坐下来吗？”

第十一章　交易

欣黛不停地眨着眼睛，试图把心里的谜团驱散。她眼角的橘灯消失了——她仍然不明白是什么触发了它。

也许她的系统早先受到电击，程序被打乱了。

医生从她身旁走过去，指着网屏上的全息影像。“你肯定认得这个。”他边说，边用手指划过屏幕，这样屏幕上的人体便缓慢地旋转。“让我告诉你这有什么特别之处。”

欣黛拉拉手套，盖住疤痕。大步走到他身旁，一脚踢到扳手上，把它踢到了床底下。“可以说 36.28% 都非常特别。”

趁着厄兰医生扭过脸，她弯腰捡起了扳手。扳手拿在手里，感觉比以前重了不少。说实话，她整个人感觉都很沉重，她的手、她的腿、她的头。

医生指着全息影像的右肘部。“我们就是在这里注射了蓝热病菌，并在病菌上做了标记，这样我们就可以跟踪它们在你体内扩散的过程。”说着，他缩回手，轻敲着嘴唇。“现在你看到有什么特别之处了吗？”

“我没有死，而你好像也不怕和我待在一个房间里？”

“没错，说得好。”他扭过身来面对着她，隔着羊毛帽子揉搓着脑袋。“正如你所看到的，病菌消失了。”

欣黛用扳手挠了挠瘙痒的肩头。“您什么意思？”

“我是说它们不见了。消失了。吼吼。”说完他啪啪地拍着巴掌，如同在放鞭炮。

“这么说……我没病了？”

“没错，林小姐。你没有病了。”

“那我也不会死了。”

“没错。”

“那我也不传染了？”

“是的，是的，是的。感觉很棒，对不对？”

说完她靠在墙上，心里觉得好轻松。但是很快又充满疑虑。它们给她注射了病菌，而现在她已经病愈了？也没用任何抗生素？

这听上去像是一个圈套，但是橘灯却没有出现。他对她说的是实话，无论这听上去多么难以置信。“这种情况以前发生过吗？”

医生咧嘴笑了起来，虽然满脸皱纹，但笑起来却像个老顽童。

“你是第一例。我有一些理论来解释这一想象，但当然还需要验证。”

他离开了屏幕，走到试验台前，把试管放在上面。“这里是你的血样，一个是注射前提取的，另一个在这之后。我特别急于知道它们中隐藏着什么样的秘密。”

她偷偷地拿眼瞄了瞄大门，又看着医生。“您是说，您认为我是免疫的？”

“是的！看上去完全就是这么回事。非常有趣。非常特别。”

说着他把双手握在一起。“很有可能你生下来就这样。你的遗传基因中有种东西早就在你的免疫系统中，使其能够抵御这种特殊的疾病。或者你过去，曾经接触过少量的蓝热病菌，很可能是在你幼年时期，你的身体扛过了这种病菌感染，因此产生免疫力，现在它帮了你。”

欣黛听完倒吸了口冷气，他急切的眼神让她觉得很不舒服。

“你能回忆起童年与此相关的事情吗？”他继续说，“有没有得过重病？几乎与死神擦肩而过？”

“没有。嗯……”她犹豫着，同时把扳手塞到裤兜里。“我想，也许。我养父死于蓝热病，就在五年前。”

“你养父。你知道他有可能是在哪里感染的吗？”

她耸耸肩。“我不知道。我养——我的监护人，爱瑞，总是怀疑他是在欧洲传染的。就是在他领养我的时候。”

医生的手颤抖起来，好像只要握紧手指，就能使他免于耗尽自己的体力。

“这么说，你是从欧洲来的。”

她犹疑地点了点头。她从一个没有任何记忆的地方来，这让她感觉怪怪的。

“据你的记忆，那时欧洲有很多病人吗？你所居住的省有没有大规模爆发疫病？”

“我不知道。手术前的事我几乎都不记得了。”

他抬起眉毛，蓝色的眼睛吸收了屋子里所有的光。“你是说赛博格手术？”

“不，变性手术。”

医生脸上的笑容消失了。

“开玩笑的。”

厄兰医生让自己重新镇静下来。“你什么都不记得了，这是什么意思？”

欣黛吹开垂在脸旁的一缕头发。“就是这样。他们什么时候给我安装了大脑芯片，它怎么损伤了我的……你知道的，那个，我大脑里负责记忆的那部分。”

“海马体。”

“我猜是吧。”

“那时你多大？”

“十一岁。”

“十一岁”他马上松了口气。他的眼睛扫视着地面，好像她免疫的原因就写在上面。“十一岁，是因为一场悬浮车事故吧？”

“是的。”

“现如今，悬浮车几乎不会再有事故了。”

“都怪那些愚蠢的家伙，为了提速非要把防撞传感器去掉。”

“就算是这样，因为一些肿块和瘀青，你就要做这么多的修补，似乎也不对头。”

欣黛用手轻敲着嘴唇。修补——这是一个多么有赛博格味道的词啊。

“是的，哦，我父母也死于这场事故，我从挡风玻璃里被甩了出来。悬浮车也从磁悬浮轨道上撞了出去，悬浮车打了几个滚，最后把我压在下面。我的腿也摔成了粉碎性骨折。”她停了下来，摸着自己的手套。“至少，他们是这么告诉我的。就像我说的，我什么都不记得了。”

她只依稀记得药物引起的迷糊状态和混乱的思维。然后就是疼痛。每一块肌肉都在疼痛，每一个关节都狂吼，当她发现了别人对它所做的一切时，它的身体在拼力地反抗。

“自那以后，你有记忆障碍吗？或者又在形成新的记忆？”

“据我所知，好像没有。”她盯着医生，“这跟我的病有什么关联吗？”

“太神奇了。”厄兰医生说道，岔开了话题。他拿出显示屏，做了一些记录。“十一岁，”他喃喃道，接着说道，“长这么大，你肯定用过不少假肢吧。”

欣黛瘪了瘪嘴。她是应该用过不少假肢。但是爱瑞却拒绝为她的怪物女儿买新假肢。她没有回答，而把视线移到大门那里，然后看着装血样的试管。“那么，我可以走了吗？”

厄兰医生眼睛一眨，好像被她的问题伤到了。“走？林小姐，你很清楚，有了这个发现，你变得有多宝贵了吧。”

听完这话，她又紧张起来，手摸着兜里的扳手。“这么说，我还是一个囚犯，只不过更宝贵罢了。”

他脸上的表情变得柔和了些。把波特屏塞进兜里。“比你想象的要重要得多。你不知道你有多重要……有多大的价值。”

“那，现在怎么办？你要给我注射更多毒液，来看看我的身体怎么与病菌搏斗？”

“天呐，你太宝贵了，可不能让你死。”

“一个小时以前您可不是这么说的。”

厄兰医生的目光转向了全息影像，眉头微蹙，好像在思考她说的话。“林小姐，情况和一小时以前已经大不一样。有了你的帮助，我们可以拯救成千上万的生命。如果你真像我想的那样，我们可以——嗯，首先，可以停止招募赛博格志愿者。”他把握着的手放在嘴上。“另外，当然，我们可以付给你钱。”

欣黛把手插在腰带里，靠在试验台上。上面的好多仪器刚才看上去还是那么可怕。

她具有免疫力。

她很重要。

当然，金钱很有诱惑力。如果她能够证明自己可以养活自己，就可以结束爱瑞对她的监护权。她可以买回自己的自由。

可当她一想起牡丹，她的心情变得黯淡起来。

“您真的认为我能帮上忙？”

“是的。说实话，我想很快地球上的每个人都会对你充满感激。”

她深吸了一口气，跳上了病床，把两条腿盘了起来。“好吧，不过我们得把话说清楚——我是自愿的，也就是说，我什么时候想，就可以随时离开。不能有问题，不能有争论。”

医生脸上立刻光芒四射，埋在皱纹里眼睛的眼睛像灯似的熠熠生辉。“是的，绝对没问题。”

“我也要求有报酬，就像您说的。可我需要避开我的法定监护人，另开一个账号。我不想让她知道我同意这么做，或者让她拿到钱。”

让她吃惊的是，他竟然毫不犹豫。“那当然。”

她慢慢地吸了口气。“还有一件事。我的妹妹。她昨天被带到了隔离区。如果您真能找到抗生素，或者认为是抗生素，我想让她第一个用到。”

这次，医生的眼皮垂了下来。他转身来到网屏前，两只手在试验服上搓着。“这，我恐怕不能答应。”

她攥紧了拳头。“为什么不能？”

“因为皇帝必须是第一个用药的人。”他的眼里充满同情。“但是，我可以保证你妹妹是第二个。”

第十二章　战争威胁

当医护机器人把针头扎进皇帝的静脉时，凯王子隔着玻璃窗焦急地看着。皇帝自从第一次出现蓝热病的症状到现在，仅仅过了五天时间，可凯感觉就像过了一辈子。本应数年才会经历的焦急与痛苦浓缩在几个小时的时间里。

厄兰医生曾告诉过他一个迷信的说法，凡事都成三。

首先，他的机器人南希还没把有关发现告诉她，就坏了。

而现在，他的父亲又病了，生还无望。

下面会发生什么？还有什么是比这个更糟的？

也许月族会发动战争。

想到这里，他不寒而栗，在这个念头出现的瞬间，他就想把它收回来。

他父亲的顾问孔托林，是第二个允许看到病中的皇帝的人，此时他轻轻拍着凯的肩膀。“一切都会好起来的。”他说道。他说这话时，是冷静而不掺杂感情色彩的，这是他在观察别人的内心想法时，所特有的方式。

凯的爸爸呻吟着，睁开了水肿的眼睛。这个房间位于皇宫七层的研究大厅，已经被隔离出来。但是即使在这里，也尽量让皇帝待得舒服些。房间靠墙放了很多屏风，这样他可以在屏风后欣赏音乐，有些娱乐，别人也可以给他读书。他最喜欢的花卉也从花园移到这里，移来很多——房间里到处都是百合和菊花。窗上也铺着东方联邦最好的丝质床品。

但这一切都没什么用，这也只不过是把活人和将死之人分开的房间罢了。

一扇光洁的窗户把凯和他的父亲隔开，这时皇帝正眯起眼睛看着凯，但他的眼神是空茫的。

“陛下，您感觉怎么样？”托林说道。

虽然皇帝的眼角现出了皱纹，但他并不算老，可病痛的折磨加速了他的衰老。他的脸色苍白蜡黄，脖子上布满了红色和黑色的斑点。

他把手吃力地从毯子里伸出来，算是挥手示意。

“您需要什么吗？一杯水？还是吃的？”托林问道。

“还是护卫机器人 5.3？”凯建议道。

托林不赞同地瞥了王子一眼，但是皇帝在沉重的喘息中咧嘴笑了一下。

凯的视线模糊了，他不得不把眼睛移开，低头看着自己用力按在窗台上的手。

“他还有多久？”他说话时压低了声音，免得被他父亲听见。

托林摇摇头。“不好说，也许几天吧。”

凯可以感觉到托林正盯着他看，眼神里充满理解，但仍然是犀利的。

"现在还能和他在一起，你应该感激了，多少人在他们的亲人得病后，就被带走，根本见不到了。"

"可谁愿看到他们的亲人是这个样子？"凯抬起头来。他的父亲正努力让自己保持清醒，他的眼皮在抖动。"医护，给他点水。"

机器人滚动到皇帝身旁，抬起床头，把一杯水端到他嘴边，然后用白布擦去流出来的水滴。他没喝多少，但当他再躺下时，看上去却精神了些。

"凯……"

"我在这儿。"凯说道，呼出的气体模糊了玻璃窗。

"要坚强。要信任……"说着，他咳嗽起来。医护机器人把毛巾拿到他嘴边，凯看到了毛巾上的血迹。他闭上了眼睛，并极力平复着自己的情绪。

当他睁开眼时，看到医护机器人正在往输液瓶里加入透明的液体，这是缓解疼痛的药物。皇帝渐渐沉入沉静的睡眠，凯和托林一直看着。就像在看着一个陌生人。凯很爱他的父亲，可无论如何都不能把眼前的病人和一周前活力四射的父亲联系在一起。

只是一周的时间。

他不由地打了个冷战。托林紧紧地搂住他的肩膀。凯已经忘记他的手还在这里。

"殿下。"

凯没有说话，只是盯着父亲一起一落的胸脯。

放在肩头的手又紧抱了一下，然后就拿开了。"殿下，您将成为皇帝。我们必须为此做出准备，已经拖得太久了。"

太久了。一个星期而已。

凯装作没有听见的样子。

“正如陛下所说，您必须坚强起来。我会尽最大努力帮助您。”托林顿了顿，接着说，“您会成为一位出色的领袖。”

“不，我不会。”凯用手猛力地向后捋了下头发。

他将成为皇帝。

这些话听上去是那么空洞。

真正的皇帝在那里，在床上。他是一个冒名顶替者。

“我要跟厄兰医生谈谈。”他说着，从窗边往后退去。

“殿下，医生很忙。您不应该打扰他的工作。”

“我只是想问问有没有什么进展。”

“我肯定一旦有进展，他马上就会告诉您的。”

凯定定地看着托林，远在他出生之前，托林就是他父亲的顾问，即使现在，站在托林面前，凯仍感觉自己像一个孩子，他仍有调皮不听话的冲动。凯纳闷自己是否能够最终甩掉这种感觉。

“我要让自己感觉我做了什么。我不能就这么眼睁睁地看着他死去。”他说道。

托林垂下眼皮。“是的，殿下。我们都很难过。”

这不一样。凯话要出口，却忍住了。

托林转过身，面对着玻璃窗，低下了头。“皇帝万岁。”

凯用沙哑的声音，重复着同样的话。“皇帝万岁。”

他们默默地离开了探病室，穿过走廊，来到电梯口。

那里，一个女人正在等待他们。凯已料到她会在那里——这些天她总是在附近出现，而她是凯在这世上最不愿见到的人。

她是希碧尔·米拉[1]。月族女王的首席巫师。她具有惊人的美貌，乌黑的及腰长发，光滑细腻的皮肤。她身着与她的地位和头衔相符的制服：白色高领长袍，喇叭口袖拢，边缘绣着古埃及象形文字和神秘的符号。对于凯来说，这都是天书。

她的侍卫站在离她五步远的身后，他总是不离左右，又总是沉默不语。他和米拉一样漂亮，金色的头发在脑后梳成低低的马尾，脸部轮廓鲜明，但凯从未见过他有任何表情。

当凯和托林走近时，希碧尔的嘴角微微上扬，但她的灰色眼睛仍是冷峻的。

“尊敬的殿下，”她说话时优雅地微微低头，“尊敬的雷肯陛下病情怎么样了？”

凯没有回答，托林说道：“不太好。谢谢您的关心。”

“听到这个，真令人心痛。”听上去她在猫哭耗子。“我的女主人让我代为问候，并祝陛下早日康复。”

当她凝视王子时，凯兀然感觉她的身影在抖动，似幻影一般。同时，一个声音在他耳边低语——尊崇和敬仰，同情和关心。

凯努力把视线从她那里移开，让那声音消失。过了一会，他不平静的心才平复下来。

“你想干什么？”他说道。

希碧尔朝电梯伸出手说：“我要和未来的皇帝说几句话……这是命运的召唤。”

凯看了一眼托林，但他脸上没表现出任何同情。圆通，老到，

1　希碧尔——sybil，意为女巫。

一如既往，特别是在该诅咒的月族人面前。

凯叹了口气，半转过身子，对等候一旁的机器人说，“三楼。”

机器人的感应灯亮了一下。“殿下，请去三号电梯。”

他们上了电梯。希碧尔轻盈的身躯如同微风中漂浮的羽毛。侍卫最后一个进去，站在门边，面对着他们三人，好似希碧尔正处于极度危险之中。他冰冷的眼神令凯感到很不舒服，但是希碧尔似乎已经忘记了侍卫的存在。

“此时陛下染疾，实为不幸。”她说道。

凯面对着她，死死地抓住扶手，把恨都注入光滑的木头中去。“下个月生病是不是对你更方便？”

他讥讽的话并没有让她失去耐心。“当然，我要说的是我的女主人一直以来和雷肯皇帝商讨的联盟事宜。我们在符合月族和东方联邦双方利益的前提下，正在谋求达成一项协议。”

一直看着她，令凯感到晕眩，失去平衡感。所以他强迫自己把视线移开，看着电梯门上面的数字。“自拉维娜女王登基以来，我父亲一直希望与她达成协议。然而她总是拒绝。”

“是因为他还没有满足她提出的一些合理的要求。”

凯恨得咬牙切齿。

希碧尔继续说道：“殿下，我希望，作为皇帝，您能够做出明智的选择。”

电梯经过了六层，五层，四层，凯王子一直没有说话。“我父亲是一位明智的人。此时，我无意改变以前的任何决定。我真心希望我们能够达成协议，但恐怕您的女主人得降低她非常合理的要求。”

希碧尔的笑容凝住了。

“哦，您还年轻。”当电梯门在三层打开时，她说道。

他低下头，就算她表扬了自己。然后把脸转向托林。“如果您有几分钟时间，请跟我一起步行到厄兰医生的办公室好吗？也许您能提一些我没想到的问题。”

“当然，尊敬的殿下。”

两个人离开电梯时，都没有跟希碧尔和她的侍卫道别，但是凯却听到身后传来她甜美的声音——“皇帝万岁”——然后门关上了。

他低声吼道：“我们应该把她关起来。”

“一个月族的大使？这可不是和平的姿态。”

“这总比他们对待我们的态度强。”他用手插在头发里，把头发从前捋到后。“哼——月族。”

这时，凯意识到托林没有跟着他，于是他把手放下，转过身来。托林的眼神沉重而焦虑。

“怎么了？”

“我知道这对您是艰难的时刻。”

凯的火气马上就要涌上来，他想替自己辩解几句，但却极力忍住了。“这对所有人都是艰难的时刻。”

“殿下，我们终归要讨论拉维娜女王的问题，以找出应对方案。未雨绸缪才是明智之举。”

凯走近托林，完全无视在他们身边来来往往试验人员。“我是有计划，就是不和她结婚，断绝外交往来。喏，讨论结束。”

托林吃惊地张大了嘴。

“不要这样看着我。她会把我们摧毁的。”凯压低了声音，“她会把我们都变成奴隶。”

“我明白，殿下。”他眼神里流露出的同情让凯的气也没那么大了。“请相信我，我是不会要求您这样做的，正如我不会要求您的父亲答应什么一样。”

凯向后退了一步，重重地靠在墙上。穿着白大褂的科学家在他们身旁不停地穿梭，机器人滚动也发出唰唰的声音，但大家似乎都没有注意到王子和他的顾问，至少没有显露出来。

“好吧，我听着呢，我们有什么计划？”他说道。

“殿下，这不是说话的地方——”

“不，不。我全神贯注地听呢。请给我说点别的事情占住我的脑子，省得老想那该死的疫病。”

托林深吸了口气，“我认为我们并不需要改变外交政策。我们将遵循您父亲制定的一贯策略。目前，我们可以要求缔结和平协议，也就是一份协约。”

“那么，如果她不签署呢？如果她厌烦了等待，决定按她所威胁的那样去做呢？您能想象现在就爆发战争吗？现在疫病流行，经济不景气，而且……她会将我们毁灭。对这一点，她很清楚。”

“如果她想发动战争，那她现在已经发动了。”

“除非她在等待时机，等我们十分薄弱，没有任何机会，只能投降的时候。”凯挠挠后脖颈，看着走廊里来往的人们。每个人都这么忙碌，这么坚定地寻找着抗生素。

如果有抗生素就好了。

他叹了口气。“我真该结婚。如果我已经结婚了，拉维娜女王就不成其为问题了。她就会签署和平条约……假如她也想要和平的话。”

看到托林没说话，于是凯强迫自己扭过头来看着他的顾问，令他感到吃惊的是，他的脸上竟流露出少有的柔情。

“也许在庆典日时你可以遇到一个女孩，展开旋风式浪漫故事，从此过上幸福生活，再也不必为以后的日子担心了。”

凯生气地看了他一眼，但也就一眼。托林很少开玩笑。“好主意，我怎么没有想到呢？”他转过身来，用肩膀抵着墙，双臂交抱在胸前。“事实上，也许有一种选择是您和父亲都没有考虑到的，我最近一直在想这个问题。”

“您请说，殿下。”

他压低声音，“最近，我在做一个小调查。”他顿了顿，然后接着说：“是关于……关于月族的继承者的问题。”

托林睁大了眼睛。“殿下——”

“听我说完。”凯说着，举手到唇边示意托林不要打断他，虽然他知道自己的话一定会遭到反驳。他知道托林会说：赛琳公主，也就是拉维娜女王的侄女，已经死了。十三年前死于一场大火，月族没有继承者。

“每天都有传闻，说有人看见过公主，也有人声称他们帮助过她，理论上讲……”凯继续说道。

“是的，我们都听到了些传闻。你和我都清楚，这纯粹是空穴来风。”

“但如果这是真的呢？”凯抱起双臂，低头凑近托林，把声音压得很低。“如果确实有一个女孩，她可以夺取拉维娜的王位呢？

一个更强大的人？”

“您知道自己在说什么吗？比拉维娜更强大的人？您是说像她姐姐那样的人，把自己最喜爱的女裁缝的脚砍下，这样她只能整天坐着，给她做漂亮衣服？”

“我们说的不是珊娜蕊女王。”

“是的，我们说的是她的女儿。凯，她所有的直系亲属，每一个人，都因权利之争而变得贪婪、暴虐、腐败。这已经深入他们的骨髓。相信我，就算赛琳公主还活着，她也好不到哪去。”

这时，凯意识到因为抓得太紧，手臂都有点疼了，手臂上的皮肤已变成白色的了。“她不可能太坏吧，谁知道呢？如果传言是真的，这么长时间以来她一直在地球生活，也许她会有所不同。也许她会同情我们。”

“你把自己的美好设想建立在传闻之上。”

“人们从未找到过她的尸体……”

托林撇撇嘴，“他们找到了一个。”

“做点调查也没坏处，不是吗？”凯说道，内心却感觉很失望。他用心想这事已经很久了，调查也接近事情真相。但把这一切都当作一厢情愿的美好设想，令他难以忍受，在他的内心深处，总觉得还有可能。

“不，有坏处。如果拉维娜发现您在想这些，我们就没机会签署合约了。我们甚至不应该在这里谈起这事——太危险了。”

“现在，到底是谁在听这些传言？”

“殿下，讨论到此结束。您现在目标是如何阻止战争，而不是为什么子虚乌有的月族公主担心。”

“要是我无法阻止战争呢？”

托林低头看着自己的手掌，经过一番争论，他看上去很疲惫。“如果是那样的话，联盟会奋力而战。”

“没错，完美的计划。经过这次谈话，我就放心多了。”

他转过身，朝实验室的方向大步走去。

地球联盟肯定会奋力而战，这点毋庸置疑；但以强大的月族为敌，他们定会战败。

第十三章　免疫力

“你的控制面板非常好，很复杂。这是我在一个赛博格身上看到的最高级的技术。”厄兰医生在各个方向上转动着全息影像。“看你脊椎上的线路。几乎和你的中枢神经系统完美结合在一起。简直是完美的工艺。啊！看这里！”他指着全息影像的骨盆部位说道：“你的生殖系统几乎没有动过。你知道，很多女性赛博格因为做了侵入性手术，已经无法生育，但是从目前的情况看，我觉得你应该没问题。”

欣黛托着下巴坐在床上。“我还挺幸运。”

医生对他摇摇手。“你应该感谢你的医生才对，他做手术这么小心。”

“我更该感激一个人，他对一个女孩的复杂线路感兴趣。”她用脚跟磕着床腿，说道：“这和我的免疫力有关系吗？”

“也许有关，也许无关。”医生从衣兜里拿出眼镜，架在鼻子上，眼睛仍盯着影像。

欣黛歪过头，问道：“他们没有掏钱让您做视力矫正手术？”

“我喜欢现在的感觉。”厄兰医生把影像拖下来，显示出欣黛的头颅内部影像。“说到眼睛手术，你知道你的泪腺已经没有了吗？”

“什么？真的吗？我一直以为我只是性格内向罢了。”她把腿抬起来，抱膝坐在床上。“我也不会脸红，这会不会是您的下一个伟大发现？”

他转过身，眼睛在镜片后面显得大大的。“不会脸红？怎么回事？”

“我的体温靠大脑调节，如果我太热了，热得太快，它就会强迫体温降下来。我想也许只是像一个正常人那样出汗是不够的。”

厄兰医生拿出波特屏，在上面点了点。“太聪明了，他们肯定是怕你的系统过热。”他喃喃自语道。

欣黛伸长脖子想看看显示屏，但太小，她没看到。“这很重要吗？”

他并没有回答。“看看你的心脏，”他边说，边再次用手指着全息影像。“这两个心室是用硅板做的，但和生物组织结合在一起。太了不起了。”

欣黛用手捂住胸脯。她的心脏。她的大脑。她的神经系统。还有什么是没有受到损伤的？

她又摸着脖子，顺着脊椎往下摸，边盯着影像上的金属椎骨，那些金属的侵入者。“这是什么？”她伸手指着影像上的一个阴影问道。

“啊，是的，我和我的助手刚才也在议论这个。厄兰隔着帽子挠挠头。“看上去它和椎骨的材料不同，位于中枢神经束的上方。也许是为了弥补小的错误。”

欣黛拧着鼻子说：“真棒，我有小错误。”

“你的脖子曾有过不舒服的感觉吗？”

“只有当我一整天都钻在悬浮车下面的时候，才会不舒服。”

还有，在我做梦的时候。在噩梦中，似乎脖子下面的大火燃烧得最旺，然后热力会顺着她的脊椎骨向下走。那种持续不断的炙热，就像炭火在她的皮肤低下灼烧。她打了个冷战，想起昨晚梦到了牡丹，她不停地哭喊，埋怨欣黛对她所做的一切。

厄兰边用波特屏拍着自己的嘴唇，边看着欣黛。

欣黛有些难为情。“我有个问题。”

“什么？”医生把显示屏放到衣兜里，说道。

“您以前说过，我的身体杀死那些病菌之后，就不传染了。”

“没错。”

“所以……假如我是自然感染的……比如说，一两年前，那我需要过多久就不会传染了？”

厄兰医生咂咂嘴。“嗯，你的身体在每次接触病菌时，都能有效抗菌，这可以想象。因此，如果这次你用了二十分钟就把细菌杀死了……呃，那么我认为以前你可能只用了不到一个小时。最多两个小时。不过，也很难说，因为对于每种疾病，每个个体的反应是不一样的。”

欣黛抱住大腿想，从市场走到家的时间要一个小时多一点。“如果……病菌附着在，比如说，衣服上呢？”

“那样的话，时间不会很长。病原体在没有宿主的情况下很难生存。”他皱起眉头看着她。“你还好吧？”

厄兰医生正了正帽子。“我想，一切都只能在我们分析了你的血样和基因序列之后才能搞清楚。但是我想先了解一下你的身体构造，免得它影响检验结果。”

“成为赛博格也不能改变基因，对吗？”

“是的。但是也有研究表明人体在手术后，可能会分泌不同的荷尔蒙，产生化学物质失衡，产生抗体等等。当然，手术侵入性越强，就越——”

“您认为这和我的免疫力有关？我是说赛博格？”

医生眼神里透出的满不在乎的神情，令欣黛感到不安。“不是的。但正如我刚才说的……我有一些理论。”他说道。

“您要跟我分享这些理论吗？”

“哦，是的。一旦确认这些发现是正确的，我就会和全世界的人一起分享。事实上，我曾经想过你脊椎上神秘的阴影。你不介意我做一些尝试吧？”他摘下眼镜，放到兜里，和波特屏放在一起。

“您要做什么？”

“只是一个小试验，不用担心。”

厄兰医生绕到床边，把指尖放在她的脖颈上，她不由得扭头，视线跟着他转。接着他掐掐她的颈椎。他一碰她，她的身体就僵硬了。他的手是温暖的，但是她还是不由地打了个冷战。

“告诉我你是否有什么感觉……不寻常的感觉。”

欣黛刚要张嘴说话，告诉他所有的人类在别人触碰他时，都会有不寻常的感觉，但她马上觉得喘不过气来。

灼烧和疼痛的感觉穿过脊椎，传遍全身。

她大叫一声，从床上跌落下来，瘫倒在地上。

第十四章　再见

红色显示信号在她眼前闪过。她的视网膜显示器呈现出一堆乱糟糟的绿色线条。她的线路出问题了——她的左手手指不听使唤地疯狂抽搐。

“镇静，林小姐。你一点事都没有。”这声音，带有奇怪的口音，平静而不带丝毫同情，从她耳边传来。接着另一个人用很惊慌的声音说道：“一点事也没有？你疯了？她怎么啦？”

“只是一个小试验。她不会有事的，殿下。您看，她这不醒过来了。”

她极力睁开眼睛，心里在默默地反抗着。要不是实验室里还有两个阴影，那雪白的光线简直要刺瞎她的眼睛。她模糊的视线渐渐聚焦，看清了厄兰医生的毛线帽子和天蓝色的眼睛，还有凯王子，黑色的乱蓬蓬的头发垂在前额。

这天，当视网膜第二次显示诊断试验结果时，她闭上了眼睛，有点担心凯王子会注意到她瞳孔里绿色的光线。

还好，她至少戴着手套。

“你还活着吗？”凯说着，把她纷乱的头发从她的前额拨开。

当他的手指触碰到她的皮肤时，她感觉很烫，很湿，但她很快意识到，发热的是自己的身体。

这是不可能的。她不会脸红，不会发烧。

也不可能过热。

医生对她做了什么？

“她碰到头了吗？”凯问道。

“哦，她很好。”厄兰医生又说一遍。“受点惊吓——但不会受伤。对不起，林小姐，我没有料到你这么敏感。”

“您到底干了什么？”她问道，说话时很小心，尽量让自己口齿清晰。

凯把手伸到她的背后，扶她坐起来。她向后缩缩身子，赶紧把裤腿往下拽，免得让自己小腿的金属光泽显露出来。

“我只是在调整你的脊椎。”

欣黛瞥了医生一眼，根本无须橘色显示灯提醒，就知道他在撒谎，可是橘色显示灯还是亮了起来。

“她的脊椎怎么了？”凯的手滑向她脊椎的底部。

欣黛深吸一口气，身子不由地抖了一下。她害怕那疼痛感再次袭来，王子的触碰就像厄兰医生的触碰一样，会使她的系统产生异样的反应——可是，什么也没有发生，很快，王子扶他的手也不那么用力了。

“没有任何问题，脊椎是各个神经汇集的地方，然后神经系统会将信号传给大脑。”厄兰医生说道。

欣黛用惊恐的眼神看着厄兰医生。她已经能够想象，如果医生告诉凯王子他正扶着一个赛博格时，他肯定会立刻把手拿开。

“林小姐正抱怨颈部的疼痛……”

她使劲地攥着拳头，以至于手指头都酸疼了。

“……所以我给她调整一下。这叫作颈椎推拿疗法，一种很古老的疗法，然而却有奇效。她的椎骨比我认为的要更加弯曲，因此，突然推直脊椎令她的系统感到阵痛。”他咧嘴向王子笑着，眼里没有关心和同情。橘色灯仍在闪烁。

欣黛目瞪口呆地看着医生，等他继续把这些愚蠢的谎言说完；之后，他会把她所有的秘密告诉王子。她是一个赛博格，对疫病有免疫力，是他最喜欢的试验室小白鼠。

但是，厄兰医生并没有提及其他事情，只是一味地对她憨笑，倒让她满腹狐疑。

欣黛感到王子一直盯着自己，于是扭过头来，本想耸耸肩，表示厄兰医生的话对自己不像对王子那么有意义，但是王子热切的眼神却令她把到嘴边的话又都咽了回去。

“我希望他告诉我的都是实话，不然我们刚有幸见面你就死去，也太遗憾了。”他眼含微笑，好似在与她开一个私密的玩笑，之后，她强迫自己呵呵地笑了起来，这是从她嘴里冒出来的最假情假意的笑。“你还好吗？”他说着，握住她的手——一只胳膊仍揽在她的身后。“你能站起来吗？”

“我想是的。”

他帮她站了起来。刚才的剧痛已然消失得无影无踪了。

“谢谢您。”她挣开他的手，尽管实验室的地板很干净，她还是掸掸身上的土，大腿也不小心碰到了床帮上。

“你在这里做什么呢？”他说着，把两手放下来，尴尬地垂在身侧，停了一会，才插进衣兜里。

欣黛刚要开口，厄兰医生清清嗓子，打断了她。

“你们两位见过面？”他问的时候抬起浓密的眉毛，以至于眉毛都钻进帽子里了。

凯答道：“我们昨天认识的，在市场。”

欣黛赶紧把手插进衣兜，跟凯的动作一模一样，接着她摸到衣兜里的扳手。“我来这儿，嗯……是因为……嗯——”

“有一个医护机器人出故障了，殿下，”厄兰医生插话进来，“我要求她来看一看。她的机械活可是一流的。”

凯开始点点头，但很快停下来扫视着房间四周。“什么医护机器人？”

“当然，它已经不在这儿了。”厄兰医生用轻快的语气说道，好似撒谎是一个好玩的游戏。“可能是我们通常所说的失血了。”

“是——的，”欣黛说着，强迫自己把嘴巴闭上，免得像个傻瓜。“我已经修好了，跟新的一样。”她抽出扳手，在手上转着，好似这就是无可辩驳的证据。

尽管凯看上去似信非信，但他还是点点头，仿佛这件事不值得问询。医生这么轻松地编了一个故事，欣黛很感激，可这还是令她不安。他对王子保密，有什么原因？难道凯不应知道这一切？每个人不是都应该知道吗？

“我猜你还没来得及检查南希吧？”凯问道。

凯王子这么一说，欣黛也不旋转扳手了，而是两手紧紧握住它，免得显露出自己内心的不安。“还，还没有。对不起。是因为……在过去的二十四小时……”

他无奈地耸耸肩，但动作很生硬。“你的客户名单恐怕得有一英里长吧。我也别指望能受到什么皇家的礼遇了。”他稍微犹豫了一下，又说，“尽管，我猜我可以有此礼遇。”

当欣黛看到王子露齿而笑的时候，她的心怦怦地跳起来，他的笑容仍和在市场时一样，那么迷人而又出乎意料。接着，她看到他身后的全息影像，仍显示出她身体的内部结构——从金属脊椎骨，到一束束的电线，再到她完好无损的子宫。她把视线移到王子身上，心跳得厉害。

“我保证尽快检查，就在节前，一定。”

凯转过身，循着她的视线看到了全息影像，不禁吓了一跳。欣黛紧张得手心冒汗，胃里的神经痛苦地翻搅起来。

屏幕上显现的是一个女孩。一台机器。一个怪物。

她咬住嘴唇，心想再也不会看到王子魅力无穷的微笑了。这时，厄兰医生走到屏幕前，轻轻一按，就把屏幕关掉了。“对不起，殿下，病人信息需要保密。这是今天志愿者的影像。”

又一个谎言。

欣黛紧紧地攥着扳手，心里感激的同时，又充满狐疑。

凯也从刚才的吃惊之中回过神来。“这就是我来这里的原因。我在想，您是不是已经有了什么进展。”

“这还很难说，殿下，但是我们很可能已经有了些眉目。当然，要是有什么进展，我一定会及时向您汇报。”说完，他的脸上露出很单纯无邪的笑容，先是对凯，然后对欣黛。他脸上的表情很清楚地表明——他不会告诉凯任何事情。

她不明白为什么。

欣黛清清嗓子，边向门口退，边说道:“我该走了，就不打扰您工作了。”她边说，边拿扳手敲打着自己的手掌。“我想……呣……我会回来检查医护机器人是否正常工作?那就……明天?”

“非常好。我留下了你的身份号码，需要你时会用得到。”厄兰医生说道。他脸上的笑容有点不自然，一点点，仿佛在说，只要欣黛自愿回来，她的“志愿者”身份才能保留。她现在的确很珍贵。他并不打算就这么让她永远地离开了。

“我送你出去。”王子说。他的手在扫描仪前一挥，门就轻轻地打开了。

欣黛举起戴手套的那只手，扳手还握在手里。“不，不，没关系，我自己能找到路。”

“你肯定吗?不麻烦的。”

“是的。绝对。我想您肯定有很重要的……皇家的……政府的……研究工作，要讨论。哦，谢谢您，殿下。”她说完，笨拙地鞠了一躬，很高兴这次两只脚起码能站稳了。

“好吧。那么，很高兴再次见到你。真是一个小小的惊喜。”

她哈哈地笑起来，笑声中不无嘲讽之意。但她却吃惊地发现，他的表情是认真的，他的眼神里充满善意，还有一丝的好奇。

“见到您我也——也是。”她边往门口走，边说道。面带微笑，身体却在微微颤抖，暗暗祈祷这次脸上可不要有油污了。“那么，您的机器人修好了，我会通知您。”

“谢谢你，林妹。”

“您可以叫我欣——”门在他们中间啪地关上了。“——黛。叫欣黛就可以。殿下。”她无力地靠在楼道的墙上，用指关节敲着脑门。“我会通知您。您可以叫我欣黛。”她重复着这些话，然后咬住嘴唇。“谁会在乎这个嘟嘟囔囔的女孩。”

他是全国女孩子心目中的白马王子，他离她的国度，她的世界太遥远了。在门关上的那一刹那，她就不该再想他了。应该马上停止。应该永远不再想他了，他只是她的主顾——这个国家的王子。

然而，他的手指触摸她皮肤的感觉却拒绝消失。

第十五章　策划逃跑

欣黛需要先下载一个皇宫科研大厅的位置图，才能找到出去的路。她的精神已经紧张到极点，王子，牡丹，所有的一切。就算她现在真的是一名志愿者。一个珍贵的志愿者，她仍感觉自己就像一个冒名顶替者，在明亮的白色大厅走路时低垂着头，尽量避免与那些科研人员和白色的机器人的目光相遇。

她经过了一个会客厅时——里面有两个网屏和三张软垫座椅——她不由地停下了脚步，目光被窗外的景象吸引住了。

那美丽的风景。

城市的风景。

从地面看，新京纷乱杂沓——太多大楼挤在狭小的空间里，一条条街道横七竖八，每条小巷子里的电线和晾衣绳交错纷杂，每一面墙壁上都爬满藤蔓植物。

但从位于三层楼高的崖壁之上的皇宫看去，这座城市美丽异常。太阳高挂在天空，在阳光照射下，摩天大楼的玻璃窗和金色屋顶熠熠生辉。欣黛可以看到在大楼间穿梭不停地悬浮车和画面不断变化的巨大网屏。从这里看到的城市生机勃勃，却没有了以往的嘈杂之声。

欣黛先找到由薄薄的蓝色玻璃和镀铬板构成的一群房屋，它们像哨兵一样护卫着市场广场的入口；接着她慢慢循着道路向北看去，试图找到凤凰塔公寓。但公寓隐藏在大量城市建筑和阴影的背后，无迹可寻。

想到这里，她对这座宫殿的敬畏之情倏然而逝。

她还得回去。回到那所公寓。回到她的监狱。

她还得修理凯的机器人。她还要保护艾蔻。如果爱瑞脑子里闪出一个念头，要把艾蔻当废金属卖了，或者更糟，要把它“出错”的个性芯片换掉，那它可能“活”不过一个星期。自从欣黛不得不搬回来和她们一起住开始，爱瑞就一直在抱怨这个机器人总是太有主意了。

不管怎么说，她无处可去。要等到厄兰医生想出办法把钱存到欣黛的账户而不被爱瑞发现，在这之前，她一没钱二没车，而且她唯一的人类朋友也被关在隔离区里。

她不由地攥紧了拳头。

她得回去，但不会待太久。在爱瑞的眼里，她一无是处，是个纯粹的累赘，这一点爱瑞已经挑明了。爱瑞现在发现了既可摆脱欣黛，同时又有利可图的方法，便会毫不犹豫地这么做。这样，她也不会有负罪感，毕竟人们需要找到抗生素，而牡丹也需要抗生素。

也许爱瑞这么做是对的。也许欣黛作为一个赛博格确实有义务去牺牲自我，以拯救所有正常的人类。也许让那些已经器官受损的人去做实验是有道理的。但欣黛心里明白她永远不会原谅爱瑞。这个女人本应保护她，帮助她。假如爱瑞和珍珠是她仅有的亲人的话，她宁愿独自离开。

她必须离开，而她知道怎么做。

当欣黛走进公寓时，爱瑞脸上吃惊表情几乎弥补了欣黛这些天所遭受的所有痛苦。

她一直坐在沙发上，看着波特屏。而珍珠待在屋子的一角，正抱着波特屏玩游戏，游戏人物都是按她最喜欢的名人设计的——包括和凯王子外形近似的人物。很久以来，这就是她和牡丹所喜欢的游戏。但是现在珍珠正在和陌生人打斗，看上去既无聊又痛苦。当欣黛走进屋子时，珍珠和爱瑞都吃惊地张大了嘴。屏幕上一个王子模样的人也倒在了他对手的剑下。等珍珠让游戏暂停时，也已经迟了。

“欣黛，”爱瑞把波特屏放在旁边的桌子上，“你怎么——？”

“他们做了些试验，认为我不是他们需要的类型，所以就把我送回来了。”欣黛挤出了一个微笑。“别担心，我肯定他们会承认您高尚的牺牲精神。也许他们会发给您感谢函的。”

爱瑞仍不敢置信地看着欣黛，直愣愣地站在那里。“他们不可能把你送回来！”

欣黛摘下手套，塞到口袋里。“我想您还是得发表一个正式的声明，来表达您的不满。就这么贸然闯入，我很抱歉。看得出，您操持家务还挺忙的。如果您不介意，我就好好干活养家，这样下次您再有机会摆脱我的时候，也许还会有所犹豫。”

她大步走到楼道，艾蔻正从厨房探出亮亮的脑袋来往外看，蓝色的传感器灯因吃惊而地一闪一闪地，欣黛的情绪立刻由仇视转为宽慰。有一段时间，她甚至认为自己再也见不到艾蔻了。

当爱瑞追在她身后，走进楼道时，欣黛这种短暂的欢乐便一扫而光了。“欣黛，等等。”

尽管欣黛有心想不理她，但还是停下脚步，转身面对着她的监护人。

她们四目相对，充满愤恨。爱瑞在吃惊过后，又回过神来。她看上去老多了，比先前老了好几岁。

“我会与研究机构联系，来确认你没有说谎，如果你做了什么……如果你毁掉了我帮助女儿的唯一的机会——”爱瑞说着说着，声音就嘶哑了，接着变成高声大喊。欣黛可以感觉到她说话时在强忍泪水。“你不可能那么没有用！”说完，她挺起胸膛，抓住两边的门框。

“您还想让我做什么？”欣黛也忍不住大喊，同时挥动着手臂。“好吧，去跟研究员联系吧！我没有做错任何事。我去了，他们做了试验，他们不需要我。如果您希望他们把我装在盒子里送回来，没有，我很抱歉。”

爱瑞咬着牙说：“你在这个家里的地位仍没有改变，我让一个孤儿来到我家，成为我的家人，而她跟我却对我如此不敬。”

“真的吗？”欣黛说道，“我是不是也要把今天他们对我做的、我不喜欢的事一一列举出来？我被针扎过，头被叉手钎过，我还注射了有毒的病菌——”说到这里，她突然停了下来，她不想让爱瑞知道真相，知道她真正的价值。“说实话，我对您的所作所为并不太在乎，包括现在。是您在我没有对您有任何伤害的前提下，出卖了我。”

“够了。你非常清楚你对我、对这个家做了什么。”

“嘉兰的死不是我的错。”说着她转过了头，视网膜上出现了许多愤怒的白点。

“好吧，”爱瑞说，她的声调一如既往，高高在上。“呃，你回来了。欢迎回家，欣黛。但只要你还住在这个家里，你就得继续服从我的命令。明白吗？”

欣黛用机械手牢牢地扶住墙壁，好让自己站稳。“服从您的命令。好吧，比如说，‘欣黛，干好家务活；欣黛，找一份工作，我好付账单；欣黛，去给那些抓狂的研究员做实验室小白鼠。’是的，我完全明白您的意思。”她回过头朝身后一看，艾蔻已经缩回到厨房了。“您肯定也明白我已经浪费了半天绝好的工作时间，请您最好把伺服 9.2 借给我，好让我把活赶上。您不会介意的，对吧？”没等回答，她就冲回到自己橱柜大点的小卧室，砰的一声把门关上了。

她靠在门上，直到视网膜上的警示信号消失，自己的手不再颤抖。当她睁开眼时，看到了爱瑞从墙上打落的那只网屏，堆放在了她称为床铺的一摞毯子上。塑料碎片散落在她的枕头上。

她没有注意爱瑞是否已经买了新网屏，还是客厅的墙壁仍空着。

她叹了口气，接着赶紧换衣服，想尽快摆脱身上那股挥之不去的消毒水味。她把塑料碎片清理到工具箱里，把屏幕往胳膊下面一夹，鼓足勇气才进入客厅。艾蔻没动地方，躲在厨房的门口。欣黛朝公寓门口点点头，艾蔻就跟了过来。

她目不斜视地穿过客厅，但她想她听到了凯王子在珍珠的游戏里死去时发出的惨叫。

她们刚走到楼道——孩子们都上学去了，所以很安静——艾蔻就用她瘦长的胳膊抱住欣黛的腿。“这怎么可能？我以为你肯定活不成了。到底发生了什么？”

欣黛把工具箱递给艾蔻，大步朝电梯走去。“我会把一切告诉你，不过现在我们还有活干。”等到去地下室的路上，只有她们两个人的时候，欣黛才把一切都告诉了艾蔻。但把凯王子来实验室，发现她不省人事躺在地上的那一段略去了。”

“这么说，你还得回去？”当她们走进地下室时，艾蔻问道。

“是的，但是没事。医生说我现在已经没有危险了。另外，他们要给我钱，也不会让爱瑞知道。”

“多少钱？”

“不敢肯定，但是应该有很多，我想。”

欣黛打开工作室的铁丝网门，艾蔻抓住欣黛的手说：“你知道这意味着什么？”

欣黛用脚顶住打开的门。“你指什么？”

“这意味着你可以买一件漂亮裙子——比珍珠的那件还漂亮！你可以去参加舞会，爱瑞也挡不住你。”

欣黛好像她刚吃完了酸柠檬似的双唇紧闭，把手从艾蔻的手里挣出来。接着开口说道：“真的吗，艾蔻？”她边说，边翻动着乱糟糟的工具箱。“你真的以为爱瑞仅仅因为我能给自己买得起裙子就会让我去？她弄不好会把我的裙子扒下来，然后把扣子卖掉。”

“嗯—　这么说，我们不能把裙子和去舞会的事告诉她。你也没必要跟她们一块去。你比她们强，你很珍贵。”艾蔻的风扇拼命地旋转，好像她的处理器不能处理如此多的复杂信息。“对蓝热病免疫。我的明星啊，就凭这个你就能变成名人。”

欣黛也没搭腔，弯腰把网屏挂到支架上。她的视线落到远处角落里的一件银色织物上，它在昏暗的光线下显得黯淡无光。“那是什么？”

艾蔻的风扇变成了慢速的嗡嗡声。“牡丹参加舞会的裙子。我……我不舍得把它扔掉。反正也不会有人到这里来，你觉得呢？……所以我想就把它留下吧。算是为我自己留的。”

“这可不好，艾蔻。衣服也许有细菌。”欣黛犹豫片刻，就走过去，提起缀满珍珠的袖口。衣服上满是尘土和褶皱，而且也有可能带有细菌，但是医生说过病菌在衣服上存活的时间不会很长。

另外，这衣服现在也没人会穿了。

她把衣服挂在焊接架上，然后转过身来。“我们不要把钱花在裙子上。我们还是去不成舞会。”她说道。

“为什么不行？”艾蔻说道，可以听出来机器人的声音里夹杂着哀怨。

欣黛走到桌旁，抬起腿架到桌子上，然后把她小腿里的工具拿出来。“你还记得咱们在废品场看到的车吗？那辆用汽油的老式车？”

艾蔻的扬声器发出了粗声粗气的噪音，这也就是她能发出的最接近抱怨的声音了。“那怎么啦？”

“我们要把所有的时间和钱都用来修理这部车。”

“不，欣黛！你是在开玩笑吧。”

欣黛一边关上小腿的储存仓，放下裤腿，一边在心里盘算着所需物品的清单。她的视网膜上闪过一行字。

找到车。评估车况。找到配件。下载线路图。买汽油。

她一眼瞥见凯的机器人仍在桌子上。修理机器人。“我可是认真的。”

她把头发拢成紧紧的马尾辫，心中莫名地兴奋起来。她大步走到位于角落的立式工具柜，开始着手寻找需要的工具——弹力绳、铰链、碎布、发动机，所有用于清洁和修理旧车的东西。“我们今晚就去废品场，可以的话，就把它弄到修理厂，不然的话，我们就得在废品场修理。嗯，我明天上午得回到皇宫，明天下午检查一下王子的机器人。如果咱们抓点紧，我看一两个星期就能把它修好，也许还能更快。当然，这要看它需要什么零件。”

“可这是为什么？我们干吗要修它？”

欣黛把工具扔到背包里。“因为这车能让我们离开这里。”

第十六章　突变

凯王子在楼道里飞奔，值夜班的护士和医护机器人都慌忙贴紧墙壁站着。他是从位于从十六层的皇室私人居所，一路狂奔过来的，只在等电梯的时候停下喘了口气。他猛地推开会客室的大门，在门口骤然停住脚步，手仍捉着门把手。

他扫视全屋，惊恐不定的眼神最后落在托林身上，此时，托林正抱紧双臂靠在会客室另一侧的墙上。这位顾问把视线从玻璃窗前移开，与神色慌乱的凯的目光相遇，不由地垂下了眼皮。

“我听说——”凯说道，他直了直身子，润了润干渴的嘴唇，之后才走进大厅，门在他身后关闭。一盏台灯和隔离室明亮的荧光灯照亮了这间小会客室。

凯向病室里望去，他的父亲已经闭上了眼睛，一个医护机器人拉着一块白单子正要罩住他的脸。他怦怦跳的心此时一下子沉入谷底。“我来得太晚了。”

托林也很难过。“这只是几分钟前的事。”他说道。他强迫自己离开墙壁。凯看到这位顾问消瘦的面庞和布满血丝的眼睛。在他的波特屏旁，有一杯没碰过的茶水。他一直在熬夜工作，并没有回到自己的家里，自己的床上。

凯突然感到浑身无力，他把头抵在冰凉的玻璃上。他本应也待在这里的。

“我会安排记者招待会。”托林的声音空洞洞的。

“记者招待会？”

“国人必须知道皇帝逝世的消息，我们要一起为他哀悼。”

此时，在那短短的一瞬，托林似乎被巨大的痛苦攫住了，但他深呼吸，抑制住了自己的情绪，没有表露出来。

凯绝望地闭上眼睛，掩面而泣。即使他知道这一切必然会到来，知道自己的父亲身患不治之症，也难掩心中哀痛。他如此之快便失去了所有的一切。他失去的不仅仅是自己的父亲，不仅仅是一位皇帝。

还有，他的青春，他的自由。

“您会像他一样成为一个好皇帝的。”托林说道。

他的话令凯感到害怕。他不愿面对这一切，面对自己能力的匮乏。他还太年轻、太愚蠢、太乐观、太天真。他做不了皇帝。

此时，他们身后的网屏哔哔地响起来，接着传来一个女人甜美的声音：“有来自月族拉维娜女皇发送给东方联邦王储凯王子的信息。”

凯转身对着屏幕，只觉得天旋地转，头脑一片空白。他示意把信息传送进来。他把眼泪强咽了下去，感到的只是头疼。此时的气氛异常紧张。可他们两个谁也没有动。

“她怎么可能知道？这么快？她肯定有眼线？”凯说道。

他用余光看到托林向他投来严肃的一瞥，是警告他现在还不是怀疑的时候。“也许是您深夜在城堡狂奔时，被她的巫师和护卫看到了。不然还会有什么别的解释？”他说道。

凯镇定下来，站直了身子，仿佛屏幕就是他的敌人，他冲着屏幕大声说：“我想，我们哀悼的时间已经结束了。”接着用低沉的声音说道：“屏幕，接受信息。”

网屏打开了。凯看到了月族女王，汗毛都立了起来。她的头上披着一个华丽的乳白色面纱，就像一个永远的新娘。在面纱的下面，隐约可见长长的黑发和鬼魅般的身影。据月族人讲，他们的女王是上天赐予的礼物，不能被低贱的地球人看到。而据凯所知，事实上女王的天仙般的美貌是通过控制人们的脑电波来实现的，而这种能力却不能穿越网屏，因此她从来不让人们在网屏上看到她的真面目。

不管什么原因，长时间看着这个披白沙的身影令凯的眼睛感到刺痛。

“我亲爱的摄政王子，”拉维娜用矫揉造作声调说道，“请允许我向令尊大人的过世表示哀悼，雷肯皇帝是一位好皇帝。愿他永远安息。”

凯向托林投去冷冷的一瞥。眼线？

托林并没有看他。

“尽管这是悲痛的时刻，可我仍希望我们可以与您——地球东方联邦的新领袖——继续进行关于联盟的谈判。不管您的加冕何时进行，我认为没有理由把谈判推迟到您的加冕礼之后进行。我认为应该在您治丧期间，依据您的时间，选定一个合适的日期进行一次会谈。我的飞船已经准备完毕，可以在第二天清晨出发，亲自给您送去我的问候以及祝贺。我会通知我的巫师为我的到来做好准备。她会为我到访时的日常需要做好充分的准备。请您不必为我的事费心。我相信在这个哀痛的时刻，您还有诸多事务需要处理。请允许我把我的祝福送给您以及您的联邦。”她说完点点头表示敬意，之后屏幕就关闭了。

凯面色阴沉，面对着托林。他紧握的双拳贴在身体两侧，尽量不让手颤抖。“她想到这里来？离父亲过世还不到十五分钟！”

托林清清嗓子，说道：“我们明天早晨就需要商谈此事，我想，应该在记者招待会召开之前。”

凯转过身，用头撞得窗户当当响。在玻璃窗的另一边，盖着白单子的父亲已经没有了身体的高低起伏，很像身披白纱的女王。皇帝在过去的几周身体消瘦了许多，此时的他看上去更像一个人体模型而不是一个男人。

他的父亲已溘然长逝。再也不能保护凯。再也不能提出建议。再也不能领导这个国家了。

“他认为我柔弱可欺，她想趁时局未稳，劝说我接受联姻。”他说完，用脚愤怒地踢了下墙壁，却发现自己没穿鞋，疼痛无比，强忍着才没叫出来。“难道我们不能拒绝吗？告诉她，这里不欢迎她。”

“我认为这样做未必符合令尊大人所一直追求的和平理念。”

“在过去的十二年中，是她一直在试图挑起战争。”

托林面色沉郁，闭口不言，他眼中所透出的深深的焦虑让凯的怒气消了一大半。“谈判必须要考虑到两方面的需求。我们要听听她要求什么，但她也必须尊重我们的意见。”

凯情绪低落。他转过身来，扬起头，看着昏暗的天花板说："她是什么意思？她的巫师会为她准备日常所需？"

"移开镜子，我怀疑。"

凯眯着眼睛。"镜子，对啊，我忘了这事。"他不停地揉搓着前额。这对月族人意味着神秘？不是随便什么月族人，而是拉维娜女王，在地球上，这个国家，建起她自己的家。想到这，他不禁打了个冷战。"人们是不希望出现这样的事情的。"

"是的。"托林叹了口气说，"明天对于东方联邦而言，是一个黑暗的日子。"

第十七章　隔离区

欣黛的脑子里叮的一声响，一条信息在睡梦中传递过来。

来自新京第二十九区蓝热病隔离区的信息，林牡丹于地球时间 126 年 8 月 22 日 04：57 进入蓝热病第三期。

欣黛用了几分钟时间才从沉沉的睡眠中清醒过来，来思考这条信息的意义。在这间没有窗户的卧室，她睁开眼睛，坐起身来。因为昨夜去废品场鼓捣车，她累得浑身酸疼，脊背好似被那辆老汽车轧过似的无比疼痛，昨天是她和艾蔻一起把打成空挡的车从僻静的小路上推出来的。她们成功了，已经把车推到公寓楼的地下修理区的一个黑暗的角落，现在这车已经是她们的了。她只要一有时间，就可以去修理它。只要没人抱怨它的气味，目前这车就是她和艾蔻之间的小秘密。

当她们终于回到家时，欣黛累得好像拔掉电源的机器人。还是第一次，她没有做噩梦。

至少，在被这条信息惊醒之前，她没有做噩梦。

只要一想到牡丹一个人孤零零地待在隔离区，她在自己用毯子堆起来的床上就难以安寝，不由得发出了深深的叹息。她戴上手套，从客厅的亚麻布衣柜里偷出一张绿色的凸花纹的毯子，经过艾蔻，径直朝门外走去。此时，艾蔻已经打成省电模式，正在客厅充电。不带自己的机器人出行，感觉怪怪的，但她已决定去完那里之后，再直接去皇宫。

走在楼道里，她听见另一个楼层有人在走动，网屏嗡嗡地在播报早间新闻。欣黛第一次叫了辆悬浮车，当她走到大街上时，悬浮车已经等候在那里。她扫了下身份卡，给了它隔离区的地址，然后才坐到后座上。欣黛连上网，这样她就可以追踪悬浮车到隔离区的行进路线。与她视网膜连接的地图显示，隔离区位于工业区，在十五英里外的市郊。

这座城市仍在朦胧的晨雾中沉睡，一座座公寓楼黑魆魆的，看不分明，人行道上也空荡荡的。随着悬浮车的前行，市中心渐渐被甩在身后，楼宇之间相隔渐远，大楼也越来越矮了。淡淡的晨曦已洒在道路上，在道路上拉出了长长的影子。

欣黛不需要看地图，就知道他们已经到达工业区。她眨眨眼，把地图关闭，看着一座座的工厂和混凝土库房从车旁掠过。库房装有巨大的卷闸门，连最大的悬浮车，甚至大货车也许都进得去。

欣黛下车时，扫了下身份卡，从她几近作废的账号上把车钱划掉。欣黛命令悬浮车等候。然后朝最近的一个库房走去，库房门口站着几个机器人。在门的上方，有一个崭新的网屏。上面显示着：

蓝热病隔离区。病人及机器人在此线内。

她把毯子搭在前臂上，尽量显得自信的样子，向前走去，心里盘算着机器人会问她些什么问题。但是机器人一定是没有跟进入隔离区的健康人打交道的程序设计；当她走过时，他们根本没有注意她。她盼望离开时也一样容易。也许她本该早些跟厄兰医生要一份通行证。

当她进入库房时，一股粪便和腐物的臭味扑鼻而来，熏得她倒退了几步，赶紧捂住鼻子，胃里也开始翻搅起来。她真希望大脑里的存储器能把臭味像声音似的屏蔽掉。

她隔着手套深吸一口气，然后屏住呼吸，硬着头皮进到了库房。

里面要凉爽些，因为阳光照射不到这里的混凝土地面。紧贴着高高的天花板有一排小窗户被不透明的绿色塑料布遮挡着，使得室内光线十分昏暗。头顶上昏暗的白炽灯发出嗡嗡的声响，但它们并不能够驱散黑暗。

墙壁之间相隔很远，中间一排排地放了好几百张床，床上铺着参差不齐的毯子——都是些捐赠物和废弃物。她很高兴自己给牡丹带来了一张好毯子。多数的床铺是空的。这个隔离区是在疾病向城市不断蔓延时，在几周之前草草搭建的。尽管如此，这里已是苍蝇遍地，屋子里一片嗡嗡声。

欣黛从几个病人旁边走过，他们有的在睡觉，有的目光呆滞地盯着天花板，他们的身体上满是黑蓝色的疹子。那些仍然有意识的人便坐着看波特屏——这是他们与外界的唯一联系方式。当欣黛匆匆走过时，他们目光灼灼地盯着她看。

医护机器人的数量比病人多，他们在病床间穿梭，给病人带来食物和水。但没人过来阻止欣黛。

欣黛发现牡丹正裹着一张淡蓝色的毯子在睡觉。要不是因为枕边垂下的一绺栗色卷发，欣黛真不敢说否能认出牡丹。紫色的疹斑已经扩散到她的手臂上。她在打哆嗦，脑门上汗津津的，看上去就像一个老妇人。死亡已经逼近了她。

欣黛摘下手套，将手背贴在牡丹的额头上。额头又湿又热。这是蓝热病第三期的症状。

她把绿毯子搭在牡丹身上，然后站在那里，犹豫着是该叫醒她，还是让她继续休息。她转身看看四周。在她身后的床位是空着的，在牡丹对面的床位有一个小小的身影，脸背对着她，如婴儿般蜷缩着身体。是一个孩子。

这时有人拽了下她的手腕，她吓了一跳。是牡丹，她用仅剩的一点力气正捉住欣黛的钢手指。她用哀求的眼神望着欣黛。同时，牡丹的眼神里还有恐惧和敬畏，仿佛她在与鬼神对视。

欣黛强忍着内心的痛苦，在床边坐下，这床几乎和她卧室的地板一样硬。

"带我回家？"牡丹问道，她的声音极度沙哑。

欣黛无言以对。她抓住牡丹的手，"我给你带来了一个毯子。"她说，好像这样说就能解释了她来这里的原因。

牡丹垂下了眼皮。她用手抚摸着毯子上的织花，过了很久都没有说话。突然，一声尖叫传来。欣黛扭头去看时，牡丹的手不由地抓紧了她。欣黛边四处张望，边想一定是杀人了。

在四条过道远的地方，一个女人一边尖叫，一边挥动四肢。一个镇静的医护机器人正要给她注射，而她却在祈求对方别动她。

两分钟之后，来了另外两个机器人，他们抓住这个女人，把她按在床上，让她伸出胳膊，接受注射。

欣黛感觉到牡丹蜷缩起了身子，于是扭过脸来，看到牡丹在颤抖。

“我正在遭受惩罚。”牡丹说着，闭上了眼睛。

“别胡说。这病，这……这不公平。我知道，可这不是你的错。”欣黛说道。

说着，她轻柔地拍着牡丹的手。

“妈妈和珍珠……？”

“她们的心都碎了。我们都特别想你。她们没有感染。”欣黛说道。

牡丹忽然睁开了眼睛，仔细打量着欣黛的脸和脖子。“你的疹子呢？”

欣黛茫然地摸着脖子，刚要开口说话，牡丹却等不及她的回答了。“你可以在那儿睡，对吧？”她指着一张空床说道，“他们不会把你安排到很远的床位，对吧？”

欣黛紧紧握住牡丹的手。“不，牡丹，我没有……”她四下里看看，好像也没人注意她们。隔着两张床，一个医护机器人正在给病人喂水喝。“我没有病。”

牡丹歪着头问道：“可你已经在这儿了。”

“我知道，这很复杂。你看啊，我昨天去了蓝热病研究中心，他们给我进行了测试，然后……牡丹，我是免疫的。我不会得蓝热病。”

牡丹紧锁的眉头打开了。她仔细看着欣黛的脸和脖子，接着又看看胳膊，好像她的免疫力是可以看得见的东西，是一件很明显的事。“免疫？”

欣黛不停地揉着牡丹的手，因为把自己的秘密告诉了别人而很焦虑。“他们要我今天回去。主任医生认为可以利用我找到抗生素。我跟他说，如果找到了，你必须是第一个用药的人。我让他保证了。”

牡丹瞪大了眼听着，感到十分吃惊，接着，她的眼中充满了泪水。“真的吗？”

“绝对。我们就会找到抗生素的。”

“那要多久？”

“我——我不敢肯定。”

牡丹伸出另一只手紧紧地抓住欣黛的手腕。她的长指甲嵌入欣黛的皮肤，可她过了很久才感觉到疼痛。牡丹呼吸急促，眼中涌出了泪水。但当很快获救的希望消失之后，她陷入了绝望。“别让我死，欣黛。我想去参加舞会。记得吗？你还要把我介绍给王子——”她转过头，抑或是想忍住自己的泪水，抑或是不想让人看到，抑或是想快点把泪流完，但是这一切全都没有用。接着，她便剧烈地咳嗽起来，血从嘴里咳了出来。

欣黛不由地蹙起眉头。她伸手用毯子角把牡丹下巴上的血丝擦掉。“牡丹，不要放弃。如果我是免疫的，那么肯定能找到打败疫病的办法。他们一定会。你还能去参加舞会。”她心里琢磨着是不是把艾蔻设法给她留着裙子的事告诉她，可那样的话，就得告诉她所有她碰过的东西也都没有了。于是她清清嗓子，把头发从她的鬓边拂开。“我能为你做点什么，能让你舒服点儿？”

牡丹枕着破枕头，摇摇头，拉过毯子把嘴捂上。可她还是抬起眼睛，问道:“我的波特屏呢？”

欣黛愧疚地低下头。“对不起，还是坏的，我今晚就去修。”

“我只是想跟珍珠联系。还有妈妈。”

“当然，我会给你拿来的，尽快。”牡丹的波特屏。王子的机器人。汽车。“牡丹，对不起，我得走了。”

牡丹的小手握得更紧了。

“我会尽快来的，我保证。”

牡丹颤抖着，吸了口气，呼出来，然后松开了手。她把虚弱无力的手伸到毯子下，把毯子拉到下巴底下。

欣黛站起来，用手帮牡丹梳理了一下头发。“睡会吧，保存体力。”

牡丹含泪的眼睛一直追着欣黛。“我爱你，欣黛。你没病，我真高兴。”

欣黛心里一紧，她弯下身去，噘起嘴唇，在牡丹湿漉漉的额头上亲了一下。“我也爱你。”

她迫使自己离开时，心里非常难过，尽量骗自己说还有希望。确实有希望，一线希望。

她朝隔离区门口走去时，没有看旁边的病人，但是听到有人叫她的名字。她停了下来，起初以为这个沙哑的声音不过是夹杂在歇斯底里的哭喊声中的幻觉。

“欣——黛？”

她转过身，看到了一张熟悉的脸，半掩在年久脱色的旧被子里。

“张姐？”她走进那张床铺的床头，从那女人的床上飘来的恶臭令她不由地拧起鼻子。张萨沙，市场的面包师。她眼皮水肿，皮肤蜡黄，几乎认不出来了。

欣黛尽量调整呼吸，然后绕到床边。

被子盖着萨沙的鼻子和嘴，随着她吃力的呼吸而上下起伏。她的眼睛灼灼的，欣黛从来没见过她的眼睛这么大。这双眼睛里没有了鄙视，这是欣黛看到的唯一的一次。“你也病了？欣黛？”

欣黛没有回答，而是在犹豫了一下之后，问道：“我能为你做点什么？”

这是她们之间所交换的最有善意的话语。被子往下拉了拉，露出萨沙的脸。这女人的下巴和脖颈上满是蓝色的斑点，欣黛倒吸了口凉气。

“我的儿子，把山德带来吧？我要见他。”她艰难地喘息着说道。

欣黛站着没动，她想起了以前萨沙开铺子时是怎样喝令山德远离她的。“把他带来？”

萨沙从被子里伸出一只胳膊，抓住欣黛的金属和肌肉交接处的手腕。欣黛扭动手腕，想挣脱开，但萨沙握得很紧。她的手是蓝色的，指甲蜡黄。

这是蓝热病第四期，也是最后一期的体征。

“我尽力。”她说道。接着伸出手，犹豫了一下，然后轻轻拍着萨沙的手。蓝色的手指松开了她，然后颓然地躺在床上。

“山德，”萨沙喃喃地说道。她的眼睛盯着欣黛的脸，但却是一片茫然。“山德。”

欣黛向后退去，看着她，她的喊声渐渐枯竭，生命的迹象也从萨沙黑色的眼睛中消失了。

欣黛感到胃里一阵抽搐，赶紧用手臂捂住胃。她向四周看去，其他病人没有一个注意到她或者她身旁的那个女人——那个尸体。接着她看到机器人朝他们滚动。她想，医护机器人应该是跟什么设备连接着，以便马上知道谁死了。

把讣告送给家人要用多久？山德要用多久才能知道他已经没有妈妈了？

她想转身，想离开，但是却定在那个地方。机器人滚动到床边，用叉手拉起萨沙的四肢。除了下巴上的蓝斑，萨沙的脸是死灰色的。她的眼仍然睁着，朝着天堂的方向。

也许医护机器人会问欣黛问题，也许有人想知道这女人最后说了什么，她的儿子也许想知道。欣黛便可以告诉他们。

但，医护机器人的传感器根本没有转向她。

欣黛润润嘴唇，张开嘴，却不知该说什么。

医护机器人打开身体上的盖板，把空着的叉手伸进去，拿出一把手术刀，切入萨沙的手腕，一股血流顺着萨沙的手掌滴下来。欣黛目不转睛地看着，觉得一阵恶心。

欣黛强迫自己从刚才的惊愕中清醒过来，跌跌撞撞地向前一步。床帮硌进她的腿里。“你们干什么？”她没想到自己的声音那么大。

医护机器人的手术刀已经扎进萨沙的肉里，这时停了下来。他的黄色传感器对准了欣黛，然后灭掉了。“我能为您做什么？”它用机械的声音礼貌地问道。

“你在对她做什么？”她又问了一遍。她想上前一步，把手术刀夺走，但又怕自己理解错了。这么做一定是有原因的，符合逻辑的原因。机器人都是很有逻辑的。

“取走她的身份卡。”机器人说道。

“为什么？”

传感器又一闪，机器人开始把注意力转回萨沙的手腕。“她不再需要了。”接着医护机器人放下手术刀，拿起镊子，欣黛听到金属相碰的声音。当机器人把小芯片拿出来时，她不禁皱了皱眉头。上面的保护膜是猩红色的。

“可是……你难道不需要用它去辨别尸体？”

从机器人身体的塑料盖板里伸出了一个小盘子，机器人把芯片扔到里面。欣黛看到这张芯片和几十个血淋淋的芯片混在了一起。

机器人拉起破被子盖住萨沙没有闭上的眼睛。它没有回答欣黛的问题，而是简单地说道：“我只是遵照程序指令行事。”

第十八章 邀请

当欣黛走到库房出口时，一个医护机器人滚动到她面前，用细长的手臂拦住她的去路。“病人严禁离开隔离区。”它说着，把欣黛推回到库房里。

欣黛抑制住内心的紧张，把一只手掌抵住机器人光滑的前额，拦住了它。“我不是病人，我根本没有病。”说着，她伸出手臂，露出这两天因为扎了太多针而留下的瘀青。

机器人在处理这一信息时体内发出嗡嗡的声响，它正在数据库中搜寻数据，以做出合乎逻辑的反应。接着它腹部的盖板打开，伸出了第三只手，也就是带注射器的那只手，向欣黛伸过来。她有点害怕，胳膊的肌肉绷得紧紧的，当机器人抽取血样时，她尽量让自己放松下来。接着，注射器缩回到机器人的腹部，欣黛把衣袖捋到手套边缘，等待着。

这次的测试时间似乎比在废品场的时间要长，欣黛稍稍平复的心此时又有些慌乱——要是厄兰医生弄错了呢？——这时，它听到低低的哔哔声，机器人退后，给她让出了去路。

她长长地舒了口气，踏着炎热的柏油路往外走，不再回头看机器人和它的伙伴。悬浮车仍在那里等候。她坐进后座，给悬浮车下指令，直奔新京皇宫。

欣黛第一次来皇宫时处于无意识状态，因而此次，当悬浮车带着她在城市边缘峭壁上的蜿蜒道路行驶时，她一直紧贴着车窗向外看。她体内的网络搜寻了信息，告诉她皇宫是在第四次世界大战之后修建的，那时的城市几乎只是一片瓦砾。皇宫是按照旧世界的建筑风格设计的，既有怀旧的象征主义色彩，又体现了达到艺术级别的工程特色。宝塔型的宫顶铺满金色的瓦片，四周有麒麟滴水槽，但是瓦片实际是由镀锌钢板制成的，上面覆盖着微小的太阳能发电材料，可以为包括研究中心在内的整个皇宫供电。麒麟滴水槽安装有动态传感器、身份扫描仪、三百六十度摄像头以及可以监测六十英里半径内抵近皇宫的飞行器和悬浮车的雷达。这些科技都是显而易见的，真正的高科技却隐藏在宫内雕梁画栋的梁柱和层层攀缘的宝塔之中。

而吸引欣黛的不是这里的高科技，而是鹅卵石路旁一排排的樱花树、花园入口的竹篱，以及透过车窗隐约可见的潺潺小溪。

悬浮车并没有在位于深红色藤架下的主门停下，而是绕到皇宫北侧，靠近研究大厅的地方。尽管皇宫这一区域更现代而不是更复古，但欣黛仍在路旁看到了笑眯眯的佛像。当她付完车钱，向自动玻璃门走去时，脚踝有种异样的感觉——仿佛监测来客是否带了武器。让欣黛感到宽慰的是，她腿里的钢制配件没有触发报警系统。

走进皇宫后，一个机器人向她问好，询问她的名字，并让她在电梯处等候。研究中心的人们很繁忙——有外交官、医生、大使和机器人，他们都在大厅走动，忙于各自的事务。

电梯门开了，欣黛走了进去，很高兴就她一个人。电梯门刚要关上，停了一下，又打开了。“请等一等。”传来电梯操作员机械的声音。

过了会儿，凯王子从半关的门里冲进来。“对不起，对不起，谢谢——”

他看见了她，然后愣在那里。“林妹？”

欣黛离开电梯箱壁，略上前欠身，以最自然的状态鞠了一躬，同时不由自主地瞄了一眼自己的手套，看看是否盖住了手腕。“殿下。”这句话无意识地脱口而出，她感觉自己还应该再说些么，来填满空荡荡的电梯，但她终未想起该说什么。

电梯门关了；电梯开始往上走。

她清了清嗓子。“您可以，嗯，叫我欣黛。您不必这样——使用外交辞令。”

王子牵了下嘴角，但那个神秘的笑容并没有浮现在他的脸上。“好吧。欣黛。你是在跟踪我吗？”

她皱了皱眉。差点恼了，但很快意识到他是在跟她开玩笑。“我只是找医护机器人检查一下，我昨天已经查过了，今天再确认一下还会不会有故障什么的。”

他点点头，但在那一瞬间，欣黛察觉到他眼中的忧虑的阴影，肩头也似乎变得沉重起来。“我正要去找厄兰医生看看他进展如何，我从侧面听说他在最近招募的一个志愿者那里取得了一些进展。我想他没跟你提起过吧？”

欣黛拨弄着腰带上的袢带环。“没有，他什么都没说。我只是技师而已。”

电梯停了下来。凯做手势让她先下，然后跟上来和她一起朝实验室走。欣黛走路的时候，一直盯着脚下的白地板。

“殿下？”一位留着黑黑的辫子的年轻女士走过来，她看着凯王子的眼睛里充满同情。“我深表遗憾。”

欣黛转头看着凯，只见凯向那位女子点点头。“谢谢你，芳婷！”然后继续往前走。

欣黛感到迷惑不解。

他们走了十几步，另一个手里拿着很多空试管的女子又走过来搭话。“请节哀，殿下。”

欣黛停下了脚步，心里忐忑不安。

凯也停下来，扭头看着身后的她。“你肯定是还没看到今早的新闻。”

欣黛的心剧烈跳动起来。她赶快连接网络查看今天的信息，一页页网页在她眼前闪过。在 EC 新闻网页，她终于看到了六张雷肯皇帝的照片以及两张凯的照片——摄政凯王子。

她赶紧用手捂住了嘴。

凯似乎也很吃惊，但只是短暂的一瞬。他低下头，黑黑的刘海遮住了眼睛。“猜得没错。”

“对不起，我不知道。”

他把手揣到兜里，眼睛直视着前方。这时，欣黛才注意到他的眼圈红红的。

“我希望不要有比父亲去世更糟的事情发生了。”

“殿下？”她的网络仍在浏览信息，但却没有看到更糟的消息。另一条唯一值得注意的消息就是王子的加冕典礼将在和平节同晚举行，就在舞会开始之前。

当他再次与她的目光相遇时，面露诧异之情，似乎一时间忘记了在跟谁说话。接着，他说："你可以叫我凯。"

她似信非信地眨眨眼睛。"请原谅，您是说？"

"你不必再称我'殿下'，已经有不少人……哦……每个人都这样叫我，已经够了。你可以叫我凯。"

"不，这可不太——"

"你不必让我把它变成皇家敕令吧。"他脸上勉强露出一丝微笑。

欣黛缩了缩脖子，突然感到很不好意思。"那么，好吧。"

"谢谢。"他朝大厅点点头。"那，我们走吧。"

她几乎已经忘了他们是在研究中心大厅，四周都是人，大家都有礼貌地不去打扰他们，好像他们根本不存在。她顺着在大厅里走，心里思忖她是否有说话不合适的地方，而现在走在刚刚变成凯的王子身边，感觉很尴尬，很不自在。

"机器人有什么问题？"

她抠着手套上的一块油污。"噢，对不起，还没修好呢。可我正在修，我发誓。"

"不，我是说医护机器人。你为厄兰医生修的那个。"

"噢，噢，是的。呣，那个……那个……线路断了。是连接视觉传感器和……控制面板的线路。"凯扬起一侧的眉毛。欣黛不敢肯定他是否相信了她。她清清嗓子。"您，呣，说还有更糟的？刚才？"

凯停了一会没有说话。她觉得很尴尬，耸耸肩。“没关系，反正我又不想探听什么。”

“不，没关系。你很快就会知道的。”他边走边低下头，靠近她的耳朵说道：“月族女王今早通知我们她要来东方联邦进行外事访问。应该是定了。”

欣黛惊诧地差点绊了个跟头。但是凯继续往前走。她跌跌撞撞地跟在后面。“月族女王要来这里？您不是当真的吧？”

“我也希望这不是真的。宫里的机器人整个上午都在忙着把会客厅里能反光的东西挪走。真可笑，好像我们没有什么更好的事可做了。”

“反光的东西？我一直以为这只是迷信。”

“显然不是。应该和他们所谓的魔力……”他拿指头在脸上转了一圈。“嗨，没关系了。”

“她什么时候来？”

“今天。”

欣黛听完心里一沉。月族女王？来新京？她感到不寒而栗。

“我会在半小时后发表声明。”

“可是她现在来干什么？我们正在哀悼期间？”

凯表情冷峻，苦笑了一下。“正是因为我们在哀悼期间。”

凯停下脚步，扫视了一下大厅，然后凑近欣黛，低声说道：“你瞧，你帮我修理机器人我非常感谢，我知道，京城最好的技师肯定有成千上万件的修理活儿要干，可是，不怕你说我是个骄纵的王子，我能请求你把南希的活儿往前挪挪吗？我急着想把它拿回来。我——”他犹豫了一下，接着说：“我想我需要借助儿时导师的道德援助了。你明白吗？”他眼神里的强烈渴望道出了他的真意。他想让她知道他在撒谎，这跟什么道德援助、儿时留恋根本毫不相干。

王子眼中的焦虑确实意味着这机器人不同寻常。那么，这个机器人的身体里究竟会藏着什么重要的信息？它和月族女王又有什么关系呢？

“当然，殿下。对不起。凯王子。我一到家就赶快修理。”

在他这无比的焦虑背后，她似乎看到了一丝感激之情。随后，凯来到标着厄兰医生的门前，他为她打开门，先让她进去，随后走了进来。

厄兰医生正坐在漆木桌前，认真地看着嵌进桌面的电脑屏。当他看到凯时，急忙起身，同时抓起他的毛帽子，绕过桌子，朝他们走过来。

“殿下——对不起。我能为您做点什么？”

“没什么，谢谢。”凯按照惯常的方式作答。接着，他振振肩，重新考虑了一下，说道：“找到治疗方法。”

“我会尽力的，殿下。”他戴上了帽子。“我当然会的。”医生的脸上充满自信，他的这份自信令人感到惊异，同时，也让人宽慰。欣黛立刻在想，是不是在她离开的这段时间，他又有了新发现。

她想起了孤零零一人待在隔离区的牡丹。尽管想起牡丹令她很难过，并立刻责怪自己不该这么悲观，但她还是忍不住去想——雷肯皇帝已经离世，那么按顺序，牡丹就应该是第一个接受治疗的人。

凯清清嗓子，说道：“我在前厅发现了你新来的美丽的技师，她告诉我是来检查医护机器人的。你知道，如果需要，我可以给你提供资金，购买升级版机器人。”

听到“漂亮”这个字眼，欣黛很是吃惊，但是无论厄兰医生还是凯都并没有注意她。她一边跷着脚，一边打量着房间四周。房间里有一扇落地窗，从这里可以看到外面郁郁葱葱的皇宫花园和远处的城市。一个开放的书架放着许多物品，既有她熟悉的物品，也有不同寻常的东西；既有新的，也有古老的——一摞书籍——不是电子书，而是实实在在的纸质的书籍；一个花瓶，里面的花已经枯萎了，只剩下了叶子；许多盛着液体的瓶子，上面仔细地贴着标签；另外一些瓶子，里面装着动物标本和甲醛溶液；还有一些岩石、金属和矿石，上面都仔细地贴着标签。

这是一个所谓皇家科学家的办公室，可也真像一个巫医的办公室。

“不，不，只要修理一下就行了。”厄兰医生在撒谎，其坦然程度不亚于前一天。“没什么好担心的，我可不想给新机器人再弄什么新程序。另外，要是我们的机器人不出毛病，怎么能有借口老找林小姐到宫里来嘞？”

欣黛盯着医生，为他一直在撒谎而颇感窘迫，但是凯的脸上却露出了一丝笑容。

“医生，有传闻说你这几天取得了一些突破性进展。是真的吗？”凯说道。

厄兰医生从口袋里拿出眼镜，用工作服的衣角擦拭着，说：“我的王子，您不要听信那些传闻，您知道的，我最讨厌还不了解具体情况时，就给人以希望。可我一旦有了确切消息，您会第一个看到报告的。”说着，他戴上了眼镜。

凯把手插到兜里，看上去挺满意。“好吧。这样的话，我就不管你了，希望很快可以看到你的报告摆到我的办公桌上。”

“这恐怕很难，殿下，您现在还没有办公桌啊。”

凯耸耸肩，转向欣黛。他向她礼貌地微微点头，眼神也柔和了些。“我希望我们能够再次走到一起。”

“真的吗？这么说，我猜我得继续跟踪您。”她开完这个玩笑，有点后悔，可是凯却大笑起来。这是发自内心的笑，她的心里觉得暖暖的。

接着王子朝她伸出手——要握她的机械手。

欣黛不由得紧张起来，虽然戴着手套，但还是害怕王子会感觉到她的手是硬硬的金属，更怕引起他怀疑时，把她的手套拽下来。她下意识地尽力让自己的机械手显得柔软些，弯曲些，更像人类的手。凯王子拿起她的手，在手背上吻了一下。她连气都不敢喘了，既惶恐，又尴尬。

王子放下她的手，鞠了一躬——他的头发又掉到眼里——然后离开了房间。

欣黛僵在那里，她的电子神经系统在低鸣。

她听到厄兰医生好像是很好奇似的咕哝着什么，但是门刚关上，又开了。

“尊敬的，”厄兰医生刚要开口说话，凯踏进房间门。

“请原谅，我可以再跟林妹说句话吗？”

厄兰医生把手朝她一摆。“当然。”

凯仍站在门口，转身对着她，说：“我知道现在说这个不太合适，但请相信我，这么说纯粹是出于自我保护。”他深吸了一口气。“你能作为我的特邀嘉宾来参加舞会吗？”

他很耐心地站在那里，过了好一会，他扬扬眉毛，作为一种无声的催促。

“请——请原谅？”

凯清清嗓子。站直身子。“我猜你是要来参加舞会的吧？”

“我——我不知道。我是说，不，不，对不起，我不去参加舞会。”

凯遭到拒绝，感到很纳闷。“哦，那么……可是……也许你会改变主意？因为我是，你知道。”

“王子。”

“没有吹嘘的意思，只是一个事实。”他快速说道。

“我知道。”她大口地喘着气。舞会，凯王子邀请她去参加舞会。但，如果车能修好，她和艾蔻打算那晚逃走，就在那晚。

另外，他也不知道自己邀请的是谁，或者说是什么。如果他知道了事实……如果知道了，他会有多么的尴尬和窘迫？

凯有点稳不住了，紧张地看了医生一眼。

“对——对不起。”她结结巴巴地说，“谢谢您——我……谢谢您，殿下。我很惶恐，但还是得拒绝您。”

他眨眨眼，低下头想她为什么会有这样的反应。然后他抬起头，笑了一下，但却分明是被拒绝之后的苦笑。“不，这没什么，我可以理解。”

厄兰医生向后靠住桌子。“殿下，我向您致以我最深切的同情和慰问，似乎不止一个方面。”

欣黛狠狠地瞪了他一眼，但他已经把注意力放到了擦眼镜上。

凯挠挠后脖颈，说:“见到你很高兴，林妹。”

王子的温文有礼倒让她一时不知所措，她想致以歉意，想进行解释，但是王子并没等她说话，门已经在他的身后关上了。

她只好闭上了嘴，脑子里仍想着该怎么解释。厄兰医生咂咂舌头，欣黛本欲把想好的解释倒给他，但没等她开口，他就已经转身踱回到自己的座位。

“林小姐，你不会脸红，真遗憾。”

第十九章　危险身份

厄兰医生伸出双手，指着桌对面的一张椅子，说："请坐。我只需写完几个备忘录，然后就可以告诉你一些信息，这些信息是我从昨天下午起得到的。"

欣黛坐下来，终于可以让自己疲累的双腿歇息一下。"王子只是……"

"是的，我刚才就站在这儿。"厄兰边指着自己的坐的地方，边用手敲着桌子上的屏幕。

欣黛靠在椅背上，抱住双臂来遏制自己的颤抖。她的脑子里在重放刚才的对话，而她的视网膜扫描仪却在通知她，她的身体正释放大量的内啡肽，她需要让自己镇静下来。

"他说出于自我保护，你觉得是什么意思？"

"他很可能是不想被今年舞会上的女孩子们抓伤吧。你知道，几年前，他差点被那些女孩子们吃了。"

她咬住嘴唇。在全城的女孩子里，她是……

最方便邀请到的。

她强迫自己在脑子里重复这些话，确定这些话。她碰巧出现在这里，她心智健全，邀请她去舞会很安全。这就是全部。

另外，他正在哀悼期间，不能很正常地思考。

“雷肯皇帝去世了。”她边说，边在心里盘算着还有什么其他的可能性。

“的确。凯跟他父亲感情很深，你知道的。”

她低头去看厄兰医生一直研究的屏幕，只能看到一个小小的人类的躯体的全息图，周围都是文字框，可看上去不像是她的身体。

“如果说，我对于及时找到抗生素去救活陛下没有心存希望，那是在撒谎。但是从做出诊断的那一时刻看来，这是不大可能的。然而，我们还是要继续这项工作。”

她点点头，表示同意，心里却在想着牡丹抓着她的小手。“医生，您为什么没把我的事告诉王子？您难道不想让他知道您已经发现了有免疫力的人？这难道不是很重要吗？”

他的嘴动了动，但并没有抬头看她。“也许我应该告诉他。可那样的话，他就有责任把消息向全国人民发布。但我觉得我们还没有准备好，不能轻易做出如此引人注目的举动。只有当我们有足够的证据，证明你是……如我希望的那样，有价值的话，那么我们就可以和王子分享这个消息，同时也和世人一起分享。”

她拿起一只扔在桌子上的波特屏的触控笔，仔细地看着，好像它是什么神秘的科学仪器。然后她一边在手指上转着笔，一边低声说道：“您也没告诉他我是一个赛博格，对吗？”

这回，医生抬起头来看着他，眼角笑出了鱼尾纹。“啊，你最关心的是这个吗？”

还没等她承认或否认，厄兰医生把手一挥，似乎在说你不必否认了。“你觉得我会告诉他你是一个赛博格吗？如果你想，我会的。不过说实话，我看不出这跟他有什么关系。”

欣黛把触控笔放到兜里。“不，不是的——我只是——”

厄兰医生轻轻哼了一声，他在嘲笑她。

欣黛也气哼哼地，满脸怒色地盯着窗外。这座城市在清晨的阳光里显得格外明亮耀眼。“不是说跟他有没有关系。他终有一天会知道的。”

“是的，我想他会的，特别是如果他总是对你，唔，很感兴趣的话。”厄兰医生把椅子从桌旁推开。“唔，你的 DNA 序列已经测定完毕。咱们现在去实验室吧？”

她跟在他的身后，进入无菌通道。只消几步，就到了实验室，这次他们进了 11D 实验室，这间实验室与 4D 实验室一模一样：网屏、嵌入式柜式网页、一张检查床。但没有镜子。

欣黛无须告诉就坐到检查床上。“我今天去隔离区了……去看妹妹。”

医生的手正按在网屏的开机键上，他停了下来。“这样做很冒险。人一旦进入，是不能离开的，这你知道，对吧？”

“我知道，可我还是要见她。”她悠着腿，磕着床腿。“一个机器人在我离开之前给我验了血，我没事。”

医生摆弄着手里的遥控器。“确实是。”

“我只是觉得您应该知道，怕万一会有什么影响。”

“不会的。”他舔舔嘴角，说道。过了一会，屏幕亮了起来。他用手在屏幕上划过，找出了欣黛的影像。今天这影像看上去更复杂了，写满了甚至她自己都不知道的信息。

“唉，我看到了奇怪的事情。”她说道。

医生咕哝了句什么，注意力更多放到影像而不是她的身上。

“有一个机器人从病死的人身上取走了她的身份卡，说是它们的程序设计就是这样。它那里有好几十个。”

厄兰医生把头转向她，似乎有一点感兴趣。他好像思考了片刻，然后脸上的表情放松下来。“哦。”

“哦什么？它干吗要这么做？”

医生挠挠他的脸颊，细密的胡子已经从他厚韧的皮肤里钻出来。“在乡村地区，这是常见的做法——在那里，蓝热病病例出现比城市早得多。芯片从死者身上取出来，然后再卖掉。当然，这么做不合法，但是我觉得他们可以获得高价。”

“为什么有人要买别人的身份卡？”

“因为如果没有的话，很难生存——存款、收益、执照，都需要身份卡。”他揉揉眉毛。可是，有趣的问题来了。前几年死于蓝热病的人那么多，你一定会认为市场的身份卡已经饱和了吧，可奇怪的是，需求量仍然很大。”

“我知道，可是假如你已经有一个了……”她好像突然领悟到了什么而停了下来。偷走一个人的身份真的那么容易？

“除非你想成为另一个人，”他边说，边猜她的想法。“是贼，不法分子。”医生隔着帽子挠挠头。“极少数的月族人。他们，当然了，是没有身份卡的。”

“地球上已经没有月族人了。外交人员除外，我猜。”

厄兰医生的眼里充满同情，好像她是个单纯的孩子。“噢，当然有了。让拉维娜女王失望的是，并非所有的月族人都那么容易被洗脑，满足于自己庸庸碌碌的生活，许多人冒着生命的危险逃离月球，重新在这里定居。离开月球并不容易。我敢肯定许多人离开时命丧黄泉，特别是在月球关卡规定更加严格之后，但我想这种事情还是会发生。”

“可是……这是非法的啊。他们根本不应该待在这里。我们干吗不阻止他们？”

有那么一瞬间，厄兰医生就快要笑出来了。“从月球逃出来很难——来地球定居相对容易。月族人有办法把太空船隐藏起来，在来地球的过程中不被发现。”

神奇。欣黛感到很不安。“你这么说，听上去他们像要从监狱里逃出来似的。”

厄兰医生扬起眉毛。“是的，好像就是这么回事。”

欣黛用脚磕着床腿。一想到拉维娜女王要来新京，她就觉得很不舒服——几十个，甚至几百个月族人在地球生活，并且模仿地球人，简直让她觉得太恶心了，恶心地马上要去吐。那些野蛮人——只要编好人类的身份卡程序，又会给人洗脑，他们可以成为任何人，变成任何人。

而地球人永远都不知道他们在被别人操控。

“用不着这么害怕，林小姐。他们大多待在乡村，这样不容易引起注意。你碰到一个月族人的机会微乎其微。”他抿着嘴笑起来，觉得她很好笑。

欣黛坐直了身子。“您肯定对他们很了解。”

“我是一个老人了，林小姐。我对很多事都知道得很多。”

“好吧，问您一个问题。月族人和镜子有什么关系？我总是觉得这不过是个神秘的东西，所以他们害怕。可是……这是真的吗？”

医生的眉毛拧到了一起。“有一定道理。你知道月族人怎么利用自己的魔力的吗？”

“不清楚。”

“噢，我知道。”他说着，跷起后脚跟。“月族人的所谓魔力也只不过是能够操控生物电能——这是一种所有生物都具有的能量。比如说，鲨鱼就是用它来捕获猎物的。”

“这听上去像是月族人干的事。”

医生脸上的皱纹又显了出来。“月族人具有特殊的能力，不仅能探测到别人的生物电，而且能够控制它。他们对别人的生物电进行操控，这样人们看到月族人想看到的，甚至感觉月族人想感觉的。月族人的魔力就是他们所谓的自我幻象，也就是把他们的想法映射到别人的大脑中。”

“比如让人以为你比实际更漂亮？”

“一点没错。或者……”他指着欣黛的手，“让人们看到金属时，以为看到了皮肤。”

欣黛下意识地透过手套揉揉自己的手。

“这就是为什么拉维娜女王看上去那么漂亮。一些特别聪明的月族人，比如女王，能够一直保持自己的魔力。但正如她的能力不能穿越网屏，同样也无法骗过镜子。”

“所以他们不喜欢镜子，因为他们不想看到自己？”

“虚荣心是其中的一个因素，但主要还是控制力的问题。如果你能让自己相信你漂亮，就更容易骗得别人也相信。但是镜子却有神奇的反映真相的能力。”厄兰医生斜眼看着他，好像这么说很开心。“现在，让我问你一个问题，林小姐，为什么突然对月族这么感兴趣？”

欣黛低头看着自己的手，突然意识到自己还拿着从桌子上偷走的那只笔。“和凯说过的话有关。”

“殿下？”

她点点头。“他告诉我拉维娜女王要到新京来。”

医生吓了一跳，张大了嘴看着她，浓密的眉毛都快顶到帽子边沿了，然后倒退一步，靠住了橱柜。这是今天第一次，他把所有注意力都放到了她的身上。“什么时候？”

“她应该今天到。”

“今天？”

她也吓了一跳，从没料到厄兰医生会提高嗓门。他猛地转过身去，抓挠着他的帽子，思索起来。

“您还好吧？”

他摆摆手，没有回答。“我想她一直在等这个机会。”他把帽子从头上拽下来，露出了被一圈稀疏、乱糟糟的头发包围的秃头顶。他眼镜盯着地板，用手捋了几次头发。“她的狩猎目标是凯，瞄准的是他的年轻，他的少不更事。”他愤怒地呼了口气，又戴上了帽子。

欣黛伸开手指，扶住膝盖。“您是什么意思，目标是凯？”

他转过身来，对着她，表情严肃，眼里充满愤怒。这愤怒的眼神甚至让欣黛感到了一丝的畏怯。

“你不应该为王子担心，林小姐。”

“我不应该吗？”

“她是今天来吗？他是这么跟你说的？”

她点点头。

“那你必须离开。快点。她来时，你不能在这儿。”

他让她从床上下来。欣黛跳下床，但却没朝门口走。“这跟我又有什么关系？”

“我们有你的血样，你的DNA。现在没有你我们也能行。离开皇宫，直到她离开，你明白吗？”

欣黛一步也没挪。“不，不明白。”

医生把视线从她身上移到网屏上，那里仍显示着她的信息。他显得很困惑，很老，很疲惫。“屏幕，播放新闻。”

欣黛的影像消失了，代之出现的是一个主持人。他上方显示着皇帝去世的消息。“……王子殿下几分钟后将对皇帝陛下的去世致悼词，并对即将举行的加冕礼发表讲话。我们将进行直播——”

“静音。”

欣黛抱住手臂。“医生？”

他用哀求的眼神望着欣黛。“林小姐，你一定要仔细听好。”

“我会把音量开到最大。”她向后靠住柜子，厄兰医生对她的嘲讽只是眨眨眼，令她甚感失望。

相反，他不满地叹了口气。“我不知道该怎么说。我本以为我还有时间。”他焦急地搓着手。走到门边，挺了挺身子，面对着欣黛，说：“你是在十一岁时做的手术，对吧？”

这问题不是欣黛想听的。“是的……”

“而这之前，你什么都不记得了？”

“是的。可这跟——”

“可是你的养父母？他们肯定告诉你一些你童年的事情吧？还有你的背景是吧？”

她的右手心开始出汗。“我养父在事故不久就去世了，而爱瑞就算知道，也不愿意提起这事。收养我不是她的主意。”

“你对你的生父生母了解多少？”

欣黛摇摇头。“只知道他们的名字，生辰日期……也就是我的档案里写的那些。”

“你身份卡里的那些信息。”

“嗯……”恼怒在她的胸腔里积聚起来。“您到底要说什么？”

厄兰的眼神柔和了起来，试图去为她宽解，但这样子令她更焦躁。

“林小姐，从你的血样里，我得到结论，事实上，你是月族人。”

这些话从欣黛的耳边划过，仿佛外星语。她脑子里的机器咔嗒咔嗒地响个不停，好像在计算很难的方程式。

“月族？”这个字眼从她的舌头上蒸发，好像从未存在过。

“是的。”

“月族？”

“确实是。”

她向后退了一步，看看墙壁，看看检查床，看看不出声的主持人。“我没有魔力。”她说着抱住双臂，一副完全不相信的样子。

“是的，哦，不是所有的月族人生来都有这种能力的。这些人被称作甲壳人，是对这些月族人稍带贬义的称呼。因此……哦，在生物电上遭到挑战，听上去也不怎么好，对吧？”他不无尴尬地呵呵笑了起来。

欣黛的金属手握得紧紧的。有那么一个瞬间她希望自己拥有魔力，可以让一道闪电穿透他的脑袋。“我不是月族人。”她一把抓下手套，朝他挥着手。“我是一个赛博格。您觉得这还不够吗？”

“月族人和地球人一样，成为赛博格很容易。当然，鉴于他们对控制论和大脑机械的强烈反对，月族赛博格只是极少数。”

欣黛焦急地说。“不，他们为什么要反对这个？”

“月族人和赛博格并不矛盾。所以你被带到这里也就并不奇怪了。珊娜蕊女王曾鼓励杀掉那些没有天分的婴儿，因而许多月族的父母想挽救他们的甲壳人孩子，于是就把他们送到地球。当然了，在逃跑的过程中，许多婴儿死掉或者被处死，但仍然……我认为你就属于这种情况。你被救了，而不是被处死。”

一个橘色的信号在欣黛的视网膜出现。欣黛斜眼看着这个人。“您在撒谎。”

“我没撒谎，林小姐。”

她想开口辩驳——什么救不救？他说的什么触发了谎言报警？

他继续说下去时，信号消失了。

“这也说明了为什么你具有免疫力。事实上，昨天你杀死体内的病原体时，我首先想到的就是你是月族人，但是我要等到确定以后才可以这么说。”

欣黛用手把眼捂上，遮住刺目的荧光。“这和免疫力有什么关系？”

“当然了，月族人对这种疾病是免疫的。”

“不！不是当然。这不是大家公认的常识。”她用两手揪住自己的马尾辫。

“噢，是的，如果你了解历史就会知道这是常识。”他使劲地握住双手。“当然，我想，多数人并不知道。”

欣黛捂住脸，大口地喘着气。也许她应该把这人当作神经病，所以不必相信他所说的任何话。

“你知道，月族人是蓝热病病原体携带者。他们在珊娜蕊女王统治时期移居到地球，把这种病菌带来并第一次与人类接触。从历史来看，这是普遍存在的情况。老鼠把黑死病带到了欧洲，西班牙探险者把天花带给美洲的土著。在第二纪元，地球人已经把免疫力想当然了。但是随着月族人的移居，嗯……地球人的免疫力却没有做好准备。一旦月族人到来，携带着病菌，它便像野火一样传播起来。”

“我原以为我是不传染的。”

“你现在是，因为你的身体已经有抑制病菌的机制，但某一个时期，你可能是传染的。另外，我想月族人的免疫力也有程度的不同，一些人只是携菌而没有外在体征，他们四处传播细菌而对自己惹的麻烦却一无所知。”

欣黛在他面前摆摆手。“不，您错了。还有别的解释。我不可能是——”

“我理解，要接受这一点很难。但我要你明白为什么女王陛下到来时你不能出现。这太危险了。”

“不，您不明白。我不是他们中的一个！”

同时是赛博格和月族人。是一个异类或者一个弃儿就够一个人受得了，而现在她两个都是？她感到不寒而栗。月族人是凶残野蛮的。他们杀死本族的甲壳人孩子。他们撒谎、骗人、相互洗脑，仅仅因为他们拥有这种能力。只要对他们有利，他们就不在乎伤害了谁。她不是他们中的一员。

“林小姐，你一定要听我说。你被带到这里是有原因的。”

“什么原因，去帮您找到治愈方法？您认为这是命运的巧妙安排？”

“我不是在说什么命运或天数。我是在说生存。你不能让女王看到你。”

欣黛害怕地靠到柜子上，此时更加迷惑了。“为什么？她为什么要在乎我？”

“她很在乎你。”他犹豫着，海蓝色的眼镜里充满恐慌。“她……她恨月族甲壳人，你知道吗，甲壳人对月族的魔力也是免疫的。”他扬起手在空中旋转着，试图找到合适的词语。“也就是说，洗脑。拉维娜女王不能控制甲壳人，这就是为什么她一直在继续毁灭他们。”他愤恨地说着。“为满足自己的控制欲，拉维娜女王会扫除一切障碍，势不可挡。也就是说，她会杀掉所有妨碍她的人——像你这样的人。你明白我说的吗，林小姐？如果她看到你，一定会杀死你的。”

欣黛紧张地大口喘着气，按住自己的左手腕。虽然摸不到自己的身份卡，但她知道它就在那里。

从死亡者那里得来的身份卡。

如果厄兰医生说得是对的，那么她所知道的关于自己的一切，她的童年，她的父母都是错的。只是一段虚构的历史，而她也只是一个虚构的女孩。

月族逃亡者的说法听上去也不那么荒唐了。

她转身看着网屏。凯出现在屏幕上，正在新闻室的讲台上讲话。

"林小姐，有人费了千辛万苦才把你带到这里，而你现在处于极度危险之中。你不能拿自己去冒险。"

她几乎没有听到，她正看着屏幕下方出现的字幕。

最新发布：月族女王拉维娜将访问东方联邦，讨论和平联盟的事宜。

最新发布：月族女王拉维娜……

"林小姐？你在听我说话吗？"

"是的，极度危险。我听到您说了。"她说。

第二十章　抗拒

月球宇宙飞船与地球宇宙飞船外表差别并不大，只不过月球宇宙飞船的船身像镶嵌了钻石一样闪闪发光，围绕船身有一圈金色的古老文字。飞船在下午的阳光下发出耀眼的光芒，凯必须眯起眼睛看它。他不知道那些字母是有魔力的还是本该如此。他也不知道飞船是由漂亮的闪光材料制成还是涂成这样的色彩。他更不知道直视飞船让眼睛如此不舒服。

这只飞船比女王的首席巫师希碧尔所乘坐的飞船要大，但就其携带的重要人物而言，又显得小些：它比凯所见过的大多数的客运飞船和货运飞船都要小。这是一只私人飞船，仅供月族女王和她的随行人员使用。

飞船平稳降落，在其降落的混凝土地面掀起一股热浪。凯柔软的真丝衬衫已经贴在后背上，汗水顺着他的脖颈流了下来——到了傍晚，迎宾区会处于皇宫的石壁的凉阴里，但此时这里完全暴露在八月下旬的酷热的阳光之下。

他们等待着。

托林不急不躁地站在凯的身边。他面无表情，平静地等待着。

他的平静更衬托出凯的烦躁不安。

站在凯另一侧的是希碧尔·米拉，她穿着正式的白袍，上面也绣着和飞船上类似的古文字。这种衣料似乎非常轻，从她的脖颈到手背都盖住了，亮闪闪的下摆垂到膝盖以下。她一定也很热，但她看上去非常平静。

离她几步远的身后，站着她的金发碧眼的侍卫，两手紧扣，背在身后。

凯自己的两名皇家侍卫站在平台的两侧。

这就是所有的迎接人员。拉维娜坚持不让其他人到迎宾台迎接。

凯用指甲使劲掐着手掌，免得自己的脸上露出嘲讽的神情。他等待着，汗水把他的刘海贴在了前额上。

最后，女王似乎已经厌倦了让他们继续受罪，才放下了银光闪闪的斜梯。

飞船上先下来两个人——都很高大、健壮。其中一个面色苍白，一头蓬乱的橘色头发，身穿与希碧尔的侍卫同样的武士盔甲，配有相同的武器，另一个黝黑的像黑夜似的皮肤，根本没有头发，身穿与希碧尔类似的喇叭袖、带绣花的长袍。只不过他的长袍是深红色的，显示出他是比希碧尔低一级的二级巫师。凯很高兴自己对月族宫廷还有足够了解，至少可以认出这个。

这两人先扫视了迎宾台、周围的墙壁以及苦苦等待的迎宾人员，然后才站到斜梯的两侧，凯只能在一旁看着。

希碧尔步履轻盈地上前迎接。凯吸了一口闷热的空气。

拉维娜女王出现在斜梯上方。她仍披着长长的面纱，在无情的阳光下显得格外耀眼，白裙在她的臀部轻盈地飘荡。她缓缓走下斜梯，扶住了希碧尔的手。

希碧尔单膝跪地，额头轻触女王的手背。“我们的分离是痛苦的。我的女王，我很高兴能再次为您服务。”然后她站起来，用优雅的动作将拉维娜女王的面纱掀起来。

热浪刺进凯的喉咙，让他感到窒息。女王站立了很久，似乎是想让她的眼睛适应地球白天的光亮——但是凯怀疑她只是想让他去看她。

她确实很漂亮，仿佛有人按照科学的完美比例，塑造出一个绝无仅有的理想美人。她的脸略似心型，高高的颧骨，粉润的脸庞。赤褐色的丝般柔滑的卷发垂至腰际，象牙般无瑕的皮肤在阳光下散发出珍珠般的光泽。她的嘴唇是鲜艳的红色，好像刚饮过一杯血。

凯感到不寒而栗。她是非自然的。

凯瞥了托林一眼，他正凝视着拉维娜，但却没有任何的感情流露。看到他的顾问如此坚定，使得凯心头一震，也下定了决心。他提醒自己眼前看到的只是幻象，再次强使自己把目光移到女王的身上。

当她用缟玛瑙似的眼睛打量他时，眼睛是闪闪发亮的。

“陛下，”凯说着，礼貌地把手放在胸前。“我非常荣幸地欢迎您来到我的国家，来到地球。”

她扬起嘴角笑了，笑容无比甜美——简直可以和孩子天真的笑容相媲美。这使得他很惊讶。她没有鞠躬，甚至没有点头，而是伸出了手。

凯犹豫着，看着那只半透明的苍白的玉手，不知是否一碰一个男人的意志力就被瓦解了。

他打起精神，拿起她的手，在指间轻吻了一下。什么也没有发生。

“殿下，”她用轻快活泼的声调说道，让凯觉得浑身不自在。“受到如此欢迎是我巨大的荣幸。请允许我对令尊大人、伟大的雷肯皇帝的过世致以深切的哀悼。”

凯心里明白她根本不会为他父亲的去世感到惋惜，但是这一点无论从她的表情还是语气都丝毫没有表露。

“谢谢。我希望您此次访问圆满顺利。”凯回答道。

“我对东方联邦享有盛誉的殷勤好客充满期待。”

希碧尔走向前去，眼光很尊敬地从拉维娜女王的身上移开。“我的女王，我亲自察看了您下榻的房间，虽比月球的起居条件差些，但也足敷使用。”

拉维娜并没有对她的巫师致以谢意，但她的眼神变得柔和了，周围的一切也随之发生了变化。凯感到的自己脚下的土地突然倾斜了，空气从地球的大气层被吸走了，太阳晦暗了，在整个星际只有如神灵般缥缈虚幻的女王发出了光亮。

他的眼睛开始刺痛流泪。

他爱她，他需要她，为了让她高兴，他愿意付出一切。

他用指甲使劲地掐自己的手掌，几乎疼地叫了出来，但是起作用了。女巫的控制消失了，剩下的只是一个美丽的女子——而不是对她疯狂的爱。

在凯极力抑制自己急促的呼吸时，他知道女王清楚自己对他施加的魔力。他想在她黑色的眼睛里察觉出冷冷的高傲，但他什么也没有看到。什么也没有。

“请您跟我来，我带您到您的房间。”他说话时声音已有些沙哑。

“那就不必要了，我对贵宾厅很熟悉，我可以带女王陛下过去。我们希望能私下进行谈话。”希碧尔说道。

“那当然。”凯说道。他希望自己没有露出释然的样子。

希碧尔在前带路，第二个巫师和两名侍卫跟在后面。他们经过时，也没有对凯和托林致意，但是凯不怀疑如果他有任何可疑的举动，他们定会迅速转身的。

他们走了以后，凯深深地舒了口气。“你能感觉到她的气场吗？”他问，声音小得像蚊子。

“当然。”托林说道。他虽然看着飞船，但他深邃的眼神可以穿越到火星。“你对她抵御得很好，殿下。我知道这很困难。”

凯把前额的头发向后拂，希望能有点风，哪怕一丝风，但风没来。“这不难，就那么短暂的一瞬。”

托林的目光与他的相遇，凯看到这凝望中的真正的同情，这样的时候并不多。“会越来越难的。”

Chapter Three

第三篇

抉择

“我不能让你和我们一起去，
因为你没有像样的衣服穿，
而且你也不会跳舞。
我们只能为你感到羞耻！”

第二十一章　直接通信

欣黛趴在工作台上，终于可以从这间闷闷的房间出去了，她感到无比轻松。不仅是因为空调坏了——又坏了——修理工也找不见，而且还因为她和爱瑞之间几乎已经难以忍受对方。自从两天前她从实验室回家，两人都在回避对方。爱瑞总是提醒欣黛去整理公寓控制系统的硬盘文件碎片，更新所有甚至已经不再使用的软件，来强调自己的权威；与此同时，又总是躲避欣黛，好像——可以说有点——羞于面对她对欣黛所做的一切。

但是欣黛想到的很可能只是后者。

至少珍珠一整天都不在家，只是在欣黛和艾蔻出去修车的路上碰了一面。

欣黛修车用了一整天，一直弄到晚上很晚。修车的工作量比欣黛想象的要大得多——整个排气系统需要更换，这也就是说欣黛要自己制造很多配件，这让欣黛很头疼。她感觉要想在舞会之前修好汽车，几乎就睡不了多少觉了。

她叹了口气。舞会。

拒绝了王子的邀请，她并不后悔，因为她清楚去舞会的话，结果会有多糟。肯定一系列的事都得出错——从轻盈地走上楼梯，让王子看到她金属的大腿到见到珍珠、爱瑞或者市场的其他人。人们就会风言风语，于是就会有人探寻她的过去，不久全世界的人就会知道王子把一个赛博格带到了加冕典礼。他将会受辱，她也会受辱。

但当她对此事犹疑不决时，又会心神不宁。如果她想错了呢？如果凯王子对她的身份并不在乎呢？如果世界已发生改变，没人在意她是否是个赛博格呢？……那么，也没人会在意她是个月族人吗？

唉，真是一厢情愿的想法。

看到地毯上碎掉的网屏，她从椅子上起来，跪在它前面。黑色的屏幕正好能反射出她的脸和身影，她黄褐色的皮肤与黑色的金属手形成很大反差。

她想否定这一切，但无法解释的一切只能说明她是月族人。

她并不害怕镜子里映出的自己。她只是不能理解为什么拉维娜和他们那些人，那些月族人，为什么对自己的身份感到不安。在欣黛的身体上，最让她闹心的是她的机械结构，而这是在地球上完成的。

月族人。一个赛博格。

还是一个逃亡者。

爱瑞知道吗？不，爱瑞永远不可能把一个月族人放在家里。如果她知道的话，定会亲自把欣黛交出去，也许还指望得到酬金。

爱瑞的丈夫知道吗？

这问题的答案欣黛永远不可能知道。

然而，欣黛坚信，只要厄兰医生不说，这个秘密就无人知晓。她也会像什么事都没有发生一样，一如既往地生活。

在很多方面，可以说欣黛的生活没有发生任何改变，她仍像以前一样，是个弃儿。

屏幕上映出的一团白色吸引了她的目光——那是凯的机器人，它毫无生气的传感器眼睛正从高处的工作台上看着她。她梨形的身体是屋子里最亮，也许是最干净的东西。它使她想起了无菌实验室和隔离区的医护机器人，但是这台机器人的身体里没有手术刀和注射器。

工作，机械结构，她需要从这些烦心事里走出来。

她回到工作台，打开听音系统，好有一点轻柔的背景音乐。她脱掉靴子，两手抱住机器人，把它滚动到自己身边。她快速检查了一下机器人外层的护板，然后把它水平放倒，借助它的踏板把它放稳。

欣黛打开机器人后背的护板，检查了环绕整个身体的线路。这不是一个很复杂的机器人。它体内几乎就是一个空壳，里面装了硬盘驱动、电线和芯片。图塔型机器人基本只有一个中央处理器。欣黛想这机器人也许需要清洁，重调程序，但她又觉得这不是很可行的办法。尽管凯看上去无所谓，但很显然，这个机器人知道一些很重要的事情，而且经过他们在大厅的谈话，她有种不安的预感，觉得这机器人和月族有关。

是有关战争策略的问题？详细分类的谈话记录？勒索的证据？不管是什么，凯很显然认为它很有用，而他也信任欣黛，觉得她能把它恢复。

“不用有压力嘛。”欣黛自言自语道。她用手电照着机器人的嘴里，好看清它的内部。接着又用老虎钳把它头盖骨里的电线从一侧拽到另一侧。它的构造和艾蔻的很相近，所以欣黛对她的部件很熟悉，知道在哪里找到所有重要的节点。她检查了线路节点，都很好，电池也没问题，所有重要的部件也都在，一切似乎都很好。她又清理了声音转换器，调节了内部风扇，但是这个叫南希的机器人还是一堆没有生命的塑料和铝片。

“都捯饬的漂漂亮亮的啦，可哪儿也不能去。”艾蔻在门口说道。

欣黛哈哈笑着，关掉手电，看着自己满是油污的工装裤。“是的，好吧。我需要的只是一件漂亮的头饰。”

“我说的是我自己。”

她转过椅子看着它。艾蔻已经把爱瑞的一串珍珠戴在了它圆圆的头上，在她模拟嘴唇的丑陋的传感器上抹上了樱桃色的口红。

欣黛大笑起来。“哇，这颜色很适合你。”

“你这样觉得？”艾蔻滚动到屋子里来，在欣黛的桌子前停下，想在网屏里看看自己。“我想象着自己要在舞会上和王子跳舞。”

欣黛一手摸着下巴，一手心不在焉地敲着桌面。“可笑。我发现我最近也在幻想着同样的事情。”

“我就知道你喜欢他。你假装对他不为所动，可我看到了你在市场里看他的眼神。”艾蔻抹了把口红，结果弄得她白白的下巴上都是。

“嗯，这个。”欣黛用钎子夹着自己的金属手指。“我们都有自己的弱点。”

“我知道，我的是鞋。”

欣黛把工具扔到桌子上。每当艾蔻在身边时，她总有种负疚感。她知道应该把自己是月族人的事告诉她，艾蔻比任何人都更明白与他人不同、不被需要是一种怎样的感觉。可是，她就是说不出口。顺便说一句，艾蔻，事实上，我是月族人。你不在乎，对吧？

“你在那儿干什么呢？”她没提那事，只是这么问道。

“就想看看你是不是需要帮助。我本应该清理通风口的，爱瑞在洗澡。”

“所以呢？”

“我听到她在哭呢。”

欣黛眨眨眼。“噢。”

“这让我觉得自己很没用。”

“我明白。”

艾蔻并不是普通的伺服机器人，但她确实具有最显著的特点——她知道无力帮助别人是最糟糕的感觉。

“啊，不是，你当然有用。”欣黛揉搓着两手，说道。“可别让她看见你戴着那串珍珠啊。”

艾蔻用叉手拿起那串项链，这时欣黛看到她戴着牡丹给她的发带，便像是被蛰了一下似的心头一紧。“给来点光怎么样？”

蓝色的传感器灯亮了起来，照亮了南希的身体内部。

欣黛撇撇嘴，问道：“你觉得它会有病毒嘛？”

“也许它的程序被凯王子的过度热情给弄坏了。”

欣黛有点不高兴了。“咱们能不能别提王子了？”

“我觉得这不大可能。怎么说你也是在鼓捣他的机器人。只要一想起她知道的和看到的事情，对了——”艾蔻急切地说道：“你觉得她看见过他光着身子的样子嘛？”

“噢，天呐。”欣黛摘掉手套，扔到桌子上。“你真是帮不上什么忙。”

“我只是说说而已。”

“嘿，别说了。”欣黛抱住两臂，把椅子从桌边推开，把两腿翘到桌子上。“一定是软件的问题。”

她笑自己。软件问题一般需要重装系统，但这样机器人信息就都没了。她不知道凯是否在乎机器人的个性设置，经过二十年的服务，肯定也已经很复杂了。但她很清楚凯关心机器人的硬盘，她可不敢冒险把硬盘里的东西都弄丢了。

要想检测机器人的故障、是否需要重启，唯一的办法就是启动机器人的内路诊断，而这需要外部连接。欣黛讨厌这么做。把自己的系统和外部系统相连总让她感觉很危险，假如不小心的话，自己的软件就会被侵入。

她自觉太过谨慎了，于是就找到它后脑的盖板，用手指抠开卡扣，打开了盖板。

“这是什么？”

欣黛看着艾蔻伸过来的叉手。“什么什么？”

“那个芯片。”

欣黛把脚放下来，向前俯身，眯起眼睛看着机器人最里面的结构，一排很小的芯片像士兵一样排列在控制面板的底端。控制面板上共有二十个插口，只有十三个是正在使用的；制造商总是留出很大的空间，用来增加新的插件，使系统升级。

艾蔻已经看到了第十三个芯片，她是对的，这个机器人和别的不一样。这个芯片藏在别的芯片后面，乍看之下，很容易看不到它。当欣黛用手电照到时，它像抛光的银子一样闪亮。

欣黛关上了机器人脑后的盖板，在自己的视网膜上查找这种型号的设计图。根据制造商的原设计，这种型号的机器人只有十二个芯片。当然，经过二十年的使用之后，这个机器人至少加了一个芯片。而且，皇宫的机器人也很容易得到最新、最好的程序设计。但是，欣黛仍然没有见过这样的芯片。

她按下了释放开关，用钳子捏住了芯片的边缘。它像打了润滑油一样，很轻易地就掉了下来。

欣黛拿着芯片仔细地看。除了它珍珠般闪光的外表，看上去和她见过的其他芯片没有区别。她把它转过来，看到了另一面“直连”的字样。

“就这么回事？”她放下了胳膊。

“这是什么？”艾蔻问道。

“直接通信芯片。”

欣黛皱起眉头。所有的通信都是通过网络进行的——绕过网络进行直接通信在实际使用中已经过时了，因为这样不仅慢而且通信容易中断。她猜想一定是那些性情多疑、喜欢绝对隐私的人才会喜欢直接通信，但即使如此，他们也都会使用波特屏或者网屏——一个专门为此设计的设备。把机器人作为连接通信的一端并没有什么意义。

艾蔻的灯变暗了。“我的信息库告诉我自从第三纪元八十九年起，机器人就不配置直接通信配件了。”

“这就是它程序无法运转的原因。”欣黛说着把芯片递给艾蔻。“你能扫描一下这材料吗？看看它是用什么做的。”

艾蔻向后退去。“绝对不行，我今天的工作日志上可没有精神崩溃这一条。”

“可是，光凭这个，机器人也不至于失灵啊。系统直接不使用它不就得了吗？”欣黛拿着芯片在手里翻过来倒过去，琢磨着芯片的表面是怎样反射艾蔻的灯光的。“机器人通过直线通信传送信号也没有用。可能会堵塞信号传送带。”

欣黛站起身来，穿过储藏室，来到网屏跟前。虽然网屏的外框已经损坏，但屏幕和控制板好像还能用。她把芯片插进去，比平常的要费力些，然后按下电源开关。电源处的淡绿色显示灯亮了，屏幕出现明亮的蓝色。屏幕一角的滚动字幕显示正在阅读新的芯片。欣黛松了口气，盘腿坐了下来。

一秒钟后，字幕消失，出现了下面的信息。

正在与未知用户进行直接连线。

请等候……

正在与未知用户进行直接连线。

请等候……

正在与未知用户进行直接连线。

请等候……

欣黛耐心等候着，她的脚麻了就活动活动，然后接着等。她用手指敲着膝盖，渐渐开始怀疑自己是否在浪费时间。尽管直接通信技术很古老，但她倒是从来听说过直连芯片会损坏设备。看来这样解决不了问题。

“我猜家里没人。”艾蔻滚动到她身边，说道。她的风扇已经打开了，把热风吹到欣黛的脖颈儿里。“噢，倒霉，爱瑞叫我呢，她准是已经洗完澡了。”

欣黛扭过头。“谢谢你帮忙。见她之前，可别忘了把珍珠项链摘了。”

艾蔻向前伸头，把她扁扁、凉凉的脸伸到欣黛的眉毛上，不言而喻，她在上面留下了一大摊模糊的口红印。欣黛笑了起来。

“你一定会把殿下的机器人的毛病找出来的，我一点也不怀疑。”

“谢谢。”

欣黛把又黏又湿的手掌在工装裤上擦了擦，听着艾蔻渐渐远去的声音。这些字继续在屏幕上滚动，似乎无论是谁在连线的另一头，他都无意回答。

一连串的咔嗒声引起欣黛的警觉，接着是不停的嗡嗡声。她转过身来，用两手支在硬硬的地面上。

当机器人在进行例行的系统自检时，它的控制板显示灯在闪动。这说明它就要重启了。

欣黛站起来，拍拍手上的土，这时，一个平静的女声从机器人的话筒传出来，仿佛它的讲话曾被粗鲁地打断，现在要继续讲下去。

“——疑一个名叫洛根·泰纳的男人，一个珊娜蕊女王执政时期的月族医生，在据称她死后约四个月时，把赛琳公主带到了地球。”

欣黛僵住了。*赛琳公主？*

“不幸的是，泰纳于第三纪元 125 年 5 月 8 日被送入徐明精神病院，并于 126 年 1 月 17 日用生物电自杀。尽管有消息称赛琳公主在泰纳死前很多年就已经转给另一位监护人，但我目前仍不能确认这名监护人的身份。一种猜测是他是欧洲联邦前飞行员、中校米歇尔·贝诺特，他——”

“停，别说了。”欣黛说道。

那个声音停了下来，机器人的脑袋旋转了一百八十度。当她发现欣黛时，传感器等变成明亮的蓝色。她的内部控制面板等变暗，身体里的风扇开始旋转。

“你是谁？”机器人说道。“我的全球定位系统显示我们处于新京市七十六区，我不记得离开皇宫。”

欣黛跨坐在椅子上，双臂搭在椅背上。“欢迎来到新京市机械工作坊。凯王子雇我来修理你。”

机器人身体里的风扇声音渐渐变小，甚至在安静的房间里也几乎听不到了。

她圆圆的脑袋转来转去，扫视着不熟悉的环境，接着把注意力集中到欣黛身上。

“我的日历告诉我，我已经失去知觉十二天零十五小时了。我的系统瘫痪了吗？”

“不完全是。”欣黛边说，边扭头看着网屏。屏幕上仍是与刚才一样的文字，无法与对方连接。“好像是有人给你安装了一个通信芯片，它和你的系统不能兼容。”

“我的系统已经预装了影像和文字通信装置，新的通信芯片没有必要。”

“这个是用于直线通信的。”欣黛用手腕托住下巴。“你知道有可能是凯王子吗？他可能不希望通过网络而是直接跟你联系？”

“我没有意识到我的程序中有直线通信芯片。”

欣黛咬着嘴唇。显然，这个通信芯片是预备在机器人在突然发生故障时使用的，但是，为什么？如果凯没有安装，那又是谁安装的？

“你刚才醒过来时，在说……有关月族继承人的信息。”她说。

“这个信息是保密的。你不应该听。”

“我知道。但我想你刚才可能是在不完全清醒的情况下，正把它传送给什么人。”欣黛祈求接收信息的人是凯，或者是对凯忠诚的人。她怀疑，正在兴头上的拉维娜女王是否愿意知道未来的皇帝正在寻找她王位的合法继承人。

“别动。”她说，顺手去拿改锥。“我要把你的控制面板装回去，然后把你带回皇宫。同时，你需要把前几天的消息下载并了解一下。你出故障的这些天，发生了很多事。”

第二十二章　暴露

厄兰医生的警告在欣黛的脑子里盘桓，在去皇宫的六英里路上，这声音就像一个损坏的音频资料一样响个不停。

为满足自己的控制欲，拉维娜女王会扫除一切障碍，势不可挡。也就是说，她会杀掉所有妨碍她的人——像你这样的人。

如果她看到你，一定会杀死你的。

这个机器人体内储存了有关失踪的月族公主的重要信息，如果在从家到皇宫的路上，机器人真的出了什么问题，欣黛是绝对不能原谅自己的。她有责任把机器人安全地交还到凯的手上。

另外，皇宫这么大，她有多少机会能遇到月族女王，女王肯定也没打算花很多时间和当地居民打交道。

南希的移动速度比艾蔻要快得多，欣黛必须加快脚步才能跟得上。但那天下午去皇宫的并不只有她们，所以她们的行走速度慢了下来。到了山脚下，这条远离城市的道路已经掩映在松树和垂柳的浓荫之下，主干道转而成为皇家专用道路，并设置了路障。弯曲的道路上满是行人，或独自一人或三五成群，慢慢地向山上走。他们愤怒地挥动手臂，态度异常坚定谈论着什么。欣黛听到了他们的谈话。我们这里不需要她。殿下会怎么想？愤怒的人群的议论声越来越大，整条街上都听得到。那是几百人，甚至上千人的同时发出的愤怒的声音。

“不要月族女王！不要月族女王！不要月族女王！”

走过最后一个拐角，欣黛看到人群堆满了褐紫色大门前的庭院，一直延伸到大街上。只有一小队高度紧张的卫兵在维持秩序。

他们高举标语。宁要战争，不做奴隶！我们需要皇后，不需要独裁者！不与邪恶的人结盟！许多标语上有戴面纱的女王像，上面打着红色的十叉。

六架新闻悬浮车在天空盘旋，拍摄抗议人群的短片，向全世界推送。

欣黛从人群边缘绕到大门，一直用自己的身体保护着南希。但是到了门口，欣黛发现大门已经关闭，一排卫兵肩并肩站立，护卫着大门，既有人也有机器人。

“对不起，我需要进皇宫。”她对最近的一个卫兵说。

那人向她伸出手臂，把她推后一步。“今天不对公众开放。”

“可我不是跟他们一起的。”她把手放到南希的头上。“这个机器人属于尊敬的王子殿下，是王子雇我修理的，现在我要把她还给殿下，要尽快交到王子手上，越快越好，这很重要。”

卫兵盯着机器人。“王子殿下给你通行证了吗？”

“嗯，没有，可是——”

“这个机器人有它的身份卡吗？”

“我有。”南希转动身体，把身份卡出示给卫兵。

他点点头。“你可以进去。”大门打开了，仅一条缝，瞬间人群开始往前涌。欣黛的身体被人群推挤着拥向前面的卫兵，耳朵也被愤怒的呼喊震得嗡嗡直响，她不由地喊叫起来。南希麻利地进到大门里，欣黛想跟在后面挤进去时，卫兵却伸出手来拦住了她，把她和后面拥挤的人群一起挡在了门外。“只有这个机器人能进。”

“可我们是一起的！”她在人们的一片呼喊声中大声说道。

“没有通行证就不能进。”

“可，是我把她修好的！我得去交货。我得去……去收取费用。”她苦苦哀求的声音她自己都觉得反感。

“你可以像其他人一样把发票寄到财政部。没有正式签发的通行证，任何人不得进入。”那人说道。

“林妹，”南希在大铁门的另一侧说道，“我会诉知凯王子你想要见他的。我敢肯定他会给你发送通行证的。”

欣黛立刻感到自己是多么愚蠢。她当然并不需要去见王子。她已经把机器人送来了，工作就完成了，而她也未必就得收他的费用。但是，还没等欣黛开口，南希已经转身朝皇宫的主门走去。欣黛急忙在心里盘算着怎么找到要见王子的借口，比刚才蹦入她脑子里的那个孩子气的愚蠢想法更好的理由。她只是想去见他。

这时呼喊声突然停止了，倒让欣黛吓了一跳。

人群突然安静下来，让大街显得空洞洞的，似乎急需用呼吸、声音，或者任何其他的东西把它填满。欣黛四处张望，发现人们举着标语的手已经放了下来，大家一脸惊异地看着前方的皇宫。瞬时，一种恐惧感像电流一样穿过她的脊椎。

她顺着大家的视线往前看去。

月族女王站在皇宫的阳台上，一手背在身后，一手扶着阳台栏杆。她表情严肃——甚至冷酷——但这丝毫不减损她的超凡的美貌。甚至在距离如此远的地方，欣黛都能看到她白皙得透明的皮肤，宝石般红红的嘴唇。她正用黑色的眼睛扫视安静下来的人群。欣黛急忙从大门前往后退，希望消失在人群中。

但是震惊和恐惧只是暂时的。这个女人不可怕，也不危险。

她温暖，宽厚，慷慨，她应该成为女王，统治他们，引领他们，保护他们……

欣黛视网膜上的警示灯亮了。她试图眨眼把它去掉，但都是徒劳。她觉得很烦，很想永远这样看着女王，希望女王能够开口讲话，去向他们承诺和平、安全、富裕和健康。

橘色灯又在她的眼角亮起。欣黛停了一秒钟才意识到它是什么，又意味着什么。她知道这一切都出了问题，知道这没有意义。

谎言。

她使劲闭上了眼睛。当她再次睁开眼睛时，女王的幻象消失了，甜蜜的微笑变成了高傲与矜持的冷笑。她心里一阵翻腾。

她在给人们洗脑。

她也给她洗了脑。

欣黛惊得倒退了一步，碰到了身后一个一脸茫然的中年男子。

女王的视线从其他人那里转到欣黛这里。她的脸上先是吃惊，继而是仇恨、厌恶。

欣黛心里一紧，想躲起来，却觉得自己的心被冰冷的手指攫住了。她急迫地想跑，但腿似乎被定住了，视网膜显示器上出现了纷乱的条纹，似乎对女王的魔力一秒也不能容忍了。

她感觉自己赤身裸体，脆弱无比，孤零零地待在被洗脑的人群中。她觉得脚下的土地就要裂开，将她整个吞噬；她肯定女王的注视会把她变成一堆灰烬，散落在鹅卵石小路上。

女王的怒视令欣黛恐惧，她开始觉得自己，不管有没有泪腺，就要哭了。

这时，女王转过身去，昂首挺胸地走入皇宫内。

女王走后，欣黛以为人群会继续抗议，对女王竟然敢公开露面而愤怒不已。但他们没有。人群如梦呓般缓缓离去，标语也扔到地上，任人踩踏，被人遗忘。欣黛紧贴着皇宫的围墙，给人群让开路，看他们慢慢离去。

如此说来，这就是月族的魔力，去迷惑你，欺骗你，让人们仇恨你，让你不再仇恨自己的敌人。在这群蔑视月族女王的人中，欣黛似乎是唯一可以抵御了她的魔力的人。

然而，她并没有完全抵御她的魔力，至少一开始没有。想到这，她感到后背发凉，身上金属与皮肤连接的地方感到一阵疼痛。

她并没有像甲壳人那样对她完全免疫。

更糟糕的是，女王已经看见她了，并且知道了这一切。

第二十三章　解药

当抗议人群的喊声停止时，凯正愤恨地用指甲使劲掐着自己的膝盖。托林转身看着他。虽然凯和托林的脸上都显露出吃惊的表情，不过托林比较快地掩藏起来。凯本来还希望公民们至少还有一丝的挣扎，但女王很快就把人们的愤怒平息下去了，简直易如反掌。

凯深深地叹了口气，又强使自己恢复了镇静。

“这招最管用，”希碧尔坐在小客厅边缘的全息壁炉旁说道，“特别是对付那些刁民，在月球，这些人可别想逞能。”

“我听说，如果老百姓闹事，往往都是有原因的。”凯说道。托林皱着眉头瞥了他一眼，以示警告，但他却假装没看见。“可洗脑似乎也不是什么恰当的解决办法。”

希碧尔很礼貌地两手交叠放在膝盖上。“恰当的这个词太主观，说有效的，就没什么争议了。”

拉维娜紧握双拳，气冲冲地进到客厅。当女王的目光落在凯的身上时，凯紧张得心怦怦直跳。与她同处一室就如同困在一个即将无氧的憋闷的房间里。

“看来，”她一字一顿地说道，“您违反了第三纪元五十四年签署的星际条约第 17 条。”

凯在她的指控之下尽力保持平静，但右眼皮还是气得突突跳了起来。“我恐怕没能把星际条约全部记住。也许您能给我讲讲上述条约？”

她气愤已极，从鼻孔慢慢吸了口气。即使在这样的时候——即使把所有的怨恨与气愤都写在脸上的时候——她还是那么漂亮。“第 17 条规定，签约一方不得公开收留或保护月族逃亡者。”

“月族逃亡者？”凯看了一眼托林，但是他的顾问却保持着中立的表情。“您怎么会以为我们收留了月族逃亡者？”

“因为我刚刚在院子里看到了一个，和那些无礼的抗议者一起。这是不能容忍的。”

凯双臂交叉，放在胸前。“我还是第一次听说我的国家有月族人。当然，在场各位除外。”

“我不得不认为您像您的父亲一样，对此事不闻不问。”

“我怎么去关注我从未听说过的事情？”

托林清清嗓子。“尊敬的陛下，我可以向您保证，来往于东方联邦的宇宙飞船都经过了严密监察。尽管我不能否认，在我们监察之下仍有月族人潜入，但我可以保证我们已经尽一切可能来维护星际条约。另外，即使有逃亡者在东方联邦定居，明知您在的情况下，似乎不大可能冒着被发现的危险出现在抗议者人群中。也许您看错了。”

女王两眼冒火。“我很清楚自己看到了什么，现在就有一个人藏在这座城市里。”她指着阳台说，“我要人找到她，并把她带到我这里来。”

“没错，在一个人口二百五十万的城市里，这不是问题。让我把我的特殊的月族人探测器找出来，马上会着手去做。”凯说道。

拉维娜昂起脑袋，这样即使凯比她高，她也可以把鼻尖对准凯。“您不想用你的嘲讽来试探我的耐心吧，年轻的王子。”

他一脸气愤。

“如果您没有能力找到她，我会派一队月族卫兵到地球来，他们会找到她的。”

“这没有必要。陛下，我们刚才对您的判断表示怀疑，为此向您道歉，我们会忠实地履行条约。请给我们时间为加冕礼和节日做好准备，一旦找到线索，我们会尽快搜寻逃亡者。”托林说道。

拉维娜眯起眼睛看着凯。“您准备永远让您的顾问替您做决定吗？”

“不，”凯冷冷一笑。“最终我会找到一位皇后去做这一切。”

听到这个，拉维娜女王的眼神变柔和了些。凯差点没忍住下面的话。而这个人不会是你。

“好吧。”拉维娜转过身，坐在她的巫师的旁边。“我希望能抓到她，以及这个国家里其他的月族逃亡者，在您加冕后月历一周，把他们送到月球。”

“好吧，”凯说道。他希望拉维娜在此之前就会把这件事忘掉。新京的月族人——他还从未听说过如此荒唐的事情。

拉维娜脸上的怒气全消了，似乎刚才的几分钟不过是一场梦。她两腿交叉坐在那里，修长的腿从轻薄的裙子里露出来，呈现出白皙如乳的皮肤。凯表情严肃地望着窗外，不知道他是该脸红还是渴望。

“说到您的加冕典礼，我还给您带来了礼物。”女王说道。

“您想得太周到了。”他面无表情地说道。

“是的。我还不肯定是不是该在加冕当晚送给您，但还是决定现在给了，不然会让人误以为我不想给您呢。”

凯掩饰不住自己的好奇心，看着女王说：“是吗？”

她歪过头来，赤褐色的头发垂在胸前。她用手指了指她的次席巫师，那个穿红衣服的男人。于是，这个男人从他的衣袖里拿出一个小玻璃瓶，瓶子不比凯的小拇指大，放在拉维娜的手掌心。

“我想让您明白，我对东方联邦的福祉无比关怀，在看到您与蓝热病做着殊死搏斗，我的心都碎了。”拉维娜说道。

凯使劲掐着自己的掌心。

“也许您还不知道，我有一个专门研究这种疾病的团队，已经研究多年，现在这些科学家似乎终于找到了一种抗生素。”

血直往凯的头上涌。“什么？”

拉维娜用拇指和食指捏着瓶子，递到他的面前。“这些药治疗一个成年男性足够了。”她说着，啧啧舌头，“时间不对，是吧？”

凯觉得整个世界都在旋转，好想伸出手去掐死她，愤怒和仇恨使他的两条胳膊都在颤抖。

“来，”拉维娜说，她的眼睛里满含着热情。“拿着吧。”

凯一把夺过她手里的玻璃瓶。“您有这药已经多久了？”

女王得意地扬起眉毛。“怎么呢——只是在我出发前几小时才确认它是有效的抗生素。”

她在撒谎。她甚至不想掩饰她撒谎的事实。

女巫。

“殿下，”托林把一只手稳稳地放在凯的肩上。先是轻轻地，继而攥紧了——这是警告。凯极力抑制内心杀人的冲动，但仍气愤难忍。

拉维娜双手交叠放在膝上。“这瓶药是给您的礼物，我希望能对您有所帮助，年轻的王子。我相信，让您所在的星球摆脱疾病是双方共同的责任。我们的科学家到本月底可以生产数千针剂。然而，对这一事业的付出，以及长达六年的研究工作和资源消耗，使我们的国家经济十分紧张。所以，我想您一定能够理解为什么我们需要补偿。这有关这点，需要我们进一步商榷。”

凯的肺都快气炸了。“当这么多人面临死亡的时候，您还不舍得拿出药品？”这是一个愚蠢的问题。她已经持有这种药很长时间了——就算再多地球人被疾病折磨，对她又算什么？

“您还要好好地学学政治。我相信，您不久就会发现政治不过是一种交易，我亲爱的英俊的王子。”

他太阳穴上的血管嘣嘣地跳着，知道自己的脸已经红了，而他愤懑不已，却恰巧落入她的圈套。但他不在乎。她怎么胆敢用这个做政治筹码？她怎么敢？

这时，希碧尔突然站起来。“我们来客人了。”

凯长长地吐了口气，以释放郁积心中的愤懑。他循着希碧尔的视线看去，很高兴不用面对女王了，接着他吃了一惊。“南希！”

南希的传感器灯亮了起来。“殿下，很抱歉打扰您。”

凯不敢相信似的摇着脑袋。“怎么——什么时候——？”

“我刚恢复知觉，只有一小时四十七分，”这个机器人说道，

“现在我来报道。请允许我对雷肯皇帝陛下的过早离世表示沉痛哀悼。听到这个消息，我心痛不已。”

凯听到拉维娜女王在他的身后不屑地哼了一声。“一堆烂铁也能有感情，这也太侮辱人了。让这个怪物走开。”

凯动动嘴，对她的铁石心肠想说点什么，但是他却转向托林。“那么，让我把这个怪物从女王陛下的面前挪开，让她开心些。”

他本想托林可能会为他离开的借口不当而责备他，但是他们之间的争论终于可以结束了，托林似乎也很高兴。凯注意到托林的脸色苍白，也纳闷托林到底费了多大劲才控制住自己的情绪。“当然。也许女王陛下想参观一下花园？”

凯盯着拉维娜女王，眼里充满厌恶。他立正向女王致意。“谢谢您的礼物，您想的真周到。”说着，他微微鞠了一躬。

“我很荣幸，殿下。”

凯离开了房间，南希走在他旁边。当他们走到前门走廊时，他大叫起来，用手捶着墙壁，然后抱住机器人，用额头抵着她的塑料脑袋。

当他的激动的心情稍微平复一点时，突然想大声喊出来——喊出心中的愤怒，绝望，和宽慰。南希回来了。

“你想象不出我见到你有多高兴。”

“您看上去是很高兴，殿下。”

凯闭上了眼睛。“你不知道，前些天，我真以为我们的调查结果都要丢失了。”

“所有的记录似乎都保存完好，殿下。”

“很好，我们需要马上开始搜索——现在比任何时候都重要。”

他尽力使自己慌乱的心情平复下来。他的加冕典礼在九天之后举行。拉维娜来到地球已经二十四小时了，她完全否认了他们的联盟谈判条件。在他的加冕典礼还未举行，在这个国家的责任真正落到他的肩上之前，她还会揭开什么其他的秘密？

他思虑万千。他蔑视她——因为她的为人，因为她所做的一切，因为她把地球人的苦难当作政治筹码。

但是，如果她认为可以把凯当傀儡，她就错了。他会竭尽全力进行反抗。他会找到赛琳公主，厄兰医生也会仿制那些抗生素。如果可能，他甚至不会在舞会上和拉维娜跳舞——让外交礼节见鬼去吧。

一想起舞会，盘桓在凯头顶的乌云立刻飘散了。他睁开一只眼，看着他的机器人。“那个技师怎么没跟你一起来？”

“她来了，我让她在宫外等候，没有正式通行证，不允许她进入。”南希说道。

“在宫外？她还在那儿吗？”

“我猜她应该还在，殿下。”

凯攥住兜里的药瓶。“我猜她没提舞会的事吧？她是不是改主意了？”

“她没有提起任何舞会的事。”

“哦，那好吧。”他深吸了口气，把手从衣兜里拿出来，把汗津津的手掌在裤子两侧搓着，这才意识到积蓄已久的愤怒让他变得如此燥热。“我真希望她提起了。”

第二十四章　逃避爱情

欣黛紧贴着皇宫围墙蹲在那里，墙壁的凉气穿过 T 恤衫透到她的肌肤里。人群已经散去，留下的只是一片踩踏的痕迹。卫兵甚至也已经离开了院子，只有严实的大铁门还紧锁着。两个石头麒麟蹲在欣黛头顶的围墙边，时不时发出电磁波的声音，在她的耳边嗡嗡作响。

她的手终于不抖了，眼前的警告灯也灭了。但是，她还是一如既往地很困惑。

她是月族人。好吧。

她属于月族中罕见的族群，是一个甲壳人，不能对别人的感情和思维施魔，对别人的诱惑也可抵御。

很好。

但是为什么拉维娜的巫蛊对她像对别人一样也起了作用?

厄兰医生错了，或者他在撒谎。也许她根本不是月族人，他弄错了。也许她的免疫力另有原因。

她无比郁闷地叹了口气。对自己的身份和背景产生了从未有过的强烈好奇心。她需要知道真相。

大门在轨道上摩擦的声音把她从沉思中惊醒。欣黛抬头一看，一个崭新的白色机器人沿着鹅卵石小路向她走来。

“是林欣黛吗？”它伸出了扫描仪。

欣黛一头雾水，吃力地站起来，身体仍然靠在墙上。“是的？”她说着，伸出手腕。

扫描仪发出哔哔的声音，机器人还没完全停下来，就把它的身体旋转了一百八十度，开始往皇宫方向走。“跟我来。”

“等等——怎么？”她恐惧地看着月族女王站立过的阳台。

“尊敬的殿下要见你。”

欣黛一边检查了手套，一边朝宫外的路看了一眼，顺着这条路走，她就可以走到一个安全的所在，在那里，她是这座大城市里一个不引人注目的女孩子。她缓缓吐了口气，转身跟着机器人走了进去。

皇宫复杂的双层大门镀成了金色，门打开时反射的阳光令人目眩。皇宫的大厅倒是凉爽宜人，里面摆满了大型的玉雕和奇异的花草，数十个公务缠身的外交人员和政府办公人员来来往往，说话声、脚步声和汩汩流淌的水声混杂在一起。但欣黛几乎没有注意到这一切。她极为紧张不安，生怕面对面撞见拉维娜女王，而事实上，而最终站在她面前的却是凯王子。他正靠在一个雕花的柱子上等她。

当看到她走近时，他站直了身子，微微笑了笑。但却不是他平时的那种阳光的无拘无束的笑容。事实上，他看上去很疲惫。

欣黛鞠了一躬。“殿下。”

“林妹。南希跟我说你在等候。”

“他们不让人进宫，而我一直心想着能把她安全地交回到您的手中。”她把手藏到身后。“希望您的国家安全问题可以很快得到解决。”欣黛说话时，尽量显得轻松些，但是看凯的表情，他似乎在犹豫着什么。

他低头看着机器人，一直等机器人消失在入口处的一个角落后，才说道：“好了，很抱歉占用了你的时间，你把它修好了，我只想当面向你致谢。”

她耸耸肩。“很荣幸。我希望……希望您能找到要找的东西。”

这时，两个衣着漂亮的女人从旁边走过，其中一个在热切地谈论着什么，另一个不停地点头表示赞同，两人都没有注意凯和欣黛。但是凯仍警觉地斜眼看着她们，直到她们走过去后，凯才舒了口气，转身对着欣黛。“有些新情况，我得找厄兰医生谈谈。”

欣黛会意地点点头，也许点得有点太用力了。“您请便。”她说完，就朝沉重的大门走去。“既然南希已经回来了，那我就——”

“你愿意和我一起走走吗？”

她停住了脚步。“不好意思，您是说？”

“你可以把你发现的事情告诉我。她到底哪里出了毛病？”

她绞拧着自己的双手，不知道皮肤上出现的这种麻酥酥的感觉是高兴还是更接近恐惧。一想到女王就在附近，令她感到恐惧，但是她还是忍了忍，才没咧嘴笑起来。“当然，好啊。”

凯似乎也放心下来，朝那边宽阔的走廊点头，示意他们应朝那边走。“那么……她到底出了什么毛病？”他们在皇宫大厅走时，凯问了起来。

“是一个芯片。我想，一个直接通信芯片干扰了她的电源开关。把它拿掉就好了。”她说道。

“直接通信芯片？”

欣黛看了看来来往往的人，他们似乎对这位加冕王子没有一点兴趣。然而，她答话时还是压低了声音。“是的，直连芯片。是您装进去的吗？”

他摇摇头。“没有。我们只是在国际会议时才用直接连线，但除此之外，我认为我从未看到过这样的东西。为什么会有人把这东西装进我的机器人？”

欣黛表情严肃，她想起了南希苏醒时所说的话。南希很可能在失去意识时通过那个直连系统重述了同样的信息。

但是接收者是谁呢？

“欣黛？”

她拉了拉手套，很想告诉他，她知道他正在进行的调查，而且很可能另有一人也知道，但却不能在人来人往的皇宫走廊里跟他说这些。

“肯定有人在她坏掉之前接近她，以便把芯片装了进去。”

“为什么有人要把一个出故障的芯片装进去？”

“我并不认为这是一个故障芯片。看来很可能在南希的系统关闭之前，一些信息已经通过这一连接发送了出去。”

“什么——”凯犹豫着。欣黛注意到他眼里的紧张，浑身的不自在。他把头靠近她，脚步也放慢了些。“什么信息能够通过直连发送？”

“所有能在网络发送的信息都可以。”

“但如果有人想远距离地接近她，他们不可能……我是说，必须经过她允许才能打开所得到的信息，对吧？”

欣黛张开嘴，停了一下，然后又闭上嘴。“我不知道。我不清楚机器人体内的直连系统是如何运作的，特别是那些一开始就没有安装直连的系统。但可能的情况是，无论谁安装了这个芯片，他希望得到信息。可能是……一些特殊信息。”

当他们穿过一个封闭的玻璃廊桥，走进研究大厅时，王子的眼神是深邃的。“那么我怎样才能发现是谁安装了芯片，他们又得到了什么？”

欣黛深吸了一口气。“我想重新启用这个连接，但似乎已经失效了。我会再试试，但目前我无法得知连接的另一端是谁。至于他们得知了什么……”

察觉到她语气里的暗示，凯停下脚步，转过身来，用急切的眼神看着她。

欣黛压低声音，快速说道：“我知道您在找的是什么。我听到了南希所发现的一部分信息。”

“连我都不知道她发现了什么。”

她点点头。“确实……很有趣。”

他眼睛一亮，伸长了脖子，靠近她。“她还活着，对吗？南希知道去哪里可以找到她吗？”

欣黛摇摇头，她知道拉维娜就在这高墙之内，感到十分恐惧。“我们不能在这儿谈这个。不管怎么说，南希比我知道的多。”

凯眉头紧皱，陷入了沉思。当他朝电梯走去，并给那里的机器人下指令时，欣黛可以看得出他仍然在急切地思考着。

“唔，”他等候的时候紧抱双臂。“这么说南希掌握了一些重要的信息，而某个不知名的人却可能已经得到了这些信息。”

“恐怕是这样的。并且，这个芯片很特殊，它不是由硅或碳制成的，和我以前见过的都不一样。”欣黛说道。

凯紧锁眉头，看着她说：“怎么会这样？”

欣黛举起手指，好似手里捏着芯片，进行描述。“它的形状和大小，都很像普通的芯片。但是它的微微发亮的，就像……就像小小的宝石，有点珍珠的质感。”

凯的脸色立刻变得苍白了。一秒钟以后，他面带厌恶地闭上了眼睛。“是月族人。”

“什么？您肯定吗？”

“他们的飞船是用同样的材料制造的。我不知道那是什么，但是——”他愤愤地说着，两个手指捏着太阳穴。“这一定是希碧尔或者她的侍卫干的。他们在南希出故障很久之前就来了。”

“希碧尔？”

“是拉维娜的巫师，专替她干坏事的走狗。”

欣黛感觉自己的肺像是被什么钳住了，无法呼吸。如果希碧尔得到了这些信息，那几乎可以肯定女王也得到了这些信息。

“殿下，二号电梯到了。”二号电梯门打开时，门口的机器人说道。欣黛跟在王子后面走进电梯，忍不住瞟了一眼头顶的摄像头。如果月族人能够接近皇室的机器人，那么他们就能接近皇宫里的任何设备。

她把一绺垂落的头发顺到耳后，当电梯门关闭时，她神经质地强使自己表现正常些。“我猜女王的事情进行得不大顺利吧？”

凯一脸的无奈，好像这是世上最令他痛苦的话题，他靠在电梯上，暂时忘掉了皇家的礼仪，欣黛的心里顿时有种说不出的感觉，她赶紧低头盯着自己的靴子。

“我从没想过自己会像恨她一样恨任何人。她很邪恶。”

欣黛感到了恐惧。“您觉得这样……安全吗？我是说，如果她把芯片放在您的机器人里……”

凯领会了欣黛的意思，他抬头看看摄像头，然后耸耸肩。“我不在乎，她知道我恨她。相信我，她并不急于改变这一切。”

欣黛舔舔嘴唇，说道：“我看到了她是如何对付那些抗议者的。”

凯点点头。“我不应该让她去面对他们。她这么快就控制了他们，这个消息一旦在网屏上出现，整个城市就会一片混乱。”他双臂交叠，肩膀都快耸到了耳根。“另外，她现在认为我们在故意窝藏那些逃亡者。”

她的心猛地一震。“真的？”

“我知道，这很可笑。我最不希望看到的，就是那些渴望权利的月族人在我的国家四处流窜。我为什么要——？啊，真郁闷。”

欣黛揉搓着自己的胳膊，突然感到很紧张。正是因为她，拉维娜女王才认为凯窝藏了月族人。她没料到自己被女王看到的同时，把凯也置于危险之中。

这时凯不说话了，她大着胆子，抬起头看了他一眼，发现他正盯着她的手。于是赶紧把手贴在胸前，检查了一下手套，发现手套并没破。

“这手套你摘过吗？”他问道。

“没有。”

凯转过头来凝视着她，仿佛能直接看到她脑袋里的金属板，他目光坚定地看着她，说：“我认为你应该跟我一起去参加舞会。”

她不安地捏着自己的手指。他非常真诚，非常肯定，因而她的神经就更紧张了。“天呐，您不是早已问过我了吗？”她喃喃地说道。

“这次我希望得到更好的答复。而且我似乎分分秒秒变得越来越渴望了。”

“您真可爱。”

凯的嘴唇有些颤抖。“好吗？”

“为什么？”

“为什么不？”

“我是说，为什么选我？”

凯把拇指插在兜里。“这样的话，如果我逃跑时悬浮车坏了，身边就有会修理的人，你说呢？”

她不以为然地笑了笑，不敢再直视他，只好盯着门边的红色应急按钮。

“我当真的。我不能自己去，也不能跟拉维娜一起去。”

“嗯，这座城市里有二十万个单身女孩，都急切地想得到这个好机会。”

此时，两人都不说话了。他并没有触碰她，但她可以感受到他的存在，热情而不可抗拒。她感觉电梯内在变热，尽管事实上体内的温度计告诉她温度并没有变化。

“欣黛。”

她忍不住抬起头来凝望着他，在与他的目光相遇的瞬间，那褐色的眼睛所流露出的坦诚与率真让她的心理防线有了一丝的松动。但此时，他的自信却被焦虑和犹疑所代替。

“二十万单身女孩，那为什么不能是你？”他说道。

赛博格。月族人。技师。她是他最不想要的女孩。

她刚要开口说话，电梯却停了下来。“对不起，但请相信我——您不会愿意跟我去的。”

电梯门打开了，欣黛也从紧张的情绪中释放出来。她低头冲出电梯，目光尽量避开那些等电梯的人。

“和我一起去舞会吧。”

她定在那里，大厅里每一个人也都定在那里。

欣黛转过身来，凯仍一手撑开着门，站在二号电梯里。

她突然感到一阵疲惫，前一个小时中所经历的一切情感变化此时都汇集成了唯一的、令人不快的感觉——恼怒。大厅里到处是医生、护士、机器人、官员、技师，他们都陷入尴尬的境地，无人出声，他们目瞪口呆地盯着王子和那个女孩——一个穿着松松垮垮的工装裤、王子与之调情的女孩。

调情。

她挺起胸膛，回到电梯里，一把把他推到一旁，甚至不在乎是否使用了她的机械手。“让电梯别动。”电梯即将关闭时，他对电梯旁的机器人说。“总算引起你的注意了。”

“请您听好，对不起，真的对不起，可我不能和您一起去参加舞会。这点，您必须相信我。”她说道。

他低头看着按在他胸口的那只戴手套的手。欣黛赶快把手拿开，双臂抱在胸前。

“为什么？为什么你不想跟我一起去？”

她很生气。“并不是我不想跟您一起去，而是我根本不会去。”

“所以你是想跟我一起去的。”

欣黛挺挺胸脯。“没关系。因为我不能去。”

“可我需要你。”

“需要我？”

“是的。难道你看不出来？如果我所有的时间都和你在一起，那么拉维娜女王就不能硬逼着我去谈判或者……”他哆嗦了一下。“去跳舞。”

欣黛惊得倒退了一步，眼前的一切变得模糊起来。拉维娜女王，当然，这一切都与拉维娜女王有关。牡丹很久以前跟她说什么来着？有关联姻的传闻？

“我并不是反对跳舞。如果你想跳舞，我可以跳舞。”

她斜着眼看着他。“什么？”

“或者不想。或者你不知道怎么跳。这没什么丢人的。”

她开始揉脑门，觉得头疼，但她突然想到手套很脏，就停了下来。“我真的，真的不能去，你看……”*我没裙子，爱瑞也不会允许。拉维娜女王要杀我。*“是因为我妹妹。”

“你妹妹？”

她润润干渴的喉咙，低头看着擦得锃亮的红木地板。皇宫里即使地板都那么讲究。“是的。我的小妹妹。她染上了疫病。没有她，一切都会不一样。我不能去——也不会去。对不起。”欣黛吃惊地发现这些话都是真话，即使她自己听起来也是如此。她纳闷，要是她的测谎仪能够测到她的话，警示灯是否也会亮起。

凯失望地倒向身后的电梯，头发垂到眼角。“噢，对不起，我原来不知道。”

“您不可能知道。”欣黛用裤子擦着手掌。她戴着手套的手已经开始出汗。“事实上，有件事……我想告诉您，如果可以的话。”

他好奇地扭过头来。

“我想她希望您能知道她，这就够了。呣……她叫牡丹，十四岁了，她疯狂地爱着您。”

他抬起了眉毛。

“我只是想，要是有天大的奇迹发生，她也许能活下来——您能邀请她跳舞吗？在舞会上？”欣黛说话时声音沙哑，她知道这个天大的奇迹是不会发生的。但还是要问一下。

凯目光灼灼地看着她，然后慢慢地、坚定地点了一下头。“我很荣幸。”

她垂下了头。“我会让她知道，好让她盼望着这一天的。”欣黛从眼角看到凯把手伸进衣兜里，攥成了拳头。

“外面的人肯定已经起疑心了，流言会传得沸沸扬扬的。”欣黛说完，尴尬地笑了一下，但凯没有笑。当她鼓起勇气，再去看他时，却发现凯正茫然地看着她身后的电梯箱壁，肩头如同压上了千斤重担。

“您还好吧？”

他这才回过神来，点点头。“拉维娜觉得她可以把我当作提线木偶。”他眉头紧蹙。“我刚想到，也许她是对的。”

欣黛不安地摆弄着她的手套。在这种情况下，多么容易忘记了她是在跟谁说话，多么容易忘记他脑子里所想的所有的事情，比她甚至比牡丹重要得多的事情。

“我感觉所有的事情都会毁在我的手里。我感觉好像我会毁掉一切。”他说道。

“不会的。”她多么想向他伸出手，但是她犹豫了，只是不安地紧握着手腕。“您会成为人人都爱戴和敬仰的皇帝。”

“是的，肯定会。”

“我说的是真的。瞧，您一直都在竭尽全力，可您甚至还不是皇帝呢。另外。”她抱着双臂，把手藏起来。“您也不是孤军奋战，有顾问、各省代表、国务大臣、财政大臣，还有……我是说，实际上，单单一个人，怎么可能把事情搞得那么糟？”

凯苦笑了一下。“你的话并没有让我觉得好受，但还是要谢谢你的好意。”他抬头看着电梯顶。“我不应该把这一切都告诉你，这也不是你该操心的问题……只是……你是很好的倾诉对象。”

她的脚的地上蹭着。“这也是我要关心的问题，毕竟，我们都生活在这里。”

“你可以去欧洲。”

“是啊，说实话，我最近也在考虑这个问题。”

凯笑起来，声音又变得热情起来。“如果这不是全然的信任的话，我真不知道什么是了。”

她羞怯地低下头。“您瞧，我知道您是尊贵的皇族，可是大家等电梯肯定已经等得不——”这时凯向前俯身，离她那么近，一瞬间她以为他会吻她，她的呼吸都快停止了，定定地站在那里，心狂跳着，不敢抬头看他。

他没有吻她，而是低声说道：“设想一下，有种药可以救命，可找到它需要你付出所有的一切，会完全毁了你的生活。你会怎么办？”

她感受到了他身体散发的温暖气息，他是如此贴近，她甚至可以闻到他身上的香皂味。

他死死地盯着她，等着她的回答，等待中有着一丝的急迫。

欣黛润润干渴的喉咙。“毁了我的生活，却可以救活成千上万的人？这没什么可犹豫的。”

他听后嘴张得大大的——她的目光也不由地落在他张大的嘴上，接着又落在他的眼睛上，她几乎可以数得出他眼睛周围有多少根黑黑的睫毛。但接着，忧伤又回到了他的眼中。

“你是对的，几乎没有什么选择的余地。”

此时，她的身体既渴望靠近他，又想推开他。但是到嘴边的话却让她哪样也做不出来。“殿下？”

她朝他扬起脸，是最轻微的动作。她可以听到他颤抖的呼吸声，而这次，他的目光落到了她的唇上。

“对不起，我知道这很不合适，但是……似乎我的生活就要被毁了。”他说。

她眉头微蹙，似乎在询问他为什么，可他并没有回答。他的手指，轻得如同呼吸划过她的臂肘，然后俯下身来，欣黛一动不动地站在那里，甚至没能湿润一下干渴的嘴唇，她闭上了眼睛。

剧烈的疼痛击中了她的头部，穿过她的脊椎。

欣黛喘着粗气，弯下身子，用手捂住了肚子。整个世界天旋地转。她的喉咙像被酸蚀般疼痛。她向前倒去，凯大喊着抱住了她，然后轻轻放在地板上。

欣黛在他的怀里颤抖着，感觉到阵阵晕眩。

接着疼痛消失了，如同它到来时一样迅速。

欣黛喘着气，佝偻着身子躺在凯的怀里。他的声音敲打着她的鼓膜——她的名字，一遍又一遍。模糊的声音。你还好吗？发生了什么？我做了什么？

她浑身发热，戴着手套的手在冒汗，脸也火辣辣的。就像以前厄兰医生碰她的时候一样。究竟在她身上发生了什么？

她润润嘴唇。她的舌头就像一团棉花塞在嘴里。“我很好，”她说，不知道是不是真的好，“过去了，我很好。”她紧紧闭上双眼，等待着，生怕哪怕最微小的动作会再次引起疼痛。

凯用手抚摸着她的眉毛、她的头发。“你肯定没事了？你能动吗？”

她试着点点头，强迫自己看着他。

凯倒吸了一口气，急忙向后躲去，他抚摸欣黛眉毛的手也停了下来。欣黛感到一阵恐惧。难道她的视网膜显示器被看出来了？

“怎么了？”她边说，边用一只手捂住脸，手指紧张地摸摸自己的皮肤和头发。“发生了什么？”

“没——没什么。”

当她再次鼓起勇气，与凯的视线相遇时，凯正在啪嗒啪嗒地眨巴眼睛，眼里充满困惑。

“殿下？”

“不，没什么。”他不相信似地撇撇嘴。“我看错了。”

“什么？”

他摇摇头。“没什么。好吧。”他站起来，把她也扶起来。“也许我们该去看看厄兰医生能不能抽时间给你看看。”

第二十五章　我也是月族

在离开电梯，向厄兰医生办公室走的当儿，凯收到了两个邮件——欣黛知道，因为她能听到他腰带里发出的滴滴声——但他却没有查收。尽管欣黛一再坚持说她可以自己走，尽管经过的人都投来好奇的目光，但是他坚持要送她穿过大厅。经过的人投来的好奇的目光让欣黛感觉不安，但他却似乎并不在意。

走到厄兰医生的办公室时，他并没有敲门。当厄兰医生看到这个破门而入的不速之客时，却并没有吃惊。

“又发生了一次，她晕过去了，不知是什么原因。”

厄兰医生用他的蓝眼睛看着欣黛。

“现在已经过去了，我没事。”她说道。

“你有事。是什么导致的？怎么才能治好？”凯说道。

“让我看看。看咱们有什么办法来阻止它再次出现。”厄兰医生说道。

凯觉得这个回答可以接受，但也很勉强。“如果您需要研究经费……或者特殊设备或者任何其他的物品，都没问题。”

“不用大惊小怪，她也许只是需要重新调整一下。”医生说道。

欣黛眼睛里的测谎仪又在闪烁，她恨得咬牙切齿。他又在对王子撒谎，对她撒谎。但是凯既没有反对，也没有质问。他深深地吸了一口气，然后看着欣黛。他脸上的表情让欣黛很不舒服——好像在说，她是一个陶瓷娃娃，一碰就碎。

也许在这表情的背后还有一丝的失望。

“真的，我很好！”

她看得出来，他并不相信，但是又无法与她争辩。这时，他的通信机又响了。他终于看了一眼，然后一脸不悦地关掉了。“我得走了。”

“很显然。”

“非洲总理呼吁召开全球首脑会议。非常枯燥，纯粹的政治。我的顾问快要支撑不下去了。”

她脸上故意摆出轻松的表情，希望借此告诉他，现在离开完全没有问题。不管怎么说，他是王子。地球上最有权力的男人和女人正在召唤他，她可以理解。

然而，他还是待在那里，和她在一起。

“我很好，走吧。”她说。

他眼睛里的焦虑减轻了些。他朝厄兰医生转过身去，从兜里拿出了什么，使劲揣到医生的手里。“我来，也是想把这个给你。”

厄兰医生戴上眼镜，冲着灯光举起了药瓶。里面的液体是清亮透明的。“这是？”

“拉维娜女王的礼物。她声称这是治疗蓝热病的抗生素。”

欣黛的心猛地一震，眼睛死死盯着药瓶。

抗生素？

牡丹。

厄兰医生的脸色骤变，眼镜后面的眼镜睁得大大的。“是吗？”

“这也许是个圈套。我不知道。理论上讲，这是一个人的用量——足够一个成年男子使用。”

“我明白了。”

“那么，您认为如果这是真药的话，能仿制吗？”

厄兰医生把嘴唇拉成一条长线，把药瓶放下来。“这取决于很多条件，殿下。”他停顿了很久，接着说，“但我会尽力的。”

“谢谢，一旦有所发现，立刻通知我。”

“当然。”

凯总算放下心来，紧锁的眉峰也舒展开来。他接着转向欣黛。“如果有什么事情，你也要让我知——”

“是的。”

“——舞会的事，你改变主意了吗？”

欣黛闭着嘴没说话。

凯勉强笑了一下，向医生略一鞠躬，然后就走了。欣黛的眼睛又去盯着攥在医生手里的药瓶。她心里突然涌起了强烈的渴望。但接着，她看到医生攥着药瓶的手已经因用力而发白，于是抬起眼来看着医生，却发现一双愤怒的眼睛正看着她。

“你以为你在这里干什么？”他说，没拿药瓶的手支在桌子上。她被他强烈的愤怒弄得不知所措。“你难道不知道拉维娜女王在这里，就是现在，就在这皇宫里？我告诉你离她远点，难道你不明白吗？”

“我得把王子的机器人送回来，这也是我分内的事。”

“你说的是生计，我说的可是生命。你在这儿不安全。”

“根据您的情报，这个机器人也关乎生命。”她愤愤地说道，强忍着不让自己说得太多。她深深地叹了口气，把憋闷的手套从手上撸下来，装在兜里。“好吧，对不起，可我已经来了。”

“你现在就得走。如果她要求看试验设备怎么办？”

“为什么女王会关心您的试验设备？”她坐在厄兰医生对面的椅子上，医生仍站着。“再说了，现在已经太晚了，女王已经看见我了。”

她本以为医生听完这话会大发雷霆，但是他的愤怒却转而成为恐惧，帽檐下浓浓的眉毛拧成一个疙瘩。他颓然地倒在椅子上。“她看见你了？你确定？”

欣黛点点头。“人们进行抗议的时候，我就在院子里。拉维娜女王出现在高层的阳台上，而她对人群……做了什么，洗脑或者蛊惑，不管叫什么吧。人群就都安静下来，不再抗议。真是太奇怪了。好像瞬间所有人都忘记了他们来干什么，忘记了他们恨她。过后就都离开了。”

“没错，”厄兰医生把药瓶放在桌子上。“这一下子就闹明白了为什么她的人民都不反抗她，不是吗？”

欣黛向前俯身，用她的金属手指敲着桌子。“还有一件事。您以前说过甲壳人不会被月族人的魔力影响，对吧？也正因为这样她才命令杀死他们，也就是我们，是吧？”

“没错。”

“但我确实受到影响，当时像其他人一样对她深信不疑。至少，在我的程序发挥作用，让我重新控制自己之前是这样的。”厄兰医生摘下帽子，理了理帽檐，又重新罩在他如蓬草般的灰发上，欣黛一直看着他。“这本不该发生，对吧？因为我是一个甲壳人。”

“嗯，这不应该发生。”他没有给出肯定的答复。

他从椅子上站起身来，面对着落地窗。

此时欣黛产生了要去桌子上拿起药瓶的冲动，但她忍住了。这抗生素——如果真的是抗生素的话——是要给所有人使用的。

她叹了口气，向后挺直身子。“医生？您好像并不吃惊啊。”

他抬起手，用两个手指轻敲着嘴唇。“我对你做出了错误的诊断。”撒谎。

她揣在兜里的手攥成了拳头。“或者您根本就没告诉我实情。”

他皱皱眉头，但却没有否定。

欣黛卷曲着手指。“那么我不是月族人喽？”

“不，不，你绝对是月族人。”实话。

她坐在椅子里，闷闷不乐，也很失望。

“林小姐，我一直在研究你的家人。”他一定是看到了她眼睛一亮，所以赶紧举手，示意她不要急。“我说的是收养你的那家人。你是否意识到你过世的监护人林嘉兰是设计机器人系统的？”

“晦。”欣黛想起爱瑞起居室的悬挂的那些奖牌奖章。“听上去挺耳熟的。”

“呃，在你进行手术的头一年，他在新京科技博览会上展出了一项发明。一个机器人原型。他称之为生物电安全系统。”

欣黛瞪大了眼睛。“叫什么？”

厄兰医生站起来，划动网屏，上面出现了一个熟悉的全息影像。他把欣黛脖子的位置放大，显示出脊椎上部的小黑点。“这个。”

欣黛摸着脖颈儿，不停揉搓着。

这是一个连接人体神经系统的装置。它有两个目的——对于地球人而言，它可以防止从外部对人体生物电进行操控。从根本上说，它可以使人类能够免受月族人的控制。另一方面，如果装在月族人身上，可以使之无法操控他人的生物电。这就像是给月族人的特殊天赋上了一把锁。

欣黛摇摇头，仍摸着她的后脖颈儿。“一把锁？给魔力？还有这种可能？”

厄兰朝她摇摇手指。“这不是魔力，把它叫作魔力等于给了它合法使用的权利。”

“好吧。生物电或者什么的。这可能吗？”

“显然可以。月族人的天赋就是可以利用人的大脑输出生物电并加以控制。阻止它的办法就是当它进入脑干的时候改变人的神经系统。但是，这样做的同时还不影响神经系统的运行和感知能力，这就……非常了不起了。简直可以说是鬼斧神工。”

欣黛张大了嘴巴听着，眼睛始终没有离开厄兰医生，当他坐回到椅子上时，她的目光也一直跟随着他。“他本来可以很有钱啊。”

“如果他活着，可能会很有钱。”医生说着，关掉了网屏。“当他在博览会会上展示自己的发明时，原型并未经过测试，那时的人们对此持怀疑态度——这种怀疑也不无理由。他首先需要的是进行测试。”

“而为了做到这一点，他需要找到一个月族人。”

“理想的状况是，他可以同时找到一个月族人和地球人作为试验对象——以便对两种用途进行测试。他是否找到了地球人实验对象，我不清楚，但显然他找到了你，而他确实给你安装了这种装置，作为防止你使用自身天赋的手段，这也说明了为什么从你手术后就没有使用过你的天赋。”

欣黛焦躁不安地在地上磕着脚。“您并没有给我下错诊断，这从一开始您就知道。从我进到试验时的那一瞬间，您就知道我是月族人而且装了这个可怕的锁——您一直都知道。”

厄兰拧着手指。欣黛第一次看到他手指上有一个金箍。

“您对我做了什么？”她说着，就站了起来。“您捏我的时候，疼得我都晕过去了——而且今天又发生一次。到底是什么原因导致的？在我身上到底发生了什么？”

“冷静，林小姐。”

“为什么？这样您就可以对我继续撒谎，就像您对王子撒谎一样？”

“如果我撒了谎，那也只是为了保护你。”

“保护我什么？”

厄兰医生竖起手指。“你很困惑，这我可以理解——”

“不，您一点都不理解！一周前，我很清楚我是谁，是干什么的，也许是一个没用的赛博格，但至少我知道这一点。”可现在倒好……我是月族人，一个也许有天赋但却不能用的月族人。还有，那个疯狂的女王也不知为什么竟要杀死我。

肾上腺分泌峰值，欣黛控制系统在发出警告，建议：慢慢调整呼吸，计时开始1，2，3……

“请镇静，林小姐。事实上，有人选择你去安装这个锁是个好事。”

“您说的没错，我敢肯定。我就是喜欢被当作小白鼠，您不知道吗？”

“不管你喜欢不喜欢，这锁对你有好处。”

“有什么好处？”

“你要是不喊了，我就可以告诉你。”

她咬住嘴唇，感觉呼吸逐渐平稳下来，简直违反自己的意愿。“好吧，这次就把真相告诉我吧。”她双臂交抱，坐了下来。

“林小姐，有的时候你还真焦躁。”厄兰医生边挠着太阳穴，边叹口气说道。

“你看，对于月族人来说，操控别人的生物电是如此自然，以至于人们很难控制自己不使用它，特别是年轻的时候。就你的情况而言，如果放任不管，你可能就会引起太多人的注意。这就好像在你的脑门上写着‘月族’二字。就算你学会控制这种能力，由于它是我们身体构造的自然组成部分，控制它在心理上会带来可怕的副作用——幻觉，抑郁……甚至发疯。”说到这里，他两手指尖对在一起，等了片刻，然后说道，“因此，你瞧，给你上了这把锁确实在许多方面保护了你，免得自己害了自己。”

欣黛两眼盯着医生看，似乎要穿透他。

“你明白这有两方面的好处吗？”医生继续说道，“林嘉兰找到了实验对象，而你也能与地球人和平相处而不用发疯。”

欣黛慢慢向前探身。“我们？”

“请原谅？”

“我们。您说，这种能力是我们身体构造的自然组成部分。”

医生站起身来，理了理大褂的翻领。“啊，我说的吗？”

“您是月族人？”

他摘下帽子，扔到桌子上。不戴帽子他显得更矮些，也更老了。

“别对我撒谎。”

“我不会的，林小姐。我只是在想，用什么方式给你解释，你才不会像控诉罪犯似的控诉我。”

欣黛的脸立刻耷拉下来，再次从椅子上跳下来，离开桌子远一点。她死死地盯着他看，好像在他眉头上真的会出现“月族”的字样。“我怎么能相信您说的话？我怎么知道您现在不是在给我洗脑呢？”

他耸耸肩。“如果我一天到晚都在蛊惑别人，至少应该让自己看上去高点，不是吗？”

她眉头紧锁，并没有理会他。欣黛想起了阳台上的女王，即使她什么话也没说，欣黛自己的视觉扫描仪就已经告诉她女王在撒谎。就算她的眼睛能不分辨现实和虚幻的差别，她的大脑却能做到。

欣黛眯着眼睛，用手指着医生说：“您确实用您的大脑控制了我。我们见面的时候，您……给我洗脑了，就像女王一样，您让我信任您。”

“公平点儿好吧，你当时要用扳手袭击我。”

听到这个，她的气消了大半。

厄兰医生在欣黛面前挥着手说：“林小姐，我向你保证，在地球上的这十二年中，我一次都没使用过这种能力，而我每天都为这个决定在付出代价。就因为我拒绝用这能力去控制身边的人的思想和感情，我的精神状况、心理状况还有感知力都越来越差。并非所有的月族人都值得信任——这点我和别人一样清楚——但你可以信任我。”

欣黛深吸了一口气，靠在椅背上，说道：“凯知道吗？”

“当然不知道。这不能让任何人知道。”

“可您在皇宫里工作，您总能见到凯，还有雷肯皇帝！”

厄兰医生的蓝眼睛中闪着愤怒的火花。“是的，可你有什么不高兴的？”

“因为您是月族人！”

“我和你一样。就因为王子邀请你去参加舞会，我就该觉得他的安全受到了威胁？”

“这是两码事！”

“别傻了，林小姐。我了解人们对月族人的歧视。从地球和月球打交道的历史来看，这在很大程度上也是可以理解的，甚至是正当的。但这并不说明我们都是贪婪、自私的魔鬼。相信我——在这个星球上没有一个人比我更希望拉维娜女王下台。如果我能，我会亲手杀了她。”医生的脸变得通红，眼中充满愤怒。

“好吧。”欣黛用力掐着椅垫，直到她觉得她的钢手指已经把垫子掐破了。“您这么说我可以接受，并非所有的月族人都是邪恶的，也不是所有的月族人都会被轻易洗脑，去追随拉维娜。但就算有些人想蔑视她的权威，又有多少人能冒着生命的危险去逃跑呢？”她顿了一下，盯着医生。“那么为什么您逃跑了？”

厄兰医生挪动身体，好像要站起来，但是犹豫了一下，还是颓丧地坐在那里。耷拉着肩膀，说道："她杀了我的女儿。"

这是真话。

欣黛也吃了一惊。

"最糟糕的是，"医生继续说道，"要不是自己的孩子，我还觉得这是正确的。"

"怎么？为什么？"

"因为她是一个甲壳人。"他边说，边把帽子从桌子上拿过来，在手里翻弄着，指尖在帽子的人字纹上不停地划着。"我过去赞成这项法律，认为那些甲壳人是危险的。如果允许他们活下去，我们的社会体系就会崩溃。可轮到我的小女儿，就不行了。"说到这里，他的嘴角露出一丝嘲讽的微笑。"在她出生以后，我试图逃跑，把她带到地球，可我的妻子对女王陛下比对我还衷心。她不希望对这孩子采取任何行动。因此我的小盈月就像其他人一样被带走了。"他把帽子重新戴在头上，然后眯起眼睛看着欣黛。"她要活着，差不多也有你这么大了。"

欣黛绕过椅子，坐在椅子边上，说道："对不起。"

"这是很久以前的事了。但我要你明白，林小姐，有人把你带到这里，费尽周折去隐藏你的天赋是为什么——就是为了保护你。"

欣黛抱起双臂，蜷缩着身体，坐在椅子里。"可为什么是我？我不是甲壳人，我没有任何危险，这说不通啊。"

"会弄明白的，我保证。你仔细听着，因为下面的话可能会吓着你的。"

"吓着我？您是说刚才的话不过是铺垫？"

他的眼神变得柔和起来。"林小姐，你的天赋就会回到你身上，我曾试图控制你的生物电，以使你暂时不受林嘉兰的装置的影响。那就是你第一天来时，我所做的。你失去知觉时，体内的锁已经因此损坏，而且不可修复。通过练习，你就可以无须理会体内坏掉的安全锁，直到你能够完全控制你的天赋。我知道，它突然出现时会很痛苦，就像今天的情况一样，但是这些情况很少，只有在情绪极度波动时才会出现。你想想之前是什么情况下触发了它？”

欣黛想起凯在电梯里对自己的亲密举止，禁不住心里小兔乱撞。她清清嗓子。“您的意思是我会成为一个真正的月族人，拥有魔力及其他一切。”

厄兰医生噘起嘴，并没有否认她说的话。“是的，你还需要一点时间，但最终会拥有生之与俱的天赋。”他的手指在空中旋转着。“你愿意现在就试试吗？你兴许能行，我不太肯定。”

欣黛想象着体内的电线发出火花，在她的脊椎上噼啪作响。她知道这也许只是脑子里的想象，自己吓唬自己，但她还是不敢肯定。成为月族人是什么感觉？拥有这种超能力又是什么感觉？

她摇摇头。“不，不用了。我还没做好准备。”

医生微微一笑，好像有点失望。“当然，要等你做好准备。”

欣黛两臂交抱，颤抖着吸了一口气，说：“医生？”

“什么事？”

“您对蓝热病是免疫的吗？就像我一样？”

厄兰医生直视着她，毫不犹豫地答道：“是的，我有免疫力。”

“那您为什么不用自己的血样去找到治疗药物？死了那么多人……而且还在征召赛博格志愿者……”

医生脸上的皱纹舒展开来。“我的确试过，林小姐。你以为我们试验用的那二十七支药剂是从哪里来的？”

“可这些都不管用。”她把脚藏到椅子下面，觉得自己很渺小。简直微不足道——这是她再次感到的。“所以我的免疫力不像您说的是个奇迹。”她的视线落到那瓶药上，女王拿来的药。

“林小姐。”

欣黛与医生的目光相遇，发现他的眼睛坚定而炯炯有神。正如她第一次遇见他时一样。

“你是我一直在寻找的奇迹，但你说得对，并不是因为你的免疫力。”他说道。

欣黛目不转睛地看着他，等他做出解释。她还有什么特殊之处？他是否一直在寻找她身上的魔力控制装置——林嘉兰的发明？

他还没说话，欣黛的内联通信系统哔地响了一声。她不由得一惊，急忙转身，几行绿色的字体在她的眼前出现。

收到来自新京二十九区蓝热病隔离区的信息，林牡丹于第三纪元 126 年 8 月 18 日 17 点 24 分进入蓝热病第四期。

“林小姐？”

她的手颤抖着。“我妹妹的病到第四期了。”她的目光落在厄兰医生桌子上的药瓶上。

他顺着她的视线看去。“我明白了，”他说，“到了第四期，病情发展很快。我们的时间不多了。”他伸手拿起了药瓶。“君子言必信。”

欣黛的心怦怦地跳着。“那您不需要了吗？用它去仿制药物？”

医生站起身来，走到书架前，拉过一个量杯。“她多大了？”

“十四岁。”

“我想这应该够用了。”他把四分之一药水倒在量杯里。他把药瓶塞子堵上，转身看着欣黛。“你知道，这药是拉维娜女王拿来的，我不知道她计划干什么，但我知道这一定不是为了给地球人带来福祉。这也许只是一个圈套。”

“我妹妹就快要死了。”

他点点头，把量杯递给她。“我也是这么想的。”

欣黛站起来，拿过量杯，握在手心里。“您肯定要这么做吗？”

“有一个条件，林小姐。”

欣黛紧张地吸了口气，把量杯贴在胸口上。

“你必须答应我，只要拉维娜女王在这里，你就不要靠近皇宫。”

第二十六章　变种生物

凯到达会议现场时，迟到了十七分钟。托林和其他四位政府官员坐在一张长桌子旁，面露不悦，另有十多位参会者出现在王子面前的许多块网屏上。他们来自地球各国——英国、欧洲联邦、非洲同盟、美洲共和国和澳大利亚联邦。有一位女王，两位总理，一位总统，一位总督，三位国家代表和两位省代表。在网屏下端显示出他们的名字、头衔和所属国家。

“年轻的王子能够出席会议，我们深感荣幸。”托林说道，坐在桌子周围的官员起立欢迎王子的到来。

凯向托林一挥手，打断了他的致辞。“我想您可以代我主持会议。”

在网屏上，非洲总理卡敏发出了很不文雅的呼噜声。其他人都没有作声。

凯刚要在普通席位坐下，托林却阻止了他，示意让他坐在桌子一头的椅子上，那是皇帝的座椅。凯表情严肃，换了位子。他抬头看着屏幕上的一张张脸——尽管各政府首脑都在千里之外，正盯着他们各自面前的网屏，可感觉他们的都正一脸不满地盯着他看。

他清清嗓子，尽量保持平静。“会议连线是安全的吗？”他问道。这个问题使他重新想起欣黛在南希体内发现的直连芯片。这间会议室的网屏安装了直线通话设备，这样，召开国际会议时就无须担心有人通过网络进行窃听。拉维娜的密友安装在南希体内的芯片也是处于同样的原因吗？——窃听秘密，窃听隐私？如果真是这样，她听到了什么？

“当然了，殿下，”托林说道。“直线通话设备近二十分钟前已经检查完毕，当您大驾光临时，我们正在讨论地球与月球的关系问题。”

凯两手交握。“好吧。那个凶巴巴的女王只要稍不如意就大发雷霆，威胁要发动战争，各位讨论的是这个问题吗？是指这种关系吗？”

没人发笑。托林看着凯。“殿下，此时讨论，是否您不方便？”

凯清清嗓子。“很抱歉，恕我冒昧。”各国首脑正在千里之外注视着他，这令他不由得把藏在桌子底下的手握得紧紧的，好像参加父亲会议的孩子。

“很显然，”美国总统瓦戈斯说道，“地球和月球之间的紧张关系已经持续了多年，拉维娜女王统治时期，情况更糟。我们不能把责任归咎于任何一方，重要的是，我们要解决问题，趁着还没有——”

“她还没有发动战争。”来自南美的一位省代表接着说，“正如年轻的王子所说的那样。”

“但是如果网上的报告没有错的话，”澳洲总督威廉姆斯说道，

“那么地球和月球之间的联络就又开始了。拉维娜现在真的在地球上吗？听到这个消息时，我感到十分难以置信。”

“是的，”托林说道，这时所有人的眼睛都转向他。“女王昨天下午到达，而她的首席巫师希碧尔·米拉来我们皇宫已经超过两周了。”

“拉维娜是否已将她此次访问的目的告知贵国？”卡敏总理说道。

“她声称希望达成和平协议。”

一位美洲共和国的代表大笑起来。“我只有看到了，才会相信。”

瓦戈斯总统没有理会这一评论。“挑选这个时间很可疑，不是吗？毕竟刚刚……”他没有说完。也没人看凯。

“我们同意，但是当对方提出这一要求时，我们也无法拒绝。”托林说道。

“她似乎确实更喜欢和东方联邦而不是和我们讨论缔结同盟的事情。但是她的要求总是很令人不满。那些要求有所改动吗？”瓦戈斯总统说道。

凯用眼睛的余光看到托林的胸膛气得鼓了起来。“没有，据我们所知，女王陛下的要求并没有改动。她仍希望与东方联邦的皇帝联姻。”托林说道。

尽管房间里的人和网屏上的人们尽量保持平静，但大家都感觉很不舒服。凯紧握的手上青筋暴跳。他一直蔑视这种充满外交辞令的会议。每个人的想法都一样，可谁也没勇气说出来。

当然，他们都很同情凯的命运，然而却因这种命运没有落到自己头上而感到高兴。他们对拉维娜女王的独裁统治渗透到地球国家而感到气愤，却又为她的武装没有渗透到地球而感到庆幸。

“东方联邦的态度并没有改变。”托林说道。

而这话却引起大家的热议。

“您不会跟她结婚吗？”英国的卡米拉女王说道。她额头上的皱纹更深了。

凯振振肩，辩解道：“我父亲已做出决定，坚决拒绝这样的同盟，而我相信他的理由无须质疑，无论是在上周或者去年或者十年以前。我必须考虑对国家最有利的解决方案。”

“您把这个决定告诉拉维娜了吗？”

“我没有对她撒谎。”

“那她下一步会采取什么行动？”欧洲总理布罗姆斯达说道，他是一个金色头发、目光和善的人。

“还能怎样？她想强加给我们更多条件，直到我们屈服为止。”凯说道。

大家透过屏幕，面面相觑。托林脸色惨白，他给王子递了个眼色，示意他言辞审慎。凯能猜得出托林不打算提起抗生素的事，至少要等到他们对下一步行动做出计划时再说——但蓝热病影响到所有人，假定拉维娜没有对他撒谎，他们至少有权知道有一种抗生素的存在。

凯深吸了一口气，将张开的手掌放在桌子上。“拉维娜声称找到了治疗蓝热病的药物。”

听到此消息，所有的国家元首大为震惊，网屏好似要被大家吃惊的表情爆破了，每个人都惊得说不出话来。

“她只带了一剂药物，我已经交给了我们的研究团队。我们还不知其真伪，要等到仔细研究之后才能知道。如果是真药，我们需要研究是否能进行仿制。”

“要是我们无法仿制呢？”

凯看着澳洲总督。他比凯的父亲要年长很多岁，在座的人都比他年长许多。“我不知道，但我会为东方联邦尽我所能。”他说。他把“东方联邦”四个字说得很清楚。确实，东方联邦是由六个国家组成的联盟，而且坚若磐石；但他们也都有自己效忠的元首，他不会忘记这一点。

“即便如此，我们仍希望她能够识大体，并说服她在不联姻的情况下签署不来梅和平条约。”

“她会拒绝的，我们在这一点上不能自欺欺人。她很顽固，就像……”来自欧洲联邦的一位代表说道。

“当然，东方联邦的皇族并非她唯一希望联姻的皇族。”一位非洲代表说道。他这么说时很清楚他们不是君主制国家，因而也不可能成为选择对象。任何的联姻都太短暂，太不牢固。他继续说道：“我认为，我们应当对所有的可能性进行全盘考虑，这样，无论拉维娜下一步怎么做，我们都能够提出有利的谈判条件，一个符合全球公民利益的谈判条件。”

凯和大家一样，把注意力转移到了英国女王卡米拉的身上，她有一子年近三十而未婚，比凯更接近拉维娜的年龄。他注意到女王一直在尽力保持低调，因而他自己也不要显得过于自满。此时局面反转，凯感觉也很不错。

然而，从政治的角度讲，在拉维娜的眼中，凯是最好的选择。

英国王子是三子中排行最小的，也许永远当不上国王。而凯下周就要加冕。

“如果其他人她都拒绝呢？”卡米拉女王抬起多次整形的眉毛，问道。看到无人回答她的问题，她便继续说道：“我不想危言耸听，但各位是否已经注意到，她此行的目的是希望通过军事行动来确保结盟的？也许她希望通过对年轻的王子洗脑来达到联姻的目的。”

凯感到局促不安。这一点从其他人的脸上反映出来。“她会这么做吗？”他问道。

看到没有人回答，凯转向了托林。

托林过了许久才摇了摇头，看上去却十分恐惧而犹疑。他说：“不会。也许从理论上讲有可能。但不会。为了计策的实施，她不会离你左右。一旦你摆脱了她的影响，就可以证明这婚姻并不合法。她不会冒这样的风险。”

“您是说我们希望她不会冒这样的风险。”凯说道。他的心里感觉并不踏实。

“拉维娜的女儿温特公主呢？有没有关于她的议论？”瓦戈斯总统说道。

“她是养女。我们对与月族公主要讨论什么呢？”托林说道。

“为什么我们不能和她联姻？她不会比拉维娜更糟。”卡米拉女王说道。

托林两手交叠放在桌子上。“温特公主的母亲另有其人，而其父亲只是宫中的侍卫，她没有皇族血统。”

托林叹了口气。看上去，他希望凯不要开口说话。“政治上，现在的情况仍没有改变，拉维娜女王处于困境，需要结婚生子，继承皇家血脉。我认为，只要她有合适的结婚对象，就不会考虑让她的养女结婚。”

“也就是说，月族决不会接受温特公主作为他们的女王？”非洲总理说道。

“除非能够说服他们放弃迷信思想，而我们都知道迷信思想在他们的文化中是多么根深蒂固。如果无法说服他们，他们一定会坚持有皇家血统的人继承王位。”托林说道。

“如果拉维娜没有子嗣呢？他们那时会怎么做？”

凯抬起一侧的眉毛，看着他的顾问。

“这也不好说。我肯定皇族有很多堂（表）兄妹会宣称他们有权获得王位。”

“这么说，假定拉维娜必须结婚，而她只嫁给东方联邦的皇帝，而东方联邦的皇帝又拒绝和她结婚，那么接下来会发生什么？我们会陷入僵局。”南美洲代表说道。

“也许她会把威胁变为事实。”威廉姆斯总督说道。

托林摇摇头。“如果她真想发动战争的话，以前曾有过很多机会。”

“事情似乎已经很清楚了，她的目的就是要成为皇后。我们不可能知道她到底计划做什么，如果你们不——”总督反驳道。

“事实上，我们对事件的发展已经了然于胸。”瓦戈斯总统用沉重的语气说道，“再继续猜测拉维娜女王是否会对地球发动战争，恐怕已经没什么必要。根据我们的情报，我有理由相信战争不是可能发生，而是迫在眉睫了。”

房间里一阵骚动不安。

“如果我们的推测是正确的，拉维娜女王会在六个月内就会对地球采取行动。”瓦戈斯总统继续说道。

凯不安地拉拉衣领，向前俯身，说道：“什么推测？”

“有迹象表明拉维娜正在扩建军队。”

大家都感到很困惑。

“月球拥有军队已经有一段时间了。这已不是什么新情报了，也不存在争议。我们不可能要求他们放弃军事武装，尽管这可能是我们所希望的。”布罗姆斯达总理说道。

“这不是月球的常规部队——由士兵和巫师组成，也不同于我们地球上的部队。请看，这是我们的卫星拍到的照片。”瓦戈斯总统说道。

总统的面孔隐去了，出现在屏幕上的是模糊的照片，好似在没有光线的条件下从卫星上远距离拍摄的。然而，从模糊的照片上，凯可以看到一排排的站立着的男人。他眯起眼睛看，这时屏幕上又出现了另一张照片，照片拉近后，可以从顶部看到四个男人的后背。但是，令凯惊异的是，他们不是男人，肩太宽了，背部太驼了。从模糊的轮廓来看，个子也太高了，背部似乎还盖着毛皮。

屏幕上出现了另一张照片。是从正面拍摄的六个人的照片，他们的脸介于人和野兽之间，丑陋的鼻子和下巴突出，嘴唇扭曲变形。白点从嘴里暴出来——凯看不清楚，也说不上是什么，但凭直觉，他觉得那是动物的獠牙。

“这是什么生物？”卡米拉女王问道。

“变种生物。我们认为是转基因月球人。据估计，这项工程已经持续了几十年，据估计，仅此一处，就有六百名。但我们怀疑还有更多人，很可能藏在月表下纵横交错的岩洞中，可能有数千到数万人不等。”瓦戈斯总统答道。

“他们有魔力吗？”加拿大省代表满腹狐疑地问道。

照片消失，美国总统又出现在屏幕上。“我们不清楚，除了看到他们列队进出岩洞，我们并没有看到他们训练。”

“他们是月族人，如果没死，他们就有魔力。”卡米拉女王说道。

“我们还没有证据证明他们会杀死那些没有天赋的婴儿。尽管这些照片令人震惊，也使我们产生许多强烈的猜测，但我们必须记住，拉维娜女王并没有袭击地球，我们也没有证据证明这些生物是用来进攻地球的。”托林插话道。

“那么他们是用来干什么的呢？”威廉姆斯总督说道。

“劳动力？”托林对那些否认这种可能性的人提出大胆异议。总督对这种说法表示不屑，但也没说什么。“当然，我们也应该为战争做好准备。但是与此同时，我们首先要做的是与月球结盟，而不应因为猜疑与不信任而与对方疏离。”

“不，”凯用手支着下巴，说道，“我认为现在正是猜疑与不信任的时候。”

托林很生气地说道：“殿下。”

“看来你们忽略了照片上最明显的地方。”

瓦戈斯总统急切地问道：“您是什么意思？”

“您刚才说道他们建造这个军队已达几十年之久？他们是一直

在完善制造这些……生物的科技吗？”

“看上去是这样。”

“那么，为什么我们现在才注意到？”他指着放照片的屏幕说道，“上百人站在户外，似乎无事可做。等着有人给他们拍照片。”他两臂交叠，放在桌子上，看着那些一脸狐疑的人们。“拉维娜女王想让我们看到她的虎视眈眈的军队，她希望引起我们的注意。”

“您认为她是在威胁我们？”卡敏总理说道。

凯闭上眼睛，眼前浮现出一排排魔兽的身影。“不，我想她是想威胁我。”

第二十七章　土灰飞飞

伴着低沉的马达声，悬浮车在隔离区外停了下来。欣黛飞速下了车，却被一阵恶臭熏得直往后退，赶紧用胳膊捂住鼻子。一股腐尸的味道在下午炎热的空气里愈发刺鼻，令她翻肠倒胃。在仓库入口处，一些医护机器人正在把死尸装车，然后运走，尸体已经膨胀变色，每个尸体的手腕上都有一个红红的切口。欣黛别过头去，屏住呼吸，眼睛也看着别处，快速从他们旁边走过，进到仓库。

靠近仓库天花板的窗户被绿色窗帘挡着，室外刺眼的阳光变得柔和了。以前隔离区几乎都空了，可现在却塞满了病人——各个年龄段，各种性别的都有。屋顶的电扇有气无力地旋转着，根本不足以驱散室内蒸腾的热气和死人的味道，空气中弥漫着令人作呕的恶臭。

医护机器人在病床间穿梭，发出滋滋的声响，但是他们的数量有限，照顾不了所有的病人。

欣黛从床铺间的夹道穿过，从袖拢里呼吸一点新鲜空气。她看到了牡丹的织花毯子，然后扑到她的床根。“牡丹！”

牡丹没有动静，欣黛伸出手去抓住她的肩膀。毯子是柔软、温暖的，但毯子底下的身体却一动不动。

欣黛颤抖着，她的手摸到了羊毛围巾，接着就往外拉。

牡丹发出了虚弱的咕噜声，作为微弱的反抗，顿时，欣黛提到嗓子眼的心放了下来，颓然倒在床边。

“我的天，牡丹。我一听说就赶过来了。”

牡丹眯起朦胧的双眼，看着欣黛。她脸色苍白，嘴唇干裂，脖子上深色的斑点已经变成晦暗的皮下紫色斑点。她的眼睛看着欣黛，从毯子里伸出手，张开五指，露出深黑色的指尖和指甲上浅黄色的瘢痕。

“我知道，一切都会好起来的。”欣黛气还没喘匀，就赶紧解开工装裤侧兜的扣子，从里面拿出手套，这手套她通常会戴在右手上的。烧瓶就装在一根指头里，保护得很好。“我给你带来了点东西，你能坐起来吗？”

牡丹勉强握起手指，但又颓然垂了下来。她的眼睛空洞无神。欣黛觉得她好像没听见自己在说什么。

“牡丹？”

欣黛的脑子里哔地响了一声，眼前出现了爱瑞发来的信息，信息里熟悉的焦虑口吻让欣黛喘不过气来。

她没有看那条信息。

“牡丹，听我说。我要你坐起来。你能行吗？”

“妈妈？”牡丹虚弱地说道，嘴角出现了白色的泡沫。

“她在家里。她不知道——”你要死了。可是，爱瑞当然知道，那条信息她应该也收到了。

欣黛的心怦怦地跳着。她弯下身子，把胳膊插到牡丹肩膀底下。“加把劲，我会帮助你的。”

牡丹一脸木然——带着那种空洞，死人般的眼神——但欣黛拉她起来时，确实发出了痛苦的呻吟。

“对不起，我需要你把这个喝掉。”她说。

又是哔的一声，爱瑞的另一条信息。这次，欣黛的心里有些恼火，她关掉了网络信息，把所有信息都屏蔽了。

“这是从皇宫里拿来的，这或许能帮你。你明白吗？”她压低声音，怕别的病人听到，会冲过来抢。但牡丹的眼神仍是空荡荡的。“是药，牡丹。”她在她的耳边轻声说，“是抗生素。”

牡丹什么也没说，脑袋垂在欣黛的肩上。她的身体已经轻飘飘的，像一个木娃娃。

当欣黛看着牡丹空洞的眼睛时，那眼神缥缈而遥远，她的心里难过得像堵了块大石头。

“不……牡丹，你能听见我说话吗？”欣黛把牡丹整个靠在自己身上，打开了药瓶。“你得把这个喝掉。”她把药瓶举刀牡丹嘴边，但是牡丹的嘴唇一动不动。“牡丹。”欣黛的手颤抖着把牡丹的头向后仰，她干瘪的嘴唇张开了。

欣黛尽量稳住举着药瓶的手，生怕一滴药水洒出来。她把药瓶对准牡丹的嘴唇，屏住气，刚要灌，却停了下来。她的心都碎了，她的头因为无法流出泪水而感觉无比沉重。她用力摇晃着牡丹的头。“牡丹，不要啊。”

牡丹的嘴唇已不再发出声音，也没有了进出的气息，欣黛垂下了拿着药瓶的手。她把头埋在牡丹的脖子里，愤恨地咬着牙齿，直到下巴都疼了。她每呼吸一次，喉咙都刺得生疼，就好像房间的恶臭会让她的喉咙难受一样。可即使现在，过了许多天以后，她仍能闻到牡丹头发里洗发水淡淡的芳香。

欣黛紧紧地攥着手里的药瓶，轻轻地把牡丹放下，让她躺回到枕头上。她的眼睛还是睁着的。

欣黛用拳头捶打着床垫，药水漾出一些，洒在她的拇指上。她紧闭双眼直到眼前冒出金星。她沉重地倒下，把脸埋在毯子里。“见鬼。见鬼。牡丹！”她又坐起来，长长地吸了口气，盯着她小妹妹的瓜子脸和无神的眼睛。“我说话算数，把它给你带来了。”她控制不住自己，恨不得一把捏碎了药瓶。“还有，我跟凯说了，他会和你一起跳舞的，他说了他会的，你难道不明白吗？你不能死，我来了……我——”

一阵撕心裂肺的头疼把她击倒在床上。她抓住床垫，低下了头，垂在牡丹的胸前。这疼痛又是发自脊椎的上端，但是却没有像以前一样让她晕过去，她感到的只是极度的灼热，就像身体内部在燃烧。

剧烈的疼痛过去了，只留下后背轻微的抽搐，牡丹大睁的黯淡空洞的眼神仍在她的眼前萦绕。她抬起头来，用无力的手指把药瓶的塞子盖上，然后放回衣兜里。她伸出手，合上了牡丹的眼睛。

这时欣黛又听到了肮脏的水泥地上传来的熟悉的咯吱声，随后看到医护机器人朝她走来，叉手上没有水或者湿抹布。它来到牡丹病床的另一侧，打开身体，伸出一把手术刀。

欣黛把手伸到床的另一侧，用戴手套的手抓住牡丹的手腕。“不，”她喊道，声音大的连自己都想不到。附近病床的病人慢慢朝她扭过头。

机器人的传感器对准了她，但灯没有亮。

小偷、罪犯、逃犯。“这个你不能拿。”

那个机器人面无表情地站在那里，手术刀仍伸出体外，上面有一点点干了的血迹。

机器人没有说话，而是直接伸出另一只手，抓住了欣黛的胳膊肘。“我的程序设计——”

“我不管你的程序设计要你干什么。这个你不能拿。”欣黛把牡丹的胳膊从机器人的手里拉出来。叉手在她的皮肤上留下了深深的划痕。

“我必须取出她的身份卡，并加以保存。”机器人说着，又来拉她的胳膊。

欣黛弯下腰，用手抓住机器人的传感器，不让他靠近。“我说了，不能拿，走开。”

机器人旋转手术刀，把刀尖扎入欣黛的手套里，发出了金属碰撞的叮当声。欣黛吓地退了一步。手术刀卡在她的工作手套的厚布里。

欣黛恨得咬牙切齿，她从手套里猛地拔出手术刀，扎向机器人的传感器。上面的玻璃应声而碎，亮着的黄灯也灭了。机器人的金属手臂在空中挥舞着向后退去，之后从它内置的扩音器里发出很大的哔哔声和错误信号声。

欣黛从床上猛扑过去，一拳打在机器人的头上。它倒在地上不动了，也不出声了，手臂还在抽动。

欣黛的心怦怦跳着，朝四下里看了看。那些不太重的病号都坐了起来，眨巴着大眼珠子。四个夹道之外的一个机器人离开它的病号，朝欣黛走来。

欣黛吓得倒吸了一口气。她弯下腰来，把手从机器人打坏的传感器伸进去，抓住了手术刀。然后她转向牡丹——牡丹手臂上有很多划伤，旁边是凌乱的毯子，蓝色指尖垂吊在床边。欣黛跪在她的身旁，嘴里一边快速地喊着请原谅，一边抓住了她妹妹纤细的手腕。

她把刀片切入牡丹柔软的身体组织。血从切口流下来，和多年的油泥混在一起，染红了她的手套。当欣黛的刀片划到牡丹的手筋时，她的手动了一下，把欣黛吓了一跳。

当切口足够大时，欣黛用拇指把它扒开，露出里面鲜红的肌肉，还有血。她一阵反胃，但还是尽量小心翼翼地把手术刀切进伤口，把方型芯片拿了出来。

“我真是太对不起了。”她低声说着，把牡丹割伤的手臂放到她的肚子上，然后站了起来。机器人离得更近了。

“土灰，土灰……”

她朝这个沙哑的唱儿歌的声音转过身去，一手仍牢牢地抓着手术刀，另一只手拿着芯片。

在另一排病床上的小男孩睁着大眼睛，看到她手里的武器时，吓得缩起身子。押韵的儿歌声也消失了。欣黛过了一会才认出他。张山德，市场里的孩子，萨沙的儿子。他的皮肤上汗津津的，闪着亮光，黑色的头发由于睡得过多而贴在一侧的脑袋上。

土灰，土灰，我要飞飞。

每一个还有气力坐起来的人都盯着她看。

欣黛默默喘了口气，快速朝山德走去。她从衣兜里拿出药瓶，塞在他又黏又湿的手里。“把它喝了。”

医护机器人来到了床头，欣黛猛地把它推开，机器人像象棋中的小卒子一样倒在地上。山德一脸茫然地看着欣黛，他并没有认出她。“喝了它！”她命令道，同时拔出瓶塞，把药灌到他的嘴里。等到他咽下了药水，她才开始跑。

当她冲到大街上时，外面强烈的阳光刺得她睁不开眼睛。医护机器人和两个停放着尸体的轮车挡在了她和悬浮车之间，于是她转身朝另一个方向跑去。

她跑出了四个街区，刚过了一个转角，就听到头顶另一架悬浮车的声音，电磁发动机的嗡嗡声在她的脚底震动。

“林欣黛，”扬声器里发出了很大的声音，“我命令你停下，老老实实接受拘押。”

她诅咒了一句。他们是要拘捕她吗？

她站住了，转过身来看着悬浮车，同时大口地喘着气。这是一个执法悬浮车，里面有更多的机器人，他们怎么这么快就来抓她了？

“这个不是我偷的！”她握起的拳头里攥着牡丹的芯片，大声喊道，“它属于她的家人，不是你们的，也不是任何其他人的！”

悬浮车落到了地面，发动机仍嗡嗡地响着。一个机器人从悬浮车的搭板上下来，边走边用黄光扫描仪上下扫描欣黛。它的叉手里拿着泰瑟枪。

她不由得向后退，脚跟踢起了空寂的大街上的废弃物。

“我什么也没干。”她说着，把手伸向机器人。“那个医护机器人要袭击我，我只是自卫而已。”

“林欣黛，”机器人用机械的声音说道，“你未经许可，擅自离开，我们已经和你的监护人取得联系。你违反了赛博格保护法，已经被认定为在逃赛博格。我们已接到命令，必要时可以武力拘捕你，并将你带回法定监护人身边。如果你不反抗，此次违法行为不会永久记录在案。”

欣黛眯起眼睛，十分困惑。她越过讲话的机器人，看到另一个机器人刚从悬浮车上下来，豆大的汗珠从额头上滚下来。

“等等，”她说，边把手放下来，“是爱瑞让你们来的？”

第二十八章　宴会

餐厅里很寂静，只有偶尔传来的筷子与杯盘碰撞的声音以及侍者的脚步声，才打破了令人不安的寂静。这里只有人类侍者——这是因拉维娜对机器人强烈的不信任而做出的让步。她声称，对人造的机器给予虚假的感情是违背人的道德和自然规律的。

凯心里明白，她只不过是因为无法对机器施法而不喜欢他们罢了。

凯坐在女王的对面，总是在竭力避免看她的脸——她的脸既是一种诱惑又令人反感，这两种感情交织在一起，令凯无比烦恼。托林坐在凯的旁边，而希碧尔和第二巫师则坐在拉维娜身边。两个月族侍卫靠墙站立。凯心纳闷他们是否需要吃饭。

桌子一头皇帝的位子空着，要一直等到加冕之后，才能去坐。凯也不愿意看着那空空如也的位子。

这时，拉维娜做出了一个很高傲而夸张的动作，把每个人的注意力都吸引过去，但她也不过是喝了口茶。她放下杯子时，扬起了嘴角，与凯的目光相遇。“希碧尔告诉我您可爱的节日是每年都举办的。”她说道，语调柔和的如同催眠曲。

“是的，”凯说道，他正用筷子夹起一个虾肉馄饨，“每年第九个月圆日举办。”

“啊，您的节日是依据我们星球的运行周期进行的，好可爱啊！”

凯想嘲讽一下她用的星球这个词，但还是把话咽了回去。

“这个节日是为了庆祝第四次世界大战结束而举办的。”托林说道。

拉维娜发出啧啧的声音，“这就是在一个星球上有很多小国家所产生的问题，这么多的战争。”

凯的盘子里，汤汁溅了出来，凯低头一看，是馄饨里的汤汁从皮里挤了出来。“也许我们该为发生了战争而庆幸，毕竟战争促使很多国家成为合并为一个整体。”

“我认为这不会损害公民的利益。”拉维娜说道。

凯思绪难平。成千上万的人在第四次世界大战中死亡；整个人类文化遭受重创，许多城市夷为平地——包括原来的新京，更不要说在核战争和化学战中遭到破坏的自然资源。不，战争对百姓的生活带来了毁灭性灾难，这一点他很肯定。

“还要茶吗，殿下？”听到托林说话，凯才从沉重的思绪中回过神来。这时托林注意到凯正紧握着筷子，就像手里握着杀敌的武器。

他心中愤愤不平。此时侍者上来给他倒茶，他向后仰身，让侍者把茶倒上。

“尽管不来梅协约使地球联盟的许多国家受益，但我们不能因为签订了这个协约就为战争正名。话说回来，陛下，我们也希望不久就能看到您在文件上签字。”托林说道。

女王听完后，沉下脸来。“事实上，有关这个协约的益处在你们的历史书上有非常全面的讨论。然而，我不得不认为，月球——由一个政府管辖的一个国家——确实实现了一种更为理想的制度。一个使所有的居民受益的、公平的制度。”

“前提是执政的政府是公平的。”凯说道。

一丝不屑从女王的脸上掠过，但很快就转为平静的微笑。“月球已经数百年没有过一次暴动——哪怕是最小规模的，就足以证明了这一点。我们的历史书也可引为佐证。”

凯感到十分震惊，要不是托林给他使眼色，他就喊出来了。

“这是每一个统治者的理想。”托林说道。

侍卫过来撤掉了第一道菜，换上了银餐具。

“我们的女王像您一样渴望月球和地球尽快结盟，在您父亲的治下没能达成协议，甚为遗憾。但我们希望殿下您更乐意接受我们的条件。”

凯极力放松下来，唯恐他会控制不住自己而越过桌子，把筷子扎进那女巫的眼睛。他的父亲为了与月球达成协议，已经做出了各种让步，只有一件事他不能同意，否则他的臣民将永远失去自由，那就是与拉维娜联姻。

但是没人对希碧尔的说法提出异议，甚至他自己。今天开会时的情景盘桓在他的脑子里，挥之不去，那野兽般的生物——月族变种人——组成的军队，正蓄势待发。

令他不寒而栗的不仅仅是眼睛看到的，还有他可以想象得出，但却未曾见到的事情。如果他的猜测是对的，那么拉维娜仅仅是炫耀武力——作为一种威胁。但他也知道，她不会就这么轻易罢手。

因此，还有什么是她秘而不宣的？

他敢冒险去寻找吗?

联姻、战争、联姻、战争。

几个侍者上来，同时把圆形银保温盖揭开，薰腾的热气从里面冒出来，带着蒜香与香油的味道。

凯向侍者轻声说了声谢谢，但是他的声音却被希碧尔急促的喘息声打断了。她急忙把椅子从桌旁推开，椅子腿擦划地面发出尖锐的声音。

凯吃了一惊，随着希碧尔的视线朝盘子里看，却发现盘子里盛的不是里脊片和米线，而是一个闪着银光的小镜子。

“你好大胆子?”拉维娜火冒三丈地看着上菜的侍者——一个头发灰白，干净利索的中年女子。侍者也吓了一跳，眼睛睁得跟镜子一样圆。

拉维娜嗖地站起来，掀翻了身后的椅子。每个人也都站了起来，椅子腿在地上发出很大的声响。

“说话，你这可恶的地球人!你怎么敢侮辱我?”

侍者低垂着脑袋，不敢作声。

“陛下——”凯刚要开口说话。

“希碧尔!”

“我在，我的女王!”

“这个人如此失礼，绝不能容忍。”

“陛下!请您冷静，我们还不知道是不是这个女人的错，现在不能下结论。”托林说道。

“此人必须严惩，以儆效尤。”希碧尔冷冷地说道，“这样真正的指使者才会感到内疚，这对他是更严厉的惩罚。”

“这可不是我们的法律制度下恰当的处理方法。”托林说道，他的脸已经红了，“您在东方联邦访问期间，应遵守我们的法律。”

“只要这法律纵容违法行为，我就不会遵守这法律。希碧尔！”拉维娜说道。

希碧尔从女王倒地的椅子后面绕过去，走到侍者跟前。侍者边鞠躬，边往后退，嘴中不停地道歉，请求原谅。

“住手！别碰她！”凯说着，冲到侍者旁边。

希碧尔从备餐桌上抓起一把刀子，递给那个女人。那女人手里拿着刀子，不停地哭泣、哀求。

凯惊得说不出话来。当那侍者两手抓住刀子，把刀刃对准自己的时候，凯对此既感厌恶又不知所措。

希碧尔美丽的脸庞无比平静。

侍者的手在颤抖，她慢慢举起刀子，直到刀刃的反光映在她的眼睛里。“不，”她不停地呜咽，“请不要。”

当凯意识到希碧尔要那女人做什么的时候，他整个人都在颤抖。他的心怦怦地跳着，挺了挺胸脯。“这事是我干的。”

屋子里静了下来，除了那女人的呜咽，一切都静止了。

大家的视线都转向凯。女王、托林，还有那侍者，她的眼皮上已经有轻微的红肿的划伤，刀子仍攥在手里。

“这是我干的。”他又重复了一遍。他看着希碧尔，此时她正冷眼看着他，然后再看看女王。

女王双手握拳，垂在身体两侧，黑色的眼睛里冒着怒火，脸涨得通红。她轻蔑地撇着绯红的嘴唇，气得直喘粗气，这时的她，看上去极为丑陋。

凯润润干渴的喉咙。“是我命令厨房把镜子放在您的盘子上的。”他两臂紧靠着身体，来止住颤抖。“这本是一个善意的玩笑。可我现在明白了这是一个无知的决定。玩笑是无法跨越文化的，我只能道歉，请求您的原谅。”他平视着拉维娜，“如果您对此举不能原谅的话，就请把怒火对准我而不是我的侍者，她根本不知道那里是镜子。要惩罚就惩罚我吧。”

他本以为上开胃菜的时候气氛已经很紧张了，但现在才是最要命的时候。

拉维娜在权衡这件事的时候，她的呼吸恢复了平静。她不相信他——这只是一个谎言，屋子里的每个人都知道这一点。但是至少他承认了错误。

她松开了紧握的拳头，手指在裙子两侧舒展开来。“放了那侍者。”

危情解除了，凯感到自己的耳朵里砰砰直响，好似屋子里的压力突然改变了。

刀子掉到地上，侍者跌跌撞撞地向后退，颓然靠在墙上。她用颤抖的手捂住眼睛、脸和头。

“谢谢您的诚实，殿下。”拉维娜说道，语气平缓而空洞。“我接受您的道歉。”

哭泣的女人被人从餐厅里带走了。托林从桌子上拿起银餐盘盖子，盖在镜子上。“请给我们最尊敬的客人上主菜。”

“不必要了，我已经完全没有胃口了。”拉维娜说。

“陛下——”托林说。

“我回房间休息了，”女王说。隔着桌子，她仍与凯进行了心理的较量，她的目光是冰冷的，心里仍在盘算着什么，而凯却直直地看着她。“我今晚对您有了弥足珍贵的了解，年轻的王子，我希望您对我也能够有所了解。”

“您更希望通过恐惧而不是正义来实施自己的统治？太对不起了，对您的这一点，恐怕我早就有所了解。”

“不，事实上您不了解。我希望您已经看到，如果赢得战争必须要做出选择的话，”她翘起嘴角，完全恢复美丽的容貌。“那么我会选择自己的战场。”

她离开了房间，像一片轻盈的羽毛，似乎一切都不曾发生过。她的侍从紧跟其后。当侍从杂沓的脚步声从大厅消失之后，凯才一屁股坐在最近的一张椅子上，脑袋垂在膝头。他的胃里在翻搅着，每一根神经都紧张到极点。

他听到旁边有人把椅子扶起来，之后托林深深地叹了口气，坐在他身边。“我们要找出放镜子的真正主使者。如果是侍者中的一人，那么女王在皇宫居住期间，就必须停止他的工作。”

凯把头抬起一些，刚好能从桌面的角度看到高高圆圆的银餐盖，银餐盖仍放在女王刚才就餐的地方。他深吸一口气，从银餐盖下拿出镜子，手持精巧的手柄把玩着。镜面像玻璃一样光滑，在柔和的灯光下翻转时，像钻石一样熠熠闪光。这样的材质他以前只看到过一次，是在一架宇宙飞船上。

凯把镜面对着托林，无比厌恶地摇着头，“谜底揭开了。”他又把镜子转过来，这样他的顾问就能看到背面镶在镜框周围的月族文字。

托林睁大了眼睛。“她在试探你。”

凯把镜子扔回到桌子上。他用手指揉着眉毛，手指仍在颤抖。

“殿下，”一个信使恭敬地站在门口。“我接到来自公共健康与安全部部长的紧急消息。”

凯歪过头，眯着眼睛看着信使。“难道她不能发信息过来吗？”他说，用另一手去拿别在腰带上的波特屏，这才想起来拉维娜要求不要在餐厅使用波特屏。他抱怨了一声，站起身来。“什么消息？”

信使目光炯炯地走进房间。“在二十九区的隔离区，发生了骚乱，一个身份不明者袭击了两名医护机器人，其一被损伤，然后逃跑了。”

凯眉头紧锁，站起身来。“是病人吗？”

“我们还没有确认。唯一能够在现场录像的是被打伤的机器人。另一个机器人从远处捕捉了她的一些动作，但只看到了嫌犯背面。我们还无法得到其准确的身份信息。但是，嫌犯似乎不像病人。”

“隔离区的人都是病人。”

信使也犹豫着，不知说什么好。

“我们必须找到他，假如他有病——”

“好像是个女的，殿下。还有，我们拍到的录像中，看到她在跟另一个病人说话，过了不久，她就袭击了第一个机器人。与她说话的病人名叫山德，是昨天隔离区收治的二期蓝热病病人。”

“还有呢？”

信使清清嗓子。“那个男孩的身体好像在好转。”

“什么好转，受的伤吗？”

“不，殿下，是蓝热病。”

第二十九章　冲突

欣黛把门砰地关上，大步走到起居室。爱瑞正挺直身子地坐在壁炉旁，一脸怒容地看着欣黛，好像一直在等她。

欣黛紧握双拳。“您怎么敢像抓普通罪犯似的把我抓回来？您没想到我可能正在忙着做什么吗？”

“你的意思是说，我怎敢像对待普通赛博格一样对待你吗？”爱瑞双手交叠，放在膝头。“你就是普通赛博格，而且是在我的法定监护之下。不让你成为社会的威胁，是我的责任，而且，似乎很显然，你在滥用我给你的特殊待遇。”

“什么特殊待遇？”

“欣黛，我总是给你自由，让你做你想做的事情。但是，你并没有遵守与此自由相关的界限和责任。”

欣黛皱着眉头，不敢作声。在坐悬浮车上回家的路上，她一直都在重复着气愤的话语。她没想到爱瑞会用同样的话来说她。“是因为我没回复您的信息吗？”

爱瑞把挺直的身子松弛下来。“今天你在皇宫干什么，欣黛？”

欣黛的心猛地跳了起来。“皇宫？”

爱瑞不动声色地挑起眉毛。

“您在对我的身份卡进行追踪。”

“是你让我不得不小心。”

“我什么也没做。”

“你还没有回答我的问题。”

欣黛的体内发出了警示信号，肾上腺激素上升。她深吸了一口气，让自己平静下来。“我去参加抗议活动了，可以吗？这是犯罪吗？”

“我印象中你一直在地下室，在干活，你本应如此。然而，你未经许可就溜出去，甚至没告诉我一声，去参加什么没用的抗议活动，而这期间牡丹却——”她说不下去了。爱瑞垂下眼皮，让自己平静下来。再开口说话时，她的声音却是重浊的。“你的记录还显示你今天坐悬浮车到了郊外，老仓库区。似乎很清楚，你想逃跑。”

“逃跑？不。有件事……那个……”她犹豫着。“那里有一个旧配件仓库。我是去找配件的。”

“是这样吗？那么，请你一定告诉我，你哪来的钱坐悬浮车啊？”

欣黛咬住嘴唇，垂下了眼皮，看着地板。

“这可不行，我不能容忍你的此种行为。”

欣黛听到客厅里的脚步声。她朝门口瞥了一眼，看见珍珠被她妈妈的喊声吸引，从卧室轻手轻脚地走了出来。她又转过身来，面对着爱瑞。

“我为你做了那么多，我们做出了那么大的牺牲，可你却胆大包天地要从我们这儿偷东西。”爱瑞继续说道。

欣黛皱着眉头。“我没从您那儿偷东西。”

“没有吗？”爱瑞气得脸色发白。“要是几个尤尼去打悬浮车也就算了，可是，欣黛，你告诉我，从哪里来的六百尤尼去买你那个——”她盯着欣黛的靴子，嘴角嘲讽地翘了起来。“——你的新假肢？”难道这些钱不应该用来付房租，买吃的，用于家庭开支吗？

欣黛的内心痛苦地翻腾着。

“我查了艾蔻的记忆芯片。一个星期就花了六百尤尼，还不要说，拿着嘉兰给我的结婚纪念珍项链来玩。一想到你可能还背着我干的别的事儿，我就恶心。”

欣黛颤抖的手紧握着垂在身边。幸好没把她是月族的事告诉艾蔻，她第一次感到庆幸。“可那不是——”

“我不想听。”爱瑞绷着脸说，“如果你不是一天到晚瞎晃荡，你就会知道。”——她突然提高了嗓门，好像气愤能让她的眼泪不用流下来——“我要为葬礼付钱，六百尤尼可以为我的女儿买一块体面的墓碑，我真想把那笔钱要回来。可是，我得卖掉一些个人物品才能付这笔钱，而你也应该出一份力。”

欣黛紧抓着门把手。她想告诉爱瑞，再华丽的牌匾也没法把牡丹带回来，但她没有这个勇气。她闭上眼睛，把脸抵在冰冷的木门框上。

“别光站着，装作明白我的处境似的。你不是这个家的一部分，你甚至不是人。”

“我是人。”欣黛说道。渐渐地，气愤从她的心里一点点耗光了。她只盼着爱瑞不要再说了，这样她就可以回房间一个人静静地想着牡丹、抗生素和她们逃跑的事。

“不，欣黛，人类是会哭泣的。”

欣黛像当胸挨了一拳，她抱紧两臂，好像在保护自己。

“来吧，为你小妹妹哭吧，今晚我的眼泪好像已经哭干了，你为什么就不能为我分担一点痛苦？”

“这不公平。”

“不公平？”爱瑞大叫起来，“真正不公平的是你还活着，而她已经死了。这才不公平！你应该在那次事故中死去。他们应该让你死掉，让我的家人不受打扰！”

欣黛跺着脚说道：“别再责怪我了！我也不想活着，也不想被收养，也不想变成赛博格。这全都不是我的错！牡丹的事也不是我的错，也不是嘉兰的错。疫病不是我带来的，我没有——”

她突然想起厄兰医生的话，自己就停了下来。是月族人把瘟疫带到了地球，那是月族人的错。月族人。

“你短路了吗？”

欣黛赶紧停止了内心活动，没好气地看了珍珠一眼，然后转向爱瑞，说：“我能把钱挣回来，足够给牡丹买一块体面的牌匾——甚至一块真正的墓碑。”

“说这话太晚了，你已经证明了你不属于这个家庭，已经证明了你不值得信任。”爱瑞抚弄着自己膝头的裙子。“作为对你的偷窃行为和今天下午逃跑的惩罚，我决定不允许你参加年度舞会。”

欣黛想苦笑，但却忍住了。爱瑞认为她是傻瓜吗？

“在我没通知你之前，”爱瑞继续说道，“你平时只能待在地下室，节日时可以去你的修理铺，以此来偿还你偷走的那些钱。”

欣黛用手指使劲掐着自己的大腿，气得一句话也说不出来。

她的每一块肌肉，每一根神经，每一根电线都在颤抖。

“而且，你要把你的脚给我留下。”

她怒目圆睁，“什么？”

“我认为这是公平的解决办法。无论怎样，你是用我的钱买的，因此，该怎么处理要看我愿意。在某些文化中，应该砍掉你的手。欣黛，你还算幸运的。”

“可这脚是我的！”

“你先不要用脚，直到你找到便宜的替代品。”她盯着欣黛的脚说道。她无比厌恶地撇着嘴。“欣黛，你不是人类，到了该承认的时候了。”

欣黛嗫嚅着，想去反驳。但是从法律上讲，这钱确实是爱瑞的，欣黛也属于爱瑞。她没有权利，没有财产。她除了是一个赛博格，什么都不是。

“你可以走了。”她眼睛看着空空如也的壁炉说道，“今晚上床之前一定记得把脚留在门厅里。”

欣黛握着拳头，走向门厅。珍珠紧靠着墙壁，厌恶地看着欣黛。她刚哭过，脸蛋还红红的，挂着泪痕。

“等等，欣黛——还有一件事。”

她站住了。

“我已经开始卖掉那些不需要的东西，有些出毛病的零件放在了你的房间，也许你能找到点有用的。”

确定爱瑞已经说完话之后，欣黛头也不回地冲出了客厅。她满腔怒火，冲过客厅时恨不得把所有东西都打得稀巴烂，但脑子里有一个静静的声音，告诉她要镇静。爱瑞只不过是想找个借口来逮捕她，一劳永逸地把她摆脱掉。

她需要的只是时间，再过一个星期，最多两个星期，汽车就修好了。

她怒气冲冲地回到卧室，砰地把门关上，浑身颤抖，喘着粗气，倒在床上。她紧闭双眼。再过一个星期。再过一个星期。

当欣黛平静下来，眼前的警示信号消失之后，她睁开了眼睛。她的屋子还是像以前一样乱，旧工具和零件堆满了作为她的床铺的油腻腻的地毯，但是她的目光很快落在一件新零件上。

她的心咯噔一下。

她跪在那堆爱瑞扔在这里让她整理的东西面前。一个被石子和尖物磨穿的破旧的脚踏板、一个扇叶弯曲的古老风扇、两条铝胳膊——其中一个手腕上还绑着牡丹的丝绒饰带。

欣黛咬着牙，开始认真整理这堆破烂。非常认真地、一件一件地整理。整理每一个变形的螺丝钉、每一片熔化的塑料件时，手指一直在颤抖。她不停地摇头，心里默默地祈求着。祈求着。

最后，她终于找到了她要找的东西。

她跪在地上，把艾蔻的个性芯片紧紧地贴在胸前，心里默默流下了无比感激的泪水。

Chapter Four

第四篇

陷阱

他把每一级楼梯都涂上了沥青，
因此，当灰姑娘跑下楼梯时，
她左脚的鞋子粘在了上面。

第三十章　礼物

欣黛坐在修理铺里，两手托着下巴，看着熙熙攘攘的大街对面的大型网屏。在一片嘈杂声中，她听不到屏幕上记者的评论，但她也不需要——记者正在报道节日的盛况，但她却无法脱身去参加。记者似乎比她的兴致要高得多，手舞足蹈地指着过往的卖小吃的、玩杂耍的、在小型花车上玩柔术的，以及一只幸运龙风筝的尾巴，不停地说着什么。在一杂乱的声音中，欣黛能分辨得出记者就在一个街区之外的广场进行着报道，一整天里，大部分活动都在那里进行。那里比满是商铺的街区更适合举办节日的活动，但至少，她离得不远。

与平时开市的时候相比，今天本该更忙碌——因为有许多客人问询旧网屏和机器人配件的价格——但是她不得不把他们都拒绝了。在新京，她不会再接活了。如果不是爱瑞逼她来，在和珍珠一起去购买舞会所需物品时顺路把她捎过来，她根本就不会来。她怀疑爱瑞是成心让所有的人都盯着这个一只脚的拐女孩看的。

她不能告诉她的养母，林欣黛，那个有名的技师，已经不做生意了。

因为她不能告诉爱瑞她就要离开了。

她叹了口气，把一缕耷拉在脸上的头发吹开。修理铺里燥热难耐，湿气黏在欣黛的皮肤上，把她的衬衫贴到了后背。远处的云朵正在聚集，看来是要下雨了，肯定会下。

这不是理想的开车的天气。

但这阻止不了她。从现在起十二小时之后，她就已经离开新京数英里了，她会尽量拉大和新京之间的距离。自从那周起，每晚爱瑞和珍珠上床之后，她都会去修理厂，拄着自制的拐杖，修理汽车。昨晚，发动机第一次发出轰鸣，成功启动了。

汽车发动机启动时，发出噼噼啪啪的声响，从排气管吐出一股有毒的浓烟，呛得她剧烈咳嗽起来。为了买一大箱汽油，她把做疫病研究时厄兰给她的几乎一半钱都花了出去。如果幸运的话，汽车至少能把她带到临近的省。当然，开这辆车，肯定会既颠簸，又难闻的。

但她就要自由了。

不——它们就要自由了。她的个性芯片、艾蔻的个性芯片，以及牡丹的身份卡。正如她以前所说的那样，她逃跑时会带着它们。

虽然她知道永远不可能把牡丹带回来了，但她希望能为艾蔻找到一个身体，一个机器人的躯壳，也许——甚至还是一直遭人嘲笑的理想的女人身体。她认为艾蔻肯定会喜欢的。

大屏开始播放本周其他热点新闻。张山德，奇迹男孩，疫病中的幸存者。他因为奇迹般的康复而受到了无数次的采访，而每次采访都会在欣黛的硅板心中激起希望的火花。

她从隔离区疯狂逃跑的短片也在大屏上反复播放，但是短片从来都不显她的脸。而爱瑞总是忙于各种事务——舞会，葬礼，当然这个葬礼没有邀请欣黛参加——以至于她并没有意识到这个神秘的女孩就生活在自家的屋檐之下。也许，爱瑞对她的关注太少了，以至于根本没有认出她来。

有关这个神秘的女孩和山德奇迹般康复的消息传得沸沸扬扬。虽然有人也提到了抗生素，但没有人真的弄明白了是怎么回事。这个男孩现在已经移交到皇宫研究人员的监护之下。也就是说，厄兰医生又多了一个随意摆弄的小白鼠。她希望这一切已经够了，她作为研究志愿者的角色已经完成。她每天早晨都会看到新的存款记录，也感到负疚，但却没有心思把这些告诉医生。厄兰医生很守信用——他已经开了一个与欣黛的身份卡连接的账户，这笔钱只有欣黛能使，爱瑞却看不到。这笔钱几乎每天都从研究发展基金打到欣黛的账户。到目前为止，他还没有提出过什么条件。他唯一一次发来的信息也只是说他仍在使用欣黛的血样，并提醒她女王离开皇宫之前，不要到皇宫来。

欣黛皱着眉头，不解地抓着腮帮子。厄兰医生对蓝热病也有免疫力，而他却从未向欣黛解释她的免疫力有什么特殊之处。她对这件事一直很好奇，但与她的好奇心相比，她逃跑的愿望却更加强烈。这些谜团只有交付时间去解决吧。

她把工具箱拉过来，在里面翻找着。她知道这么做无非是想让自己忙活起来。前五天过得太无聊了，因此她现在安装每一个，也是最后一个螺栓和螺丝钉时，都极为细致小心。现在，她已经在自己的脑子里列了一个清单，开始盘算起来。

一个孩子出现在她的工作台前，柔顺的黑发梳成了马尾。

“对不起，”她说着，把一个波特屏放在她的桌子上，“你能修理这个吗？”

欣黛百无聊赖地看了孩子一眼，又去看波特屏。这波特屏非常小，简直可以放进她的手掌心里，上面粘贴了一些亮闪闪的粉色贝壳。欣黛叹了口气，把它放到小女孩的手里，按了按电源开关，但屏幕上出现了乱码。她把波特屏放到桌子上，使劲在屏角砸了两下，吓得小女孩赶紧往后退。

欣黛又试了试电源开关，这回屏幕表现不错，亮了起来。

“试试吧。”她说着，把它扔给那女孩，她赶紧上来接住，眼睛睁得大大的，开心地笑了起来，露出了两个大豁牙，然后转身跑到人堆里去了。

欣黛俯下身子，把下巴放在手臂上，她已经上千次地企望艾蔻不是一个困在金属躯壳中的机器人。以前，每当她们看到那些脸热的红通通、汗津津，在自己的商铺里不停地扇扇子的商贩，就会拿他们取乐。她们也会谈起想去的地方，想看的景观——泰姬陵、地中海、大西洋彼岸的磁悬浮列车。艾蔻则想去巴黎购物。

想到这里，她不由地打了个冷战，把脸埋在胳膊肘里。她还要带着这些灵魂待多久？

“你还好吗？”

她吓了一跳，赶紧抬眼去看，却看到凯出现在修理铺门边，一手支在卷闸门铁门框上，一手背在身后。他又穿上了便服，那件灰色圆领衫，帽子戴在头上。天气极为闷热，他的身后就是烤人的大日头，他却显得很平静，头发乱蓬蓬的——欣黛的心怦怦地跳着。

她没有站起来，但是却下意识地把裤腿往下拉，尽量盖住电线，心里庆幸还好有那块薄薄的桌布。“殿下。”

“呃，我并不是想教你怎么做生意，可是，你给别人修东西，是不是也该收点儿费用啊？”

欣黛听得一头雾水，费了半天劲才明白了他说的是刚才的那个小女孩。她清清嗓子，向四周望了一眼。看到那个小女孩坐在路牙子上，裙子展开盖住膝头，正合着小播音器里放出的音乐哼着歌。一些购物者斜挎包垂到屁股上，正在边吃茶鸡蛋边闲逛，店主们也都热汗流喘，没有一个人注意他们。

“我不想教你怎么当王子，可你是不是也该带几个保镖什么的？”

“保镖？谁会伤害像我这样可爱的青年？”

看到她正不满地看着他，他笑了起来，对她挥挥手腕。“相信我，他们随时都知道我在哪里，可我尽量不去理会它。”

她从工具箱里拿出一个平头改锥，在手里转着，只要能把手占上就行。“嗯，你到这里来干什么？你难道不应该忙着，我是说，准备加冕典礼什么的？”

“你信不信，我又遇到技术难题了。”他把波特屏从腰带上解下来，然后低下头。“你瞧，要是说新京最有名的技师的波特屏有问题，你简直甭想，所以我想一定是我的出了问题。”他噘起嘴，把波特屏的一角在桌子上猛磕了一下，看看波特屏，然后叹了口气。“唉，没反应。也许她是故意忽略了我的信息啊。”

“也许她正忙着？”

“噢，是的，你看上去确实非常忙。”

欣黛不以为然地苦笑一下。

“你瞧，我给你带了点东西。”凯把波特屏推到一边，从背后拿出一个扎着白丝带包着金箔纸的又长又扁的盒子。金箔纸非常漂亮，可包裹的技术却不怎么样。

欣黛当地一声把改锥扔到一边。“这是干什么的？”

凯觉得像受到伤害似的一脸不快。“怎么？难道我就不能给你买个礼物？”他问道，说话的语气简直要让欣黛的电子脉搏停止跳动了。

“不行，你上周发给我六条信息，我都没接收。你是不是也太实诚了？”

“这么说，你确实收到了信息！”

她把两只胳膊肘支在桌子上，两手托着下巴，说：“我当然收到了。”

“那你怎么不理我？是我做了什么事惹你不高兴了？”

“没有，是的。”她随即闭上了眼睛，揉着太阳穴。她在心里思忖着，最艰难的工作已经结束了。她将会离开，而他也会继续他的生活。凯作为王子，不，是作为皇帝，将会发表演说、通过议案、在世界各地进行外交访问、与民众亲切握手、亲吻可爱的婴孩，而她则会在随后的岁月中一直默默地关注着他，看着他结婚、看着他的妻子给他生子——因为全世界都会关注这一重大事件。

但，他会忘记她，而这是必然的结果。

她太单纯了，把事情想得也太简单了。

“没有？是的？”

她犹豫着，不知该如何作答。她本可以很轻松地把这事怨到爱瑞的头上，是她残忍的养母不让她离开房间的。但这么做又并不容易。她不能给他任何希望，她也不能冒险让自己改变主意。

“只是我……”

她迟疑着，觉得还是应该以实相告。他一直认为她的身份只是一个技师，也许，他愿意跨越这个社交界限。但是，对于一个既是赛博格，又是月族人的人——一个在各星球都遭人鄙视、遭人憎恨的族类，他还愿意这么做吗？一旦得知实情，他马上就会明白为什么他必须忘掉她。

也许，说不好他很快就会忘了她。

她的金属手指开始颤抖，手套里的右手热得发烫。

那就摘掉手套，直接让他看吧。

她下意识地摸着手套的边缘，用手指捏着那油乎乎的布料。

可她不能这么做。他现在并不知道，而她也不想让他知道。

“因为你总是提起那愚蠢的舞会。”她嘴里说着，心里却觉得真不该这么说。

他瞥了一眼手里的金色盒子。接着，他垂下拿盒子的手，尴尬的气氛才算缓和了些。“天呐，欣黛，我要是知道你不愿意让我约你，我是绝对不敢的。”

她无奈地朝天看了一眼，心里希望她的话至少让他感到有点恼火。

“好吧，你不想去参加舞会。明白了，我不会再提了。”

她边在手里摆弄着手套，边说道：“谢谢。”

他郑重地把盒子放在桌子上。

欣黛感到不安起来，无法伸手去拿盒子。“你难道没有什么更重要的事去做吗？比如，治理国家什么的？”

“也许吧。”说着，他一手支在桌子上向前俯身，离欣黛很近，已经能够看到她的膝盖了。欣黛十分紧张，赶紧让自己尽量靠近桌子，把脚伸到他看不见的地方。

“你要干什么？”

“你还好吧？”

“我很好，怎么啦？”

“你一直都是遵从皇家礼仪的最佳典范，可今天你甚至没有站起来，我也准备做一个绅士，让你不必客气，赶紧坐下。”

“让您失去了这个美妙的时刻，非常抱歉。”她边说，边更加缩进椅子里。“可我天一亮就待在这里我已经累了。”

“天一亮！现在几点了？”他说着，伸手去拿波特屏。

“十三点零四分。”

他看着腰里的波特屏，顿了一下，接着说道：“嗯，现在该休息一下了，不是吗？”他无比阳光地笑了起来，“我能荣幸地请你吃午饭吗？”

欣黛心里慌乱起来，她坐直身子，说道：“当然不行。”

“为什么？”

“因为我正在工作，不能离开。”

他扬起一侧的眉毛，看着桌子上整齐码放的螺丝钉，“什么工作？”

“向您汇报，我正在等待一个大的配件订单到货，总得有人接收不是。”她的谎撒得这么圆，还真为自己骄傲。

“你的机器人在哪里？”

她的心里咯噔一下。“她……不在这里。”

凯向后退了一步，作势向四周看了看。“找个别的店主帮你看一会儿摊位。”

“绝对不行。我可是花钱租了这摊位，可不能因为什么王子来了就得放弃它。”

凯又一点点蹭到桌子前。“得了，我不能带你去……舞会；我不能带你去吃午饭。那么，除非我故意拔掉我的机器人的插头，这也许是我们最后一次见面了。”

“信不信由你，这理儿我早就想明白了。”

凯把胳膊肘支在桌子上，头低低的，让帽子遮住，连她都看不到他的眼睛。他拿起一颗螺丝钉，在手里转着。“至少，你会看加冕典礼吧？”

她犹豫一下，然后耸耸肩，说道：“当然，我会。”

他点点头，用螺丝钉抠着大拇指甲盖，欣黛看到他的指甲里并没有脏东西。“我今晚要发布一项声明，不是在加冕礼上，而是在舞会上，是关于上周进行的和平谈判的事。因为拉维娜十分可笑，坚持不要用摄像，所以不会有录像，可我想让你知道。”

欣黛紧张起来。“有什么进展吗？”

“我一猜就知道你就会这么说。”他抬眼看了看欣黛，但视线停留的时间并不长。接着他便看着她身后的那些废旧配件。“我知道这很愚蠢，可我的直觉告诉我，如果我今天能看到你，如果我能说服你今晚和我一起去，那么也许事情还会有所改变。这很傻，我知道。不管拉维娜是否在乎，你知道，如果我要能对某个人有真感情，那事情就会有所不同。”他又低下了头，把螺丝钉扔了回去。

欣黛听完了他的话，觉得浑身不自在，但还是极力让自己平静下来，把那些可笑的念头驱散开来。她提醒自己这是她最后一次见他了。

“你是说你……”后面的话没有说下去，接着她压低声音，说：“南希怎么样了？那些……那些她知道的事情？”

凯把手揣在兜里，刚才那副愁云满布的样子不见了。“太晚了，就算我能找到她，今天也不大可能，甚至之前也不可能……哦，还有抗生素的事，我……我已经心急如焚了，好多人正在丧失生命。”

“厄兰医生有什么发现吗？”

凯缓缓地点点头。“他们已经证实了那是真的抗生素，但他说他们无法仿制。”

“怎么呢？为什么？”

“我想是因为有一种成分只能在月球找到，很讽刺，呵？还有，那个男孩上周康复了，厄兰医生已经给他做了好几天测试，但他对结果守口如瓶。他说，我不能因为这男孩康复了，就指望有新的发现，他并没有直言，不过……我的印象是医生对于近期找到特效药并不抱希望。至少，除了拉维娜带来的药物，还要找到其他的药物。可能需要很多年才能有所突破，而到那时候……”他踌躇着，眼神变得空茫起来。“我真不知道怎样才能眼睁睁地看着这么多人就这么死去。”

欣黛垂下了眼皮。“对不起，我真希望能做点什么。”

凯离开桌子，又站直了身子。“你还在考虑去欧洲的事？”

“噢，是的，没错，我是在想。”她深吸了一口气。“你想跟我一起走吗？”

他轻轻一笑，把垂到眼前的头发向后拂了拂。“噢，你说的是真的吗？我想这是我接到的最盛情的邀请了。”

她也抬起头来，冲他笑了笑，但很快收起了笑容，这只是短暂而虚幻的快乐。

“我得回去了。”他说道，看着金色的盒子。欣黛几乎已经把它忘了。他把盒子往前一推，带着一堆螺丝钉也被推到前面。

“不，我不能——”

“你当然可以。”他耸耸肩，看上去很不自在，奇怪的是，正是这一点让他看上去很可爱。“我一直在想舞会的事……呣，我想，无论何时只要你有机会……”

欣黛的心里对这盒子十分好奇，但她还是强迫自己把盒子推回去。“请一定不要。”

他把手牢牢地压在她的手上。“收下吧。”他说着，冲他一笑——那是王子招牌式的魅力十足的微笑，好似他不曾有过一丝的烦恼。“想着我。”

“欣黛，给，拿着。”

欣黛听到珍珠的声音吓了一跳，赶紧把手从凯的手底下抽出来。珍珠的胳膊在她的桌前一轮，只听得乒乒乓乓一堆螺丝钉和其他东西落在人行道上，接着一摞纸盒子被重重地放到她的桌子上。

“把这些放到后面吧，别被别人顺走了。”珍珠说着，把手朝店铺里面轻轻一挥。“如果有的话，尽量找块干净的地方放吧。”

欣黛的心紧张地怦怦直跳，伸手把纸盒子拉到自己跟前。她的脑子马上想到自己空空如也的脚踝，她如果一瘸一拐地走到铺子里面，无论如何都掩藏不住自己的缺陷。

“怎么，没有说请，也不说句谢谢。”凯说道。

欣黛的心好紧张，真希望在珍珠毁掉他们最后见面的美好时光之前，凯就已经离开了。

珍珠立刻被激怒了。她把长长的黑发朝身后一甩，乌青着脸冲王子喊道：“你是谁，竟然——”她的话还没说完，已经吃惊得张大了嘴。

凯的手揣在兜里，毫不掩饰自己的蔑视，眼睛直直地看着她。

欣黛抓住缠纸盒子的麻线，说道：“殿下，这是我姐姐林珍珠。”

王子向她微鞠了一躬，珍珠的嘴已经惊得根本合不上了。“幸会。”他的声调很生硬。

欣黛清清嗓子。“殿下，再次感谢您慷慨地付款。哦，那么，祝您的加冕典礼顺利圆满。”

凯转过脸，看着欣黛，眼神也变得柔和起来。和欣黛之间的默契虽秘而不宣，但仍在脸上露出一丝痕迹，也挺明显了，不可能不被珍珠察觉。他把头凑近欣黛。“我想我们得说再见了。顺便说一句，如果你改变了主意，我的邀请仍然有效。”

还好，他没有再细说什么，转身没入了人群，欣黛也松了口气。

珍珠一直看着他的背影渐渐远去。欣黛也想这样做，但她强迫自己扭过头来，对着那一堆盒子。“好的，没问题，”她说话语调平缓，就跟王子根本没有来过一样，“我会把这些放到里面的架子上的。”

珍珠摁住欣黛的手背，示意她停下来。难以置信地睁大了眼睛。“那是王子啊。”

欣黛装出无所谓的样子。“我上周给皇宫修了一个机器人，他是来付款的。”

珍珠蛾眉微蹙。接着，她怀疑的目光落在凯留下的薄薄的金色盒子上，便毫不犹豫地一把抓了起来。

欣黛吃了一惊，赶快伸手去抢盒子，可珍珠一下跳到欣黛够不着的地方。欣黛把膝盖压到桌子上，准备跃起身来去抢盒子，但她很快意识到这么做将会带来多么可怕的后果。她虽然心慌意乱，也只能站在那里，眼巴巴地看着珍珠拉开蝴蝶结，让它掉落在满是尘土的地面上，然后撕碎了金色包装纸。包装纸下的盒子是白色的，朴素而且没有装饰。她盯着珍珠的脸，想看看她有什么反应，但还是不知所以。

“这是开玩笑吗？”

欣黛什么话也没说，身子往后，慢慢把腿从桌子上放下来。

珍珠把盒子斜过来，好让欣黛看到，盒子里，装着一副她能想象出来的最漂亮的手套，百分百真丝的，闪着银白色的光。手套很长，可以遮住她的臂肘，边缘镶嵌着一圈珍珠，非常雅致。这是一副适合公主佩戴的手套。

这确实像是一个玩笑。

珍珠突然哈哈大笑起来。“他不了解你，对吧？他不知道你的——你是谁啊。”她抓住手套，从衬着绒布的盒子里拽出来，把盒子扔到了大街上。“你以为接下来会发生什么？”她拿着手套冲欣黛挥舞着，软绵绵的手套在空中无力地舞动着。“你以为王子真的会喜欢你？你以为你可以去舞会，戴着这漂亮的新手套和王子翩翩起舞，还有你的这身——”她上下打量着欣黛的肮脏的工作服、满是污渍的T恤衫、腰里扎着的工装裤带，接着又哈哈大笑起来。

“当然不是，我不会去参加舞会的。”欣黛说道。

“那么一个赛博格要这个干什么？”

“我不知道。我以前也没——只是他——”

“也许你觉得这没什么，”珍珠说道，边啧啧地打着舌头，“是这样吗？你以为王子——不——皇帝从内心深处不会在乎你的……”——她翻转着手腕——“缺点？”

欣黛气得握紧拳头，尽量不去理会珍珠话里的讽刺。“他只是一个客户而已。”

珍珠这才收起了一脸的嘲讽。“不会的。他是王子，如果他知道你的一切，他都不会正眼看你。”

欣黛憋了一肚子气，她怒视着珍珠。“就像他对你那样，是吧？”话一出口，她就后悔了，但看到珍珠的一脸怒容，她觉得也算值了。

珍珠气得把手套扔到地上，然后抱起桌子上的工具箱，砰的一声扔在手套上面，欣黛不由地喊出了声，螺母螺栓散落一地，有的滚到了马路中间。周围的人都停下来看着她们，看着散落各处的物件。

珍珠昂起头看着欣黛，然后咬牙切齿地说：“你最好在节日结束之前把这些东西收拾干净，我今晚需要你的帮助。不管怎样，我还要去参加皇家舞会呢。”

说完珍珠抓起购物袋就气哼哼地走了，欣黛体内的电线还在低鸣。但她马上从桌边蹦过去，弯腰蹲在翻倒的工具箱旁，把箱子扶正，也不管那堆零件和工具，而是直接去拿埋在下面的手套。

手套上沾满了尘土，但真正让她心疼地是上面的一片片的油泥。欣黛把手套平铺在膝盖上，想抚平真丝布面上的褶皱，却把油泥抹得更开了。它刚才还那么漂亮呢，这是她所拥有的最漂亮的东西。

如果说，她作为一个从业多年的技师知道什么的话，那就是，油泥永远都洗不掉。

第三十一章　加冕仪式

走到家用了很长时间，爱瑞和珍珠急于为舞会做准备，没有带上她就回去了。起初欣黛感到很释然，但当她拄着自制的破拐一瘸一拐地走了一英里路后，腋窝已经被硌得生疼，斜挎包也总是拍打着她的屁股，她渐渐受不了了，每走一步都诅咒她的养母。

欣黛并不急着回家。她想象不出能帮珍珠做什么准备，但她们一定是打定主意去折磨她，这是毫无疑问的。再给她们当牛做马一个晚上吧，就一个晚上。

她靠着这句话，才坚持走下去。

当她终于走到家时，楼道里却出奇地安静。大家不是去参加节日庆典，就是在为舞会做准备。以往从每扇关闭的门后传来的吵闹声，被女孩子们的笑声取代了。

欣黛把两只拐杖从酸疼的腋下拿开，扶着墙壁走到了门口。

当她走进屋子时，里面空荡荡的，但能听到爱瑞和珍珠在她们的卧室走动时，地板发出的吱嘎吱嘎的声音。她希望一晚都不会见到她们，于是一蹦一跳地来到自己的小卧室，随后关上了门。她刚要开始抓紧时间收拾东西，就听到敲门声。

她叹了口气，打开了门。珍珠出现在门口，她穿着镶嵌着珍珠的金色真丝长裙，领口已经按爱瑞的要求开得低低的。

“你能不能回来得再慢点？加冕典礼一结束我们就要走了。”珍珠说。

“呃，我肯定能回来得更快些，只不过有人把我的脚偷走了。”

珍珠瞥了她一眼，然后退回到门厅，转了半圈，让裙摆在脚踝的位置转动起来。“你觉得怎么样，欣黛？穿这个王子是不是一下子就能注意到我？”

欣黛真想拿自己的脏手在她的裙子上抹抹，但她忍住了。她摘下工作手套，塞到后兜里。“你还需要我做什么？”

“是啊，我想征求一下你的意见。”珍珠提起裙子，露出她的小脚上穿着的一双不一样的鞋子。她左脚穿着一双绒面皮鞋，乳白色，脚踝系带；右脚上穿着金色凉鞋，系着亮闪闪的丝带和心形小饰物。“你跟王子近距离接触过，所以我想问问你，你觉得他会喜欢金色的凉鞋还是白色皮鞋？”

欣黛假装思考着。“皮鞋显得你的脚踝粗。”

珍珠呵呵地笑起来。“金属镀层让你的脚踝看起来也很粗。你只是嫉妒我长着可爱的小脚。”她既讽刺又同情地叹着气。“你永远不懂得这其中的乐趣，太遗憾了。”

“值得高兴的是你至少找到了一个可爱的身体。”

珍珠头发一甩，扬扬得意地笑起来。她知道欣黛的玩笑话是没有根据的，而如果欣黛从带点侮辱的玩笑话中尝不到乐子，她是会恼火的。

“我一直在练习怎么跟凯王子对话，”珍珠说道，“当然了。我准备把一切都告诉他。”她又转了起来，裙子在灯光下闪闪发光。“首先，我要把你丑陋的金属手脚的事告诉他，告诉他你是多么笨拙——她们把你变成了一个多么恶心的生物。而且我也会让他知道我有多好。”

欣黛靠在门框上。“我真希望早点知道你对王子还有如此的迷恋。珍珠，你知道吗，在牡丹过世之前，我曾得到殿下的承诺，今晚他会跟牡丹跳舞，我本可以为你提出同样的要求，但我猜现在已经太晚了，遗憾呐。”

珍珠的脸变得通红。“你甚至不应该提起她的名字。”她说道，声音压得很低，但语气很强硬。

欣黛眨眨眼。“牡丹吗？”

珍珠的眼中充满愤怒，语气已经不再是孩子间的互相奚落。“我知道是你害死了她，每个人都知道是你的错。”

欣黛被说得目瞪口呆，刚才还是孩子的吹牛，而现在则是严厉的指责，这令她一时不知所措。“不是这样的，我从来都没得过病。”

“是你让她去了废品场，那就是你的错，她就是在那里得的病。”

欣黛张着嘴，一时间无言以对。

“要不是因为你，她今天晚上就会去参加舞会了，所以别假装成你对她有多好。你能为牡丹做得最好的事就是别去打扰她。如果是那样的话，也许她还活着。”珍珠的眼里满含着泪水。“可你偏要假装成很关心她的样子，好像她是你的妹妹，可这不公平。她传染了疫病，可你却……见到了王子，要引起他的注意，可你明明知道她对王子的感情。真让人恶心。”

欣黛交叉着双臂，好似在保护自己。“我知道你不相信，可我真的很爱牡丹，我爱她。”

珍珠不屑地哼了一声，声音很大，好像要在放声大哭之前，把泪水止住。“你说得对，我是不相信你。你是一个骗子、一个贼，除了自己，你谁都不关心。”她顿了顿，接着说，“而我一定要让王子知道这一切。”

爱瑞卧室的门打开了，她从里面走出来，穿着白色和洋红色相间的和服，上面绣着雅致的仙鹤图案。“你们两个又吵什么？珍珠，你准备好了吗？”她上下打量着珍珠，看看她是否还需要再整理一下。

“真不敢相信你们要去舞会，”欣黛说道，“还在丧期，别人会怎么想？”她知道这是她不能碰的话题，她曾隔着卧室的薄墙听到过她们的哭泣，这样说她们并不公平。可她也没心情去在意什么公平不公平。换了她，即使有机会也不会去，没有牡丹，她绝不会去。

爱瑞冷冷地看着她，脸拉得很长。“加冕典礼就要开始了，”她说，“去把悬浮车洗洗，我要它跟新的一样。”

欣黛很高兴自己不用整个加冕典礼都和她们坐在一起。她没有争辩，抓起拐杖，朝门口走去。

只有一个晚上。

她一走到电梯就打开了网络，在她的视网膜上显示出加冕典礼的实况转播。现在仍是加冕典礼前的活动，许多政府官员被大批记者和摄像机围着，徐徐走入皇宫。

她在储物间拿了水桶和洗涤剂，然后一拐一拐地走向停车场，有一搭没一搭地听着新闻播音员解释着加冕典礼上各种细节的象征意义。比如凯长袍上绣的花、他宣誓时举起的羽冠的设计、他走向宣誓台时锣声的次数，以及东方联邦各种文化中持续了数百年的惯例。

新闻播报持续进行，时而是市中心的节日盛况，时而穿插着凯的典礼准备情况。只有后者吸引欣黛的注意力，让她暂时离开自己的肥皂水。她禁不住在脑子离幻想着和他一起在皇宫里，而不是在这昏暗、阴凉的车库的情形：凯和一些不知名的代表握手、凯向群众致意、凯和他的顾问私语、凯转过头看着她，冲着她笑，很高兴有她在身边陪伴。

能够时不时地看见凯，零欣黛感到很大的慰藉而不是难过。它提醒欣黛在世界上有更重要的事情在发生，无论是欣黛对自由的渴望，还是珍珠的冷嘲热讽，抑或爱瑞的突发奇想，甚至凯与她的调情都不能纳入这个大的格局。

东方联邦即将给它的新皇帝加冕，全世界都在关注这一事件。

凯的服装体现了新老传统的结合，中式立领的斑鸠刺绣图案象征着和平与爱；从肩上垂下的深蓝色斗篷上绣着六颗星星，象征着六个地球王国的和平与统一；十二朵菊花象征着东方联邦的十二个省份，在皇帝的治理下繁荣发展。

一位皇家顾问与凯一起站在平台上。第一排是来自各省份及地区的政府官员。但是欣黛的目光总是被凯像磁石一样一次次地吸引过去。

接着，一小队贵宾从夹道走了过来，最后就座的是拉维娜女王和她的两个巫师。她戴着一个精致的白色面纱，一直垂到肘部，把她的脸遮了起来，使她看上去更像一个幻影而不是一位受到皇家邀请的客人。

欣黛看到她，感到不寒而栗。她还从未见过月族人出现在东方联邦的加冕典礼上，拉维娜态度倨傲无礼，似乎她无可辩驳地属于地球，比任何地球人都理直气壮，仿佛她才是那个要被加冕的人。这让欣黛对未来满含忧虑而非希望。

女王和她的随行人员在第一排预留的位置就座，坐在周围的人因为离得很近，极力掩饰对她的厌恶，但厌恶之情还是无可避免地写在脸上。

欣黛把浸满泡沫的抹布从桶里拿出来，暂时把她的忧虑放到一边，去擦爱瑞的悬浮车，直到擦得雪亮。

在一阵响亮的鼓声中，加冕典礼开始了。

凯王子跪在铺着丝绒的平台上，一小队男女从他前面缓缓通过，每个人分别把丝带、勋章或珠宝挂在他的脖子上。每一件物品都是礼物，具有象征意义——长寿、智慧、善良、慷慨、耐心、快乐。当所有礼物都挂在凯的脖子上之后，镜头向前推进，给了凯的脸部一个特写。他看上去极为平静，眼睛平视前方，头却高高昂起。

依照传统，应从其他五个地球王国中选出一位代表，来主持加冕典礼，以示各国对新王朝主权的尊重和信任。此次选出的代表是欧洲联邦的总理布罗斯达，一个高个头、宽肩膀、金头发的男人。欣黛一直觉得他更像一个农夫而不是政治家。他手持一个老式的纸质卷轴，上书凯登基时对臣民所做的全部承诺。

总理手持卷轴的两端，宣读誓言，凯跟随其后宣读誓言。

“我庄严宣誓，我会依据先朝历代皇帝所制定的法律和惯例，来统领东方联邦的臣民，”他跟着总理念道，“我会利用所赋予的无上权力，去施行公正，心怀悲悯，尊重民众应有的权利，珍视各国之间的和平，要以仁善与坚韧之心来治理国家，要充分发挥各位同仁和同胞的智慧与才能、诸事与他们充分协商。在此，我承诺不仅今日，而且在我主政的所有时间之内，都会依此行事，天地可鉴。”

欣黛正在擦拭悬浮车顶棚，听到凯的宣誓，心情无比激动。她还从未见过凯如此严肃、如此英俊。她知道他现在是多么紧张，想到这里，她心里暗暗为他捏了把汗；但是，在这一刻，他已不再是带着出故障的机器人去市场的那个王子，也不再是那个在电梯里差点吻了她的王子。

他成了她的皇帝。

布罗斯达昂起头。“我在此宣布，你——凯铎正式成为东方联邦的皇帝。陛下万岁。”

凯转身对着群众，他们也开始热情欢呼：“皇帝万岁，皇帝万岁。”

如果说凯确实为荣登皇帝宝座而感到高兴的话，至少从外表是看不出来的。他站在加冕台上，周围的群众发出阵阵欢呼的时候，他却表情凝重、目光深邃。

凯的庄重安详与人群发出的阵阵欢呼形成了强烈的对比，在长时间的喧嚣沸腾之后，有人将礼台推到台上，上面放着皇帝的第一套礼服。人群安静下来。

此时，欣黛正把水泼到悬浮车上。

凯扶着礼台的边缘，有那么一瞬间，他的面部并没有表情，眼睛盯着加冕台的边缘。然后，他说道："我很荣幸，加冕典礼和最美好的节日在同一天发生，一百二十六年前，噩梦般的灾难，也就是第四次世界大战结束了，东方联邦也在此时诞生。它是在汇集了无数民众的力量、多种文化的精华和许多人的理想之后产生的。东方联邦在一个持久的信念之下，才变得更加强大，那就是：团结一致，我们便不可战胜。尽管存在差异，我们却彼此关爱；尽管存在弱点，我们却互相帮助。我们热爱和平，痛恨战争；我们热爱生命，痛恨死亡。我们选择一位君王，作为我们的统领者，去指引我们，维护我们——不是统治，而是服务。"说到这里，他停了下来。

欣黛把视线暂时从视网膜显示器移开，快速检查了一下悬浮车。天太黑了，也不知道这活干得是否漂亮，反正她也没兴趣追求完美了。

她觉得还算满意，随后把湿抹布扔到桶里，靠在一排悬浮车后面的水泥墙根上，开始全神贯注地看起她的小屏幕。

"我是东方联邦第一任皇帝的曾、曾、曾孙，"凯继续说道，"从他那时候起，我们的世界就已经发生了巨变。我们仍会面临新的问题、新的挑战。尽管地球已经享受了一百二十六年的和平，可此时我们却在进行一场新的战争。我的父亲一直在与蓝热病，这个在地球上肆虐十几年的疾病进行着不懈的斗争。它已经将死亡和痛苦带到了我们的家门口，使得东方联邦善良的公民以及地球上的兄弟姐妹失去了他们的朋友、家人、邻居和所爱的人。与此同时，我们也蒙受了贸易和商业的损失、经济的下滑、生活水平的下降。因为没有足够的农民去耕作，已经有人遭受了饥馑；因为能量供应的短缺，一些人无法取暖。这就是我们面临的战争，这是我父亲决心打赢的战争，而现在我接过了引领人民打赢这场战争的火炬。”

“我们会齐心协力，找到治愈这一疾病的药物，我们会战胜疾病，重现这个伟大国家的繁荣昌盛。”

人群报以热烈的掌声，但凯说完这些话后，却并没有一丝笑容，仍然表情凝重，面色阴沉。

“还有一种威胁，一种同样严重的威胁，”待人群安静下来之后，凯继续说道，“如果我避而不谈，就太过天真幼稚了。”

台下的人群发出一阵骚动。欣黛把头靠在身后冰凉的墙壁上。

“众所周知，地球联盟各国与月球的紧张关系已经持续了许多代，我想你们也很清楚，月球的君王拉维娜女王陛下上周到访，这是她给予我们的荣幸。她是一个世纪以来第一位访问地球的月族君王，她的到来给予我们希望，预示着我们之间真正的和平时期即将到来。”

镜头切换到坐在前排的拉维娜女王身上。她白皙的双手交叠放在膝头，十分娴静，似乎因为为王子的赞誉而显得很谦卑，但欣黛知道，她骗不了任何人。

“我父亲在生命的最后时日，与女王陛下进行了洽谈，希望能达成和平协议。因此我已下定决心，将他未竟的事业继续下去，毋庸置疑，在通往和平的道路上仍有重重障碍，我们应克服困难，在双方互惠的基础上达成共识。我相信我们能找到解决办法，我并没有放弃希望。”他吸口气，停了下来，欲言又止，他盯着眼前的礼台，手紧紧抓着礼台的边缘。

欣黛向前俯身，似乎这样就能看清正在努力思考下面的措辞的王子。

“我会——”他又停了下来，挺直身子，眼望远方。“我会尽一切可能去保证我们国家的利益，尽一切可能去保证诸位的安全。这就是我的承诺。”

他把手从礼台上拿开，转身走开了。人群还沉浸在他刚才所说的话中，之后发出了不无担心但却很礼貌的稀稀拉拉的掌声。

屏幕上又闪现了坐在前排的几个月族人的镜头，欣黛的心揪成一团。女王的面纱也许遮住了她骄傲的表情，但她的侍卫脸上所显露的自大的表情却暴露无遗。他们深信已经胜券在握。

第三十二章　圈套

欣黛足足等了半个小时，才一瘸一拐地上了电梯。整个公寓楼里又恢复了往日的活力。当她的邻居们穿着漂亮的衣服在她身旁欢悦地走过时，欣黛拐杖放在身后，尽量让自己贴近墙壁。欣黛给他们让路时，他们朝欣黛同情地瞥了几眼，同时又很小心地绕过去，免得弄脏了自己的漂亮衣服，多数邻居并没有给她打招呼。

回到公寓以后，她关上门，静静地待了一会儿，享受这难得的静谧时光。她在脑子里盘算着要带的东西，一排排绿色字体在眼前闪过。欣黛来到自己的房间，铺开毯子，把属于她的不多的几件物品放进去——沾满油污的衣服、永远没有在工具箱安生待着的工具，许多年来艾蔻给她的可笑的小礼物，比如“金戒指”，实际上是一个生锈的洗涤器。

艾蔻的个性芯片和牡丹的身份卡都放在她小腿的储存仓内，安安稳稳地待在那里，直到她为它们找到永久的家。

她闭上了眼睛，突然感到很疲倦。自由近在咫尺，而她却想躺倒小睡，这是怎么回事？前些天夜以继日地修理汽车，把她累坏了。

她重新打起精神，尽快把东西收起起来，尽量不去想她要冒的风险。这次她真的是在逃的赛博格了。如果她被抓，爱瑞一定会让她坐牢的。

她迅速忙活起来，尽量不去想艾蔻，她本来可以待在她身边的。也不去想牡丹，她会让她不舍得离开。也不去想凯王子。

皇帝凯。

她再也不会见到他了。

她用力把毯子的四角系起来，心里有点生自己的气，她想得太多了。她必须离开。一步步完成计划，不久她就在车里了，而所有这一切都会离她远去。她把包裹背在肩上，一蹦一蹦地来到客厅，然后走到迷宫一般地地下储藏室，接着把包裹放到地上。

她歇了口气，然后赶紧收拾。她打开小工具箱，把桌子上的东西一股脑地划拉到里面。以后会有时间收拾的。大工具箱快到她胸脯了，太大，不方便放到车里，只能丢下。再说，要是真把这一大堆东西放到车里，会把车里的汽油耗光的。

她环视了一下四周，这是她过去五年中大部分时间所待的地方，也是她认为的最接近家的地方，甚至那像笼子一样大的铁丝网和发出霉味的箱子，都让她感觉无比亲切。她希望自己不要太怀念这个地方。

牡丹皱巴巴的舞裙仍挂在电焊架上。这件裙子和工具箱，都是她不再带走的东西。

她又来到靠墙放置的高高的铁架子旁，四处翻找着零件，这些零件汽车可能会用到，万一她的身体出故障时也可能用得到。她把这些东西扔到地上，堆成一堆。这时，她的手摸到了她以为再也不会见到的东西。

一只十一岁的赛博格曾使用过的破旧的小脚丫。

她从架子上把它拿下来，这脚被人藏在了看不见的地方。一定是艾蔻把它藏在了这里，甚至欣黛让她扔掉，她也没扔。

也许在艾蔻的眼里，这是她所能拥有的最接近机器人的脚的东西。欣黛把脚贴在胸前。以前她是多么憎恨这只脚，而现在看到它却是多么高兴。

她脸上挂着嘲讽的笑，重重地坐到椅子里，允许自己再坐一分钟。她摘下手套，看着左手腕，尽力想象埋在皮肤低下的芯片。这又让她想起了牡丹，想起了她发青的指尖，以及搁在她苍白的肌肤上的手术刀。

欣黛闭上了眼睛，尽力驱散这沉痛的记忆。她必须这么做。

她拿起放在桌角、刀刃浸泡在酒精里的刀子。把酒精甩掉，深吸了一口气，把赛博格手掌平放在桌子上。她回忆起厄兰医生的全息影像，芯片就在皮肤和金属相接不到一英寸远的地方，她要把它取出来，并且不能损坏重要的线路，这对她是一个挑战。

她强迫自己静下心来，手掌放稳，接着把刀片切入手腕。一阵剧烈的疼痛向她袭来，但她无所畏惧。稳住，一定要稳住。

一阵哔哔声吓了她一跳，她跳起来，把刀子从手边拿开，转身看着放铁架子的那面墙，四处打量着她即将扔掉的配件和工具，心怦怦地跳着。

又是一声。欣黛的目光落在仍靠在架子上的显示屏上。她知道显示屏已经断网了，然而在屏角出亮起了一个方形画面。又是一声响。

在屏幕的一角出现了下列字样：

直线连接请求被未知用户接收，是否连接？

她歪头一看，那个直连芯片仍插在显示屏的驱动装置上，它旁边的绿灯亮着。在显示屏的光亮的映照下，它看上去与普通芯片无异，但她想起了当时给凯描述芯片的银色光亮时，凯对她说的话。这是月族人的芯片。

她从工具堆里拿了一块脏抹布，捂在自己流血不多的伤口上。“屏幕，接收。”

哔声停了下来。屏幕上的蓝色方块不见了，出现了螺旋状上升的字样：

“你好？”

欣黛吓了一跳。

“你好，你好，你好——有人吗？”

无论这声音是谁发出的，她听上去好像快不行了。“噢，请回答，请回答，那个愚蠢的机器人在哪？你好？”

“你—好？……”欣黛向屏幕俯身。

那女孩呼吸急促，接着是一阵寂静。“你好？你能听见我说话吗？有人——”

“是的，我能听见你说话。等等，视频线路出问题了。”

“噢，感谢上帝。”欣黛把抹布放一边时，这个声音说道。她把显示屏面下倒过来放在水泥地上，打开了后面的控制面板。“我想，要么是芯片坏了，要么就是我连接了错误的接口什么的，你现在在皇宫吗？”

欣黛发现视频线确实没有接上；肯定是在爱瑞把显示屏从墙上打落时断开的。欣黛把线拧上，屏幕发出蓝莹莹的光，照亮了地板。“好了。”她说着，把屏幕翻转过来。

当她看到连线另一端的女孩时，着实吓了一大跳。她应该跟欣黛差不多大，顶着一头想象所及的最长的、最卷、最蓬乱的金发。她头上这个金色的鸟窝在肩膀一侧扎起来，像奔腾的小瀑布一样顺着身体一侧垂下来，包裹住了女孩的一只胳膊，然后一直延到屏幕低端，直到看不见为止。女孩正神经质地用手指绞着头发，一会卷起，一会放下。

她长着一张鹅蛋脸，天蓝色的大眼睛，鼻子周围有些雀斑。要不是因为头发过于蓬乱，她还挺漂亮的。

她完全超乎欣黛的想象。

那女孩看到欣黛和她的机械手，还有她脏兮兮的T恤衫，一样感到吃惊。

“你是谁？”那女孩问道，眼睛看着欣黛身后昏暗的房间和铁丝网。“你怎么没在皇宫？”

“他们不准我去。”欣黛答道。她眯起眼看着女孩身后的房间，纳闷那是不是在月球上……但那里看上去根本不像什么房间，四面全是金属墙壁，里面摆满机器、显示屏、计算机。那里的控制按钮和显示灯比货船驾驶舱的还要多。

欣黛跷起腿坐着，好让自己没有脚的小腿更舒服地垂下来。“你是月族人吗？”

女孩眨眨眼，好像被人问了一个猝不及防的问题，她向前俯身，说道：“我需要马上跟新京皇宫的人讲话。”

“那么你为什么不通过皇宫通信平台和他们联系？”

“不行！”女孩突然尖叫起来，声音非常绝望，把欣黛吓得差点仰过身去。“我没有全球通信芯片——这是我和地球直线联系的唯一渠道。”

“这么说你是月族人。”

女孩的眼睛挣得大大的，几乎成了圆形。“这不是——”

“你是谁？”欣黛说道，提高了声音。“你是为女王服务的吗？你就是那个在机器人身体里安装芯片的人？你是，对不对？”

女孩皱起眉头，她看上去并不为欣黛的问题感到恼火，而是害怕，甚至惭愧。

欣黛发起一连串的问话，恨得咬牙切齿，然后，她慢慢吐了口气，用坚定的语气地问道：“你是月族间谍吗？”

“不，当然不是！我是说……嗯……也可以说是。”

“可以说？你什么意思——”

“噢，请听我说！”女孩紧紧握住两只手，好像在做着激烈的内心挣扎。“是的，我设计了芯片，我确实为女王干活，但不是你想象的那样。过去几个月监视雷肯皇帝的间谍软件都是我设计的，可我也没别的选择。如果……天呐，如果女主人发现这一切，她会杀死我的。”

“女主人？谁？你是说拉维娜女王？”

女孩紧紧闭上了眼睛，她的脸痛苦地扭曲着。当她张开双眼时，眼睛发出灼灼的光。“不。希碧尔女主人，她是女王陛下的首席巫师……也是我的监护人。”

欣黛的脑子快速思索着，她想起来了。当时凯首先怀疑的就是女王的巫师在南希体内安装了芯片。

“但她更像一个囚头，真的。”女孩接着说，“我对她来说什么都不是，只不过是一个囚犯，一个奴——隶。”她说最后一个字的时候很艰难，然后把脸埋在长长的头发里，啜泣起来。“对不起，对不起。我是一个邪恶的、没用的、可怜的女孩。”

欣黛听到这些话，不由得同情起她来——在她的记忆中，还不曾害怕爱瑞会杀死她。呃，再有就是爱瑞曾出卖她，让她去做志愿者。

她越听她说，同情心越强烈，她提醒自己要坚定意志，不要受她影响，这女孩毕竟是月族人，她曾帮助拉维娜监视雷肯皇帝，监视凯。她开始有一点怀疑这女孩是否正在操控她的情感，但她很快意识到月族人是不能通过屏幕来操控人的情感的。

欣黛吹掉垂在脸上的头发，向前俯身，大喊道：“别哭，别哭了！”

女孩停止了哭泣，睁着泪汪汪的大眼睛看着欣黛。

“你们掌握皇宫的情报是想干什么？”

女孩吓得瑟瑟缩缩，又开始抽泣，不过泪水好像已经被吓了回去。“我要给凯王子传递情报，我得警告他，他很危险，整个地球都很危险……拉维娜女王……这全是我的错。如果我再坚强一些，如果我敢和他们斗，这一切就不会发生，这全是我的错。”

“我的天，你能不能别哭了？”趁这女孩还没有歇斯底里哭个不停之前，欣黛赶紧说道。“你要学会控制自己。你说凯有危险是什么意思？你们都干什么了？”

女孩瑟缩着，流露出祈求的眼神，好似仅凭欣黛一个人的话就能让他得到宽恕。“我刚说了，我是女王的程序员。我精于此道——偷偷进入别人的网络连接、安全系统等等。”她说这话时，颤抖的声音里并没有丝毫的骄傲。“前几年，女主人要我把地球政治家的联络系统连接到女王陛下的宫殿。起先，他们的谈话也只是一些关于宫廷事务的讨论呀、会议呀、文件传输呀什么的，也没什么太有意思的事。女王陛下得到的信息里没有你们的皇帝没告诉她的事情，所以我也觉得不会有什么大碍。”

说话时，女孩把头发拧绞到两手的手指上。“但是后来她要我把直线连接安装到一个皇室机器人的身上，希望在网络连接之外对皇帝进行直接的监听。”说到这，她抬起头看着欣黛，脸上充满愧疚。“如果这个机器人是整个皇宫里任何其他的机器人，她仍然不会知道任何事情。可现在，她的确知道了！这全是我的错！”说到这里，她又呜咽起来，同时把一团头发像一团布一样塞到嘴里。

“等等，”欣黛举起手，尽量让女孩说得慢点。“拉维娜到底知道了什么？”

女孩把那团头发从嘴里拿出来，大滴的泪珠从脸上滚下来。“那个机器人知道的，她都知道，所有她正在调查的事情，她知道赛琳公主还活着，王子——噢，对不起，皇帝凯正在寻找她。她知道皇帝正在寻找公主，并让她成为月族女王。”

欣黛的内心痛苦地翻腾起来。

“她知道了帮助她逃跑的医生的名字，也知道了欧洲联邦那个一直收留她的可怜的老妇人的名字……陛下已经利用凯的信息，派人去追杀她了。要是等他们找到了她——”

“可是她要对凯做什么？”欣黛打断对方的话，“拉维娜已经赢了，凯已表示要把她想要的一切都给她，所以那又有什么关系呢？”

“他想要篡了她的权！你不了解女王，她心狠手辣，对这个，她是不会原谅的。我得把信儿传给他，传给皇宫里的人，他必须知道这是一个圈套。”

“圈套？什么圈套？”

“成为王后！一旦她控制了东方联邦，她就会对其他地球各国开战，而她有能力做到这一点——她的军队……这支军队……”说到这里，她打了个冷战，猛地一缩脖子，好像有人在背后猛击了她一下。

欣黛摇着头。“凯是不会任由她胡作非为的。”

“这不会妨碍她，一旦她成为皇后，就再也用不着他了。”

欣黛听了，血直往上涌。“你是说——她才不会傻到去杀死他，那样的话，每个人都知道是她干的。”

“月族人也怀疑她杀死了珊娜蕊女王和赛琳公主，可他们又能怎么样？或许他们也想反抗，可是一见到她，就被她洗脑，成了顺从她意志的人。”

欣黛用手揉搓眉头。“他会在今晚的舞会上宣布，”她喃喃道，“他会宣布与她成婚的计划。”她的心跳加快，大脑在飞速转动。

拉维娜知道他正在寻找赛琳公主。她会杀死他，夺取东方联邦，并对……全地球发动全面战争。

想到这里，她感到头晕目眩，赶紧用手扶住脑袋。

她必须提醒他，必须阻止他宣布联姻的决定。

她可以给他发送电子信息，但是，他在舞会期间查看电子信息的可能性又能有多大?

舞会。

欣黛不由得低头看看自己寒酸的衣服，看看自己空空如也的脚踝。

牡丹的舞裙。艾蔻留下来的旧脚。真丝手套。

打定主意后，她下意识地点点头，接着她扶着架子站了起来。“我得走了,”她低声说道，“我必须找到他。”

“拿着芯片,”屏幕上的女孩说道。“以防我们之间需要联系。求你，一定不要把我的事告诉他们。如果被我的女主人发现了——”

没等她说完，欣黛就弯腰把芯片从驱动里拿了出来。屏幕一下子变成了黑屏。

第三十三章　特邀嘉宾

欣黛穿上真丝舞裙，感觉就像毒葛[1]贴在皮肤上。她低头看着裙子，绣着精致的蕾丝花边的丝质面料泛着银光、蓬松的裙摆自然垂下，上面镶缀着小颗粒的珍珠。她恨不得在裙子里缩小，然后消失。她不是裙子的主人，她是假的，一个冒牌货。

裙子已经褶巴得像一张老人的脸，奇怪的是，这倒让她感觉舒服些。

她把旧脚从架子上拿下来——这只小小的、已经生锈的脚是她在十一岁手术后醒来时发现安在自己腿上的，那时她是一个迷茫困惑的、已经没有人爱的小女孩。她曾发誓再也不会把这脚安上去了，但是此时，这只脚就像水晶做成的，在她看来简直太珍贵了。再说了，这脚也足够小，可以放进珍珠的鞋子里。

欣黛跌坐在椅子上，拿出一把改锥。以前所未有的速度把它安好。这脚比她记忆中的还小，还不舒服，但很快，她就可以用

1　毒葛——poisonivy，为漆属野生植物，广泛生长于美洲，其油质具有很强的致敏性，可引起接触性皮炎、其树叶燃烧时的烟雾可使敏感的人发生变态反应。

两只脚站起来了。

丝质手套戴在手上，感觉太精致、太轻薄、太绵软了，她担心别让什么翘起的螺丝钉给划破了。但还好，手套上也已沾满点点油污，即使划破，也不会显得太突兀。

她是一个移动的灾星，这一点她很清楚。如果他们能让她进入舞会现场，那真是万幸了。

可不管怎么说，这是她到那里以后首先要面对的问题。

她走到停车场时，升降机是空的。她急匆匆地朝那辆废弃的汽车走去，一路上小心着别让小脚给绊倒或者扭伤自己的关节。脚踝上的小脚让她站立不稳，因为没时间把脚和神经系统连接起来，因此走起路来感觉头重脚轻。但她尽力不去理会它，一心只想着凯，想着今晚将要发布的声明。

当她走到停车场黑暗的角落时，已经累得大汗淋漓，她知道进到市里以后，潮湿的空气将会让她感觉更糟。她面前的汽车夹在两辆镀铬的光洁如新的悬浮车中间。橘色的漆面在停车场昏暗的灯光下显得更加黯淡。这车与周围的环境显得格格不入。

欣黛很清楚这是什么感觉。

她坐到驾驶座上，被旧停车场特殊的霉味包围着。幸好，她已经把车座的衬垫换了，拿一块破毯子盖在上面，这样她就不必担心坐在一堆老鼠屎上。但是，汽车外壳以及地板上的污渍还是会弄脏牡丹的裙子，这一点她完全想象得到。

她先把这一切杂念都抛诸脑后，把手伸到驾驶杆下面，抓住了她已经剥了皮并裹在一起的电源线，顺着电线摸到了褐色的点火线。

她屏住呼吸，让两根电线的线头轻轻触碰。

没反应。

大滴的汗珠从她的后背滚落。她又碰了一次。又一次。“快点，快点，快点。”

电线冒出了火花，接着发动机很不情愿地发出了轰隆声。

“太棒了！”她把脚踩在油门上，给发动机加把劲，接着车在她的身底下颤抖轰鸣起来。

欣黛高兴得喊出了声，终于松了口气。接着把脚踩在离合器上，把驾驶杆拉离空挡，一边操作一边在心里默背着操作指南，这是她一周以前下载的，从那时起她就一直在学，学习如何驾驶。

把车驶离停车场是最困难的，一旦开到大街上，她就可以靠着太阳能路灯和住宅楼里散发出的暗黄的灯光来为自己照明——城市的灯光真是太好了，因为汽车的头灯已经打碎了。道路的颠簸不平真让欣黛赶到吃惊，因为悬浮车无须再走宽阔的道路，因此路面上到处都是垃圾和废弃物。虽然一路上颠簸难行，但是当欣黛脚踩油门，手扶挡杆，车轮转动，刹车片吱吱作响时，她都感到力量倍增。

闷热的夏风从破碎的后窗吹进车里，吹乱了欣黛的头发。乌云已经飘到了城市上空，黑压压地笼罩在摩天大楼的屋顶，像是给城市的夜空披上了一层灰幕。在靠近地平线的地方，夜空仍是晴朗的，今年的第九个满月高挂在天际，在黑暗夜空的映衬下，显得轮廓分明，它就像一只不祥的白色大眼，直视着欣黛。欣黛不再理会月亮，加大油门，把车开得快些——让车飞起来。

汽车在飞驰，虽不像悬浮车般平稳、舒适，但它一路咆哮、马力十足，活像一头骄傲的怪兽。她会心地笑了，心里明白自己成功了，她把这头怪兽从睡梦中唤醒，成为这头怪兽的主人，而它似乎也心领神会。

她应该可以赶得上，她想，因为她已经可以看到位于嶙峋的高崖之上俯瞰城市的皇宫，她应该已经开到了市边。欣黛进一步加快了速度，灯光在她身旁忽闪而过，她在追逐地平线，而且永不回头。

雨水开始拍打破碎的挡风玻璃。

欣黛开上了通向皇宫入口的蜿蜒的车道，她把方向盘握得更紧了。路上没有悬浮车与她比速度——她应该是最后一位客人。

她开到了山顶，陶醉在挣脱枷锁、获得自由、得到力量的美好憧憬之中——这时，狂怒的风暴来临了，雨水笼罩了汽车，模糊了皇宫的光线，雨滴拍打在汽车的外壳和车窗上发出噼噼啪啪的声响。汽车没有头灯，窗外的世界也一片模糊。

欣黛一脚踩住了刹车。

没有反应。

欣黛心里一阵慌乱，她拼命地踩住僵硬的刹车。一片阴影在风雨中闪过，欣黛尖叫着，捂住了脸。

汽车砰的一声撞在了一棵樱花树上，剧烈地摇动着欣黛的身体，车身的金属板在她四周吱嘎作响，发动机突突响了几声，然后就熄了火，安全带勒得她的身体火辣辣的。

欣黛浑身颤抖，眼巴巴地看着大滴的雨点砸在挡风玻璃上。湿漉漉的紫褐色的树叶也从树枝上摇落一地，粘在草地上。当她的肾上腺素快速分泌时，她提醒自己要慢慢呼吸。她的控制面板为她提供了建议：慢速地、舒缓地呼吸。但是安全带勒得她喘不过气来，呼吸也不顺畅。她用颤抖的手，摸到搭扣，把安全带解开，这才逐渐缓过劲来。

破旧的车窗上呈现了一道裂缝，雨水滴落在她的肩膀上。

欣黛把头靠在车座靠枕上，不知自己是否还能走得动路。也许她应该等着雨停了，夏季的暴雨一般不会持续太久；过一会就转成蒙蒙细雨。

她拿起被雨水浸透了的手套，纳闷她究竟在等什么，她来舞会，不为展示骄傲，也不为争得体面。湿透了也许根本就是一件好事。

她憋足一口气，抓住门把手，用穿鞋的脚一脚把车门踹开，然后钻到雨里。凉凉的雨水打在皮肤上，令人精神焕发。接着，她把门砰地关上，转过身，把头发捋道脑后，检查车的损坏情况。

车头正面与树相撞的地方已经撞塌了，副驾驶一侧的外壳像手风琴一样瘪进去。她看着这一堆废铁，心里真不是滋味——她费了这么大力气修好的汽车，这么快就报废了。

并且——她过了一秒钟才反应过来——她逃跑的机会，也烟消云散。

她在雨中打了个冷战，把这些想法暂时抛到一边，车还可以再找，可当务之急是找到凯。

突然，打在她身上的雨点停了下来，随即她看到了头顶的雨伞，她转过身来。一位礼宾人员正手持一把伞，睁大眼睛看着撞坏的汽车。

“啊，你好。”她结结巴巴地说。

那个人把视线转向她，仍然不敢信心眼前发生的一切。他从头到脚打量着她，她的头发，她的裙子，之后，显出一脸的嫌恶。

欣黛把伞从他手里拽过来，灿烂地一笑，“谢谢。”她说完就快速穿过院子，走向两扇敞开着的皇宫大门，进门前把伞扔在台阶上。

身穿深红色制服的侍卫分列走廊两侧，引领步出电梯间的宾客来到设于皇宫南厅的舞厅，这么做，好像管弦乐和杯盘相击的声音还不够大似的。通向舞会大厅的路长而且无趣，欣黛不知道自己穿着走路时嘎吱嘎吱响的湿鞋通过走廊时，侍卫是否会拿一双死鱼眼睛一直盯着她看，反正她也不敢抬头看，只是一直盯着自己的脚丫子。

优雅些，优雅些，优雅些。

音乐声越来越大了，大厅里摆放着许多漂亮的人像雕塑——那些久已被人遗忘的男神和女神。这里还有许多隐蔽的摄像头和身份扫描仪。她突然想起她小腿的储存仓还放着牡丹的身份卡，她感觉怪怪的。她想象着探测仪发现她身上有两个身份卡时——这如果不是非法，至少也是可疑的——一定会警灯闪烁，警笛大作，但，这一切都没有发生。

来到走廊尽头，她来到一个高高的阶梯面前，走下阶梯就是舞会大厅。阶梯两旁分列着侍卫和仆人，和大厅的侍卫一样也面无表情。高高的天花板上垂挂着几百个深红色的纸灯笼，每盏都闪着熠熠的金光。舞厅尽头是一排落地窗，从这里可以俯瞰花园。雨水拍打着窗户，杂声错落，几乎淹没了管弦乐声。

舞池位于大厅中央，被许多圆桌包围着，桌上摆满了漂亮的兰花和玉雕。沿着舞厅的墙边摆放着许多折叠的丝质屏风，上面是手绘的仙鹤、乌龟和竹子图案，这些古雅的图案代表长寿，其寓意就是：皇帝万寿无疆。

从欣黛站立的地方，可以看到整个舞厅，舞厅的女人们穿着柔软的丝质长裙，佩戴着华丽的宝石首饰，鸵鸟毛裙边轻盈飘逸。欣黛在人群中找到了凯。

找到凯并不难——他正在跳舞。当凯挽着舞厅里最美丽、最优雅、最圣洁的女士——月族女王——翩翩起舞时，旁边的人们都为他们腾出了地方。看到眼前美丽的女王，欣黛也忍不住一时被迷住了。

但是，她随即清醒过来，暂时的迷惑转成了厌恶。当他们在大理石地板上翩跹起舞时，女王面带微笑，而凯的表情却如顽石一般冷峻。

趁女王没有看到她，欣黛从阶梯边退了回来。她观察了一下人群的反应，断定凯还没有发布消息，否则大厅的气氛不会如此欢悦。凯还好，仍是安全的。她现在所要做的就是找到一个私密的地方，设法跟他说上话，告诉他女王知道他正在寻找她的外甥女的事情，然后，就轮到凯去推迟接受女王的条件，直到——

不过，欣黛明白，除非女王决意发动蓄谋已久的战争，否则任何事情都不能够永久地推迟她提出这些条件。

但是也许，只是也许，在这一切发生之前，可以找到赛琳公主。

欣黛慢慢地吐了一口气，走到大门外，躲在离她最近的一个柱子后面。这只小脚确实让她步态不稳，她咬着牙，瞄了一下周围的人，发现那些侍卫和仆人就像水泥墙壁一样，毫无表情。

欣黛贴着柱子，理理头发，尽量让自己和周围的环境勉强合得上拍。

音乐停了下来，传来了一片掌声。

她大着胆子向舞厅看去，发现凯和拉维娜的舞已经跳完了——他生硬地鞠了一躬，而她脸上浮现出艺伎般的假笑。音乐再次响起，大厅的人们开始跳舞。

女王披着一头黑黑的卷发，朝舞厅另一侧的阶梯走去，周围的人恭敬地让出道路。欣黛的视线一直追随者她，然后她又去寻找凯，发现他正朝相反的方向走去。现在就是她最好的机会，只要她抬头看见她，只要他能来到她身边，她就能够把一切告诉他，然后趁着黑夜溜走，这样根本不会有人知道她曾经来过。

她两手攥住银色的舞裙，眼睛直直地盯着皇帝的脑袋，希望他能够抬头。*抬头啊，抬头啊。*

这时，凯似乎很困惑似的停了下来，欣黛心头一振，觉得自己成功了——她刚刚利用了月族人的天赋?

但很快她发现凯的身旁出现了一个金色的身影，一个带褶皱的衣袖摩挲着他的臂肘。她的呼吸停止了。

是珍珠，她正用指尖轻划着凯的臂肘。她容光焕发，行屈膝礼时，长长的眼睫毛忽闪着。

欣黛心里一沉，无力地靠在柱子上。

珍珠开始说话了，欣黛紧张地盯着凯，观察着他的表情，心怦怦地跳个不停。开始，他只是疲惫地微笑，但接着是困惑，吃惊，蹙眉。她试图猜测珍珠在说什么：*是的，我就是今天早晨在*

节日庆典时您见到的女孩，不，欣黛不来了，我们可不愿意让我丑陋的赛博格妹妹来参加这个重大的场合，否则也太不尊敬了。噢——您没看出她是个赛博格吗?

欣黛看到这里，感到不寒而栗，她的眼睛死盯着他们。珍珠会把一切告诉凯，而她也无可奈何，只能眼睁睁等着那一刻的到来，等着凯意识到他一直在和一个赛博格调情，并且再也不想和她有任何瓜葛，再也不会听她的任何解释，而她却不得不跟在他屁股后头解释她来这里的原因，忍受这一切的羞辱。

这时，旁边有人清了清嗓子，把欣黛吓了一跳，把她从不断加重的焦虑状态中拉了出来，还差点扭了脚腕。原来，一个侍者一动不动地站在那里，已经有些厌烦，此时正朝她这边看，脸上显露出厌恶之情。

“请原谅，”他一本正经地说，“我必须扫描一下你的身份卡。”

欣黛本能地把手腕缩回来，把手腕压在肚子上。“怎么了?”

他朝站立一旁的那排侍卫使了个眼色，随时准备把她押解出去。“当然是为了确认您是否在宾客名单上。”他说着，拿出了手持身份扫描仪。

欣黛紧张极了，身体更贴近了柱子。“可——我以为所有的市民都受到了邀请。”

“是的，没错。”那人笑了起来，似乎很高兴赶走眼前的这个女孩。“可是我么必须确认来参加舞会的是已经接受邀请的人，这是安保规定。”

欣黛紧张地看了一眼舞厅，凯仍然被珍珠缠着，而爱瑞就在不远处紧张地观望，似乎只要珍珠朝她开口，她就似乎随时准备加入他们的谈话。珍珠装出一副娇羞可爱的样子，头微微低下，一只手轻轻地放在胸前。

凯看上去一脸困惑。

而欣黛则起了一身鸡皮疙瘩。她转向侍者，装出像牡丹年一样天真可爱的样子。“当然。”说完，她伸出胳膊，连大气都不敢出。侍者扫描身份卡的时候，欣黛编出了一系列的理由，不停地解释——她的身份信息一定是和什么人的弄混了，也许是因为她的养母和姐姐没带她，已经先到了而把信息弄乱了，或者——

“啊！”那人眼睛盯着扫描仪的屏幕，喊了一声。

欣黛神经紧绷着，心里盘算着，是否趁其他侍卫不注意的时候，干脆给这个人的头上来一拳。

侍者又用似信非信的眼神上下打量了她一番，她的裙子，她的头发，然后看着屏幕。接着他脸上慢慢露出了微笑，尽量现出礼貌的样子，欣黛可以看得出他内心的挣扎。“噢，林妹，幸会，很高兴您能来参加今晚的舞会。”

她扬起眉毛。“您是？”

那人朝她恭敬地鞠了一躬。“请原谅我的冒昧，您能来参加舞会，陛下一定很高兴。请跟我来，我会通报您来了。”

她不解地眨眨眼睛，木然地跟着他来到阶梯旁。“通报我什么？”

他在自己的波特屏里输入了些什么，然后才扭过头来，又重新打量了她一番，似乎不相信自己将要做的事情，但脸上却始终挂着礼貌的微笑。“所有受到陛下个人邀请的宾客都要及时通报，以确认他们已经光临。当然，他们一般不会来得……这么晚。”

“等等。受到个人邀请的客人……呃。噢！不，不，您不必——”

这时，头顶隐蔽的喇叭发出了响亮的小号的录音，淹没了她的声音，她睁大眼睛，脖子一缩。短暂的曲调结束后，喇叭里传出了洪亮的声音，在整个大厅在回响。

“欢迎来到第一百二十六届东方联邦年度舞会，欢迎陛下的客人：来自新京的林欣黛女士。”

第三十四章　舞会

几百双眼睛一齐转向欣黛，大厅的温度顿时升高了。

如果是普通的客人，也许人们很快就把视线转向别处，不再关心来人是谁；但当大家发现这个陛下的客人竟然是一个湿湿的头发、穿着满是褶皱的银色裙子，并且裙边沾满泥点的女孩时，却个个都睁大了眼睛，把欣黛钉在了阶梯上，她不合适的双脚杵在地上一动不动，好似四周的水泥把她的脚凝固在了那里。

她看看凯，而凯看到眼前的她同样也很吃惊。

他已经在舞会全程等着她的到来，在个人邀请宾客的位置给她预留了座位。她可以想象得出，他这么做有多么后悔。

站在凯身边的珍珠，在吊灯的映照下，脸已经气得通红。欣黛看着她的姐姐，又看看爱瑞，看看她们含怒不语的脸，她提醒自己，深呼吸。

对她来说，一切都已经结束了。

几乎可以肯定，珍珠已经把她是赛博格的事情告诉了凯。

不久拉维娜女王也会看到她，知道她是月族人，她会拘押她，也许杀死她，她现在对这一切也只能听天由命了。

但是她还是冒着这一切风险，毅然决然地来了。

她不能白来。

她挺起胸膛，昂起下巴。

她双手提起裙裾，眼睛直视着凯，慢慢走下阶梯。

他的眼神里流露出柔和，甚至喜悦的光，似乎这个身着脏衣服的她正在进行一个名技师最完美的亮相。

当欣黛的鞋跟敲在大理石地面，发出有力的声响时，大厅里的人们开始窃窃私语，身着坠地长裙的女人向后退避开来，捂住嘴小声议论着什么，男人则伸长脖子想听到她们究竟在说什么。

甚至手拿托盘送糕点的侍者也停下脚步看着欣黛，食盘里散发出的大蒜和姜的味道让欣黛的肚子咕咕直叫，这时她才意识到已经饥肠辘辘了。先前忙着为逃跑做准备，几乎没有时间吃饭，加之无比的焦虑几乎让她晕了过去，但是她尽量不去理会这一切，尽量坚持着，但每走一步，她紧绷的肌肉就更加紧张，她脑袋里的动脉嘣嘣地跳着。

每一双眼睛都盯着她，眼神里充满嘲讽。每个人都在低头私语，大厅里暗流涌动。一些话传到了欣黛的耳朵里——私人宾客？可她是谁？她衣服粘了什么东西？——欣黛调整了听音界面，关掉了他们的声音。

在有生之年，她从来没有因为自己不会脸红如此高兴过。

凯的嘴唇在颤抖，尽管他看上去仍然一脸困惑，但却并没有生气或者厌恶。欣黛深吸了一口气。当她渐渐走近凯时，她真想抱紧双臂，好尽量盖住这一身脏兮兮、皱巴巴，被水打湿的衣服，但她没有这么做。这么做也没用，凯也不会在意她的衣服。

如果此时的他有什么渴望的话，也许就是渴望看清楚欣黛的身体里到底有多少金属和硅片。

尽管她的眼睛感到刺痛，尽管她心慌意乱，眼前不停地出现警示语和警示信号，但她还是高昂着头。

他喜欢她，这并不是她的错。

她是赛博格，这也不是她的错。

她不会道歉。

她把所有的注意力都放在自己的脚步上，坚实地，一步一步地走。人们给她让开了路，之后又在她身后围拢过来。

但还没走到皇帝面前，一个人推开众人，挡在了她的面前。面对着她养母愤怒的目光，欣黛不得不停下了脚步。

现实，在这无声的、静止的一刻跌回到欣黛面前，令她震惊，令她无奈。她已经忘记了爱瑞和珍珠就在身边。

虽然爱瑞的脸上抹了白色的粉底，但仍可以透过粉底看到她有斑点的脸憋得通红，得体的和服下的胸脯剧烈地起伏着。那些不知情而只知窃笑的人也不再笑了，引得后面看不见的人更加疑惑。虽然他们不知发生了什么，但无疑都感到了紧张的气氛正在大厅蔓延。

爱瑞伸出手，抓住欣黛的裙子，在手里摇晃着。“这你是从哪得到的？”她的声音压得很低，生怕引起更多人的注意。

欣黛拉长了脸，向后退了一步，把裙子从她养母的手里拽过来。“艾蔻留下来的，牡丹也希望我穿它。”

在她养母的身后，珍珠倒吸了口气，赶紧捂住了嘴。欣黛看了她一眼，发现她正大惊失色地看着她的脚。

欣黛打了个冷战，心想肯定是她的假腿被所有人都看到了，接着珍珠指着她的脚尖叫起来：“我的鞋！那是我的鞋！她穿着！”

爱瑞眯起眼睛，“你这个小偷。你怎敢到这里来侮辱家人。”她抓住欣黛的肩膀就往宽大的阶梯那里拖。“在把我们弄得没脸见人之前，我建议你还是马上回到家里。”

“不，”她说着，攥紧了拳头。“我和你们一样有权来这儿。”

“什么？就凭你？”爱瑞开始提高了嗓门，“你什么都不是，你只是一个——”爱瑞住了嘴，即使现在，她也不愿意提起这让她感到丢人的秘密。相反，她张开五指，举起手来。

周围的人吃惊地张大了嘴，而欣黛也心头一紧，但打人的手掌并没有落下来。

凯出现在爱瑞面前，一只手牢牢地抓住了这位养母的手腕。爱瑞怒气冲冲地转过脸来，但看到凯，便很快收敛起自己的怒气。

她缩回了手，结结巴巴地说：“陛下！”

“够了。”他说道，声音不大，但很坚定，然后放开了她的手。爱瑞低着头，瑟瑟缩缩地行了一个屈膝礼。

“对不起，陛下。我的感情——脾气——这女孩是……她突然闯进来，对不起……她是我的被监护人——她不应该来这儿……”

“她当然可以来。”他的语气并不严厉，他似乎认为仅凭他在场就可以消除爱瑞的敌意。他看着欣黛说道：“她是我邀请的客人。”

他越过满面惊异的众人的头顶，朝台上看去，那里的乐曲已经停了下来。“今晚既是为了庆祝，也是为了欢乐。”他大声说道，“请大家继续跳舞。”

乐队又开始演奏，开始乐声不大，但很快音乐便响彻舞厅——欣黛想不起来乐声什么时候停的，但她的听音系统对于周围的噪声仍处于关闭状态。

凯又把视线转向她，她呼吸急促，而且在颤抖——因为生气、害怕、紧张，也因为他的褐色眼睛让她产生的局促不安的感觉。她头脑一片空白，不知道是该感谢他、还是转身对着她的养母大喊，但他根本没有给她做这一切的机会。

凯拉起她的手，还没等她弄清楚是怎么回事，就把她从她的养母和姐姐身边拉走，揽入自己的怀中。

他们跳起舞来。

欣黛的心跳得厉害，她不敢直视他，只好越过他的肩头向远处看去。

他们是舞池里唯一在跳舞的一对。

凯一定也已经注意到了这一点，他松开她的手腕，朝那些在一旁呆看的人们挥了挥，用既是鼓励又是命令的口吻说道："请吧，你们是我的客人，请尽情享受音乐吧！"

那些站在附近的人们笨拙地朝自己的舞伴看看。很快，舞厅里就到处飘动着燕尾和裙裾。欣黛大着胆子朝爱瑞和珍珠站着的地方看了一眼——她们仍站在起舞的人群中间，呆呆地看着凯老练地带着欣黛越跳越远。

凯清清嗓子，低声说道："你不会跳舞，对吗？"

欣黛抬起眼来看着他，头还是晕乎乎的。"我是一个技师。"

他嘲弄她似的跳起眉毛。"相信我，这我已经注意到了。这副油腻腻的手套就是我给你的那副？"

她看了一眼他们交叉在一起的手指和白真丝手套上的黑乎乎

的油点，感到很不好意思。刚要开口道歉，身体却被轻轻地推开，在他的手臂下旋转起来。她吃了一惊，突然感觉自己像蝴蝶一样轻盈，却因为不合适的小脚差点绊倒，但接着又扑回到他的怀里。

凯咧开嘴笑了，慢慢和她拉开一臂远的距离，不再逗她了。“这么说，那就是你的养母。”

“法定监护人。”

“啊对，我说错了。她可真是个难得一见的人啊！”

欣黛不以为然地笑了笑。她的身体渐渐放松下来。因为她的脚没有知觉，感觉它就像焊在脚踝上的一块铁疙瘩，要用腿一直拖拽着，渐渐地腿感觉有些酸痛，但她坚持着，不让自己瘸拐，心里一直想着珍珠穿着舞裙和高跟鞋跳舞的优雅的样子，靠意念控制着自己的身体平衡。

还好，她的身体对舞步似乎还有记忆，渐渐地她感觉可以跳得比较自如了，似乎真的找到了跳舞的感觉。当然，凯的手轻揽在她的腰际，也起了作用。

“关于我的姐姐，”她说，“我想说声对不起。她们认为我让她们丢脸，您能相信吗？”她说话时，语气轻松，好似并不在意，但说完后却紧张地看着他的反应，随时等着他的反问。

问她是否真的是一个赛博格。

之后，他脸上的笑容消失了，她意识到这一刻就要来了，来得太快了。她多想把这话收回，多希望他们俩都装作这个秘密永远没有被揭开，他仍然不知道这一切，仍然希望她是他个人邀请的嘉宾。

“你为什么之前没有告诉我？”虽然周围充满笑声和鞋跟踩踏

地板的声音，他仍然把说话声压得很低。

欣黛想说些什么，但那些话却憋在嗓子眼里说不出来。她想反驳珍珠的说法，说她是骗子。可这么说又于她何益？只有更多的谎言，更多的背叛。她的金属手指抓紧了他的肩膀，这些该死的、僵硬的肢体啊！而他并没有回避，只是耐心地等着她的回答。

既然秘密已经揭开，她本该感到轻松释然了。可这也不是全部的事实，他仍然不知道她是月族人。

她又张开了嘴，却不知该如何开口，直到最后她弱弱地说道："我不知道该怎么说。"

凯的眼神变得柔和起来，眼角露出了细小的皱纹。

"我会理解你的。"他说。

不知不觉中，他靠得更近了，她的胳膊也更亲近自然地搭在他的肩上，这让她感到不可思议。而他也并没有后退，没有颤抖或紧张。

他已经知道了，可他没有厌恶？还能自然地触摸她？也许，让人料想不到的是，他甚至，说不定，还喜欢她？

果然如此的话，她觉得自己一定会感动得流泪的。

她试探性地弯曲手指，触到了他颈后的头发，而她感觉自己在颤抖，心理准备着他随时把她推开，但他却没有推开她，也没有后退，也没有厌恶的表情。

他的嘴唇张开了，只是微微地，欣黛在想，也许呼吸急促的不只是她。

"只是，"她舔舔嘴唇，开口说话，"这是一件我不愿提起的事情。我没有告诉……任何……"

“不了解她的人？”

欣黛后面的话说不下去了。她？

欣黛感觉手指有些僵硬，便把手从他的头发里拿开，把手搭在他的肩上。

他刚才盯着她看的灼灼的目光此时转成了同情。“你以前什么都没说，我可以理解。可我现在觉得自己很自私。”他一脸的愧疚，“我知道，当你一开始告诉我她病了的时候，我就应该猜出来了，可是在加冕典礼、女王访问、舞会这一系列事情之后，我就给……忘了，我知道我是这世上最可恶的人，我应该意识到你妹妹已经……还有你为什么不回复我的信息，现在这一切都明白了。”他把她拉得更近些，直到她几乎可以把头放在他的肩上，但她并没有这么做。她的身体又僵了，舞步也忘了。“我只是希望你当时就告诉了我。”

她的视线越过他的肩头，茫然地看着远处。“我知道，”她低声说道，“我应该告诉你。”

她感觉自己身体里的人造器官正在挤压到一起，把她的内脏挤破。

看来凯并不知情。

本以为他知情后已经接受了她的一切，刚要感到释然；而现在又得继续保密，这比一开始就向他撒谎更让她难以忍受。

“凯，”她说，暂时把自己从痛苦的思绪中摆脱出来。她又和他拉开一臂远，保持着陌生人的距离——或者一个技师和她的皇帝之间的距离。凯第一次跳错了舞步，眼睛吃惊地眨动着。她感到对不起他，但现在也顾不上了。

“我来是为了告诉你一件事情，这很重要。”她向周围扫了一眼，确定没人能听到他们的话。尽管有几个人向她投来妒忌的目光，但他们离得不够近，没人能在音乐声中听到他们的谈话，而月族女王此时也不知在哪里。“听着，你不能和拉维娜女王结婚，无论她提出什么要求，无论她怎样威胁你。”

凯一听到女王的名字，马上变得很激动。“你是什么意思？”

“她想要的不仅仅是东方联邦，她要对地球发动战争，当上皇后只是她计划的第一步。”

这次轮到他四下打量了。他脸上的表情先是惊慌，继而是冷峻，欣黛在近处，可以很清楚地看到他眼中的焦虑。

“还有，她确实知道南希的存在……知道南希发现了什么，也知道你正在寻找赛琳公主，她已经拿到了你发现的情报，正在搜寻公主的下落，并且她已经派人去找她了……假定她仍然没有找到的话。”

凯睁大了眼睛，看着她。

“而你知道，”她接着说，没有给他插话的机会，“因为你在寻找公主，她是不会原谅你的。”她喘了口气，接着说，“凯，你一旦和她结婚，而她得到她想要的……就会杀了你。”

他的脸变得很苍白。“你是怎么知道这一切的？？”

她深吸了一口气。一下子倒出这么多情报，让她感觉很疲倦，似乎她积攒的所有的力气，就是为了这一刻。“是通过南希体内的直连芯片发现的。有一个女孩，一个程序员……呣，太复杂了。”她犹豫了一下，考虑着是否趁着有机会赶紧把芯片给了凯。也许他从那个女孩那里能得到更多的情报，只是她匆匆忙忙来参加舞会，把芯片藏在了小腿肚里。她的心一沉，现在去拿，无疑是在凯和周围所有人的面前展示自己的假肢。

她鼓起勇气，准备把这烦恼抛诸脑后。难道给自己留足面子就那么重要？

“有没有什么地方，可以避开众人的耳目？我把一切告诉你。”她问道。

他四下望了一下。刚才跳舞时已经转了一大圈，现在正站在通往皇家花园的大门前。不远的地方，一棵柳树在暴雨中垂下了脑袋，小池塘的水几乎满溢了出来，暴雨仍在哗哗地下着，几乎淹没了管弦乐声。

“花园？”他说，但他还没挪步子，一个身影出现了他们面前。欣黛抬头一看，是一个皇室官员，他看上去很不高兴，嘴唇绷得紧紧的，以至于嘴唇都有些发白。他没有理会欣黛。

他拉长着脸说：“陛下，时间到了。”

第三十五章　阻止联姻

欣黛抬头看着这个人，她体内的网络信息告诉他这人名叫孔托林，是皇家顾问。“时间？”她问道，同时转向凯。“什么时间？”

凯看着她，既歉疚，又害怕，她的内心翻搅着。

是决定东方联邦命运的时间。

“不，”她表示反对，“凯，你不能——”

“陛下，”孔托林说道，他仍无意理睬欣黛。“我已经给了您足够自由支配的时间，而现在该结束了，你在给自己制造难堪。”

凯垂下了眼皮，接着闭上了眼睛。他揉搓着眉头。“就几分钟，我需要思考一下。”

“我们没有几分钟了，已经超过了时间，而且再次——”

“出现了新的情况。”凯用严厉的语气说道。孔托林脸色阴沉，向欣黛投来怀疑的一瞥。这不满的眼神让欣黛不寒而栗——这不满明显是针对她的，并非因为她是一个赛博格，而是因为她是一个不配得到皇帝的青睐的正常女孩，这在她还是头一次。

也是第一次，她无法表示反对。

就算是她的想法已经显露在脸上，这位顾问也并没有理睬。

“陛下。请恕我直言，您已不再是害相思病的青春期少年，您需要履行一个君王对臣民负有的职责。”

凯放下了手，直视着孔托林，眼神中充满迷茫。“我知道，”他说，“我会做一切对他们最有利的事情。”

欣黛两手抓起裙摆，心中充满希望，她觉得他已经领会了她的警告，明白了如果同意与拉维娜结婚就会酿成大错。她觉得她成功了。

但当他再次转过身来面对她时，她在他的眉宇间看到了深深的绝望与无助，顿时觉得一切的希望都破灭了。

“欣黛，谢谢你的提醒，至少，我不会盲目行事。”

她摇着头。“凯，你不能。”

“我已经没有了选择，她拥有可以摧毁我们的军队，而我们也需要抗生素……我必须要冒这个险。”

虽然之前他一直保护着欣黛，但此时他的话像给了欣黛当头一棒，令她头晕目眩。他会和拉维娜结婚的。

拉维娜女王会成为皇后。

“对不起，欣黛。”

他看上去完全被摧垮了，正如欣黛所感受到的那样，欣黛觉得身体沉重，动弹不得，而凯却鼓起勇气，转过身去，昂首挺胸地走到舞厅尽头的台上，他要在这里宣布他的决定。

她在自己的脑子里搜寻着所有能够说服他的话。但是她还能说什么呢？

他知道拉维娜仍然会发动战争。他知道拉维娜在婚礼过后可能会杀死他。也许他比欣黛知道更多拉维娜所做过的残酷、邪恶的事情。但这一切都不会带来任何改变，也许，他仍然天真地认为两国联合会利大于弊。因此他不会阻止这一事件的发生。

能阻止联姻的另一个人只有女王本人。

欣黛下了狠心。

她没有多加思索，大步走到凯的身边，抓住他的胳膊，拉他转过身来，面对着她。

没有丝毫犹豫，欣黛环住他的脖子，上去吻了他。

凯站住不动了，紧贴着她的身体像机器人一样僵硬，但他的嘴唇却是温暖柔软的。欣黛本打算轻吻一下，但触碰到凯的嘴唇却依依不舍。这时，灼热和刺痛如同电流般穿过她的身体，让她感到吃惊、害怕，但却很快乐，这次，她没有晕厥过去；这次，也没有由内而外剧烈的灼烧感。

她的绝望感消失了，在那短暂的一瞬，所有无关的理由都消失了，她沉醉在这深情的吻中，她要让他知道她渴望这个吻。

而凯并无意吻她，直到这时，她才意识到多么渴望凯回吻她。

欣黛强迫自己停下来，手仍搭在他的肩上，由于刚才突然爆发的激情而颤抖着。

凯张口结舌地看着她，欣黛的第一反应是应该退后，然后大方地道声歉，但，她把到嘴边的话咽了回去。

“也许，”她说道，在大声说话以便让所有人都能听到她之前，先试试自己的声音。“也许女王一旦发现你已经爱上了我，她是不会接受你的求婚的！”

凯的眉毛挑得高高的。“什么——？”

站在一旁的顾问倒吸了一口气，人群也纷纷议论起来。欣黛意识到音乐声又停了，因为乐手们也站起来，想看看究竟发生了什么。

一阵短暂而神经质的笑声打破了这尴尬的场面。这笑声，尽管有着孩子似的甜腻和欢快，却让欣黛感到后背发凉。

欣黛把手从凯的肩上拿开，慢慢转过身来。人群像一群提线木偶似的齐齐地也循着笑声看去。

那是拉维娜女王。

她正靠在一个通向花园的大门边的柱子上，一手拿着金色高脚杯，另一只手的手指按在笑意盈盈的红唇上。她的身材非常完美，她的身姿，如果说是用铸造石柱的材料雕出来的也不为过。她身穿品蓝色的长裙，上面镶嵌着闪闪发光的宝石，这宝石很可能是钻石，但看上去却像在夏日无边的夜空中闪烁的星星。

欣黛的眼角又有橘色的警示灯闪烁。女王的魅力，这是永无止境的谎言。

在女王前面，一个月族侍卫站在门里面，鲜红的头发在头顶竖起，活像蜡烛的火焰，身着皇家巫师制服的一男一女也站在一旁，等候他们的女主人下命令。他们每个人都极为漂亮，但与女王不同的是，他们的漂亮不像是虚幻的。欣黛纳闷这是不是侍奉女王左右的要求——也许，她自己碰巧是星际中唯一一个没有明亮的眼睛和无瑕的皮肤的月族人。

"太天真，太可爱了，"女王说完，又咯咯地笑起来，"你一定是误解了我们的文化。在月球，我们认为一夫一妻制不过是过时的感伤癖。我不在乎我的未婚夫是否爱上别的……"——她停了下来，黑眼睛扫过欣黛的裙子——"女人？"

女王的眼睛似乎要刺穿了欣黛，让她感到极为恐惧。女王知道她是月族，她看得出来。

“我真正在乎的是，”女王继续说道，如催眠曲般的甜美声音在说出下面的话时变成了尖利的刀锋，“我的未婚夫竟然爱上一个无用的甲壳人。我说错了吗？”

旁边的巫师赞同地点点头，他们的眼睛死盯着欣黛。“她身上有那么股子味道。”其中一个女人说道。

欣黛拧拧鼻子。据厄兰医生的说法，她不是真正的甲壳人，她在想那个女人也许是为了讽刺和侮辱她才这么说的。也许她身上带有汽油味。

突然，欣黛的网络认出了这个女人，欣黛一时间忘记了对她的侮辱。她就是频繁出现在新闻中的外交使节，在新京已经待了几个星期，而以前她从未对她多加注意。

希碧尔·米拉，月族女王的首席巫师。

女主人希碧尔，那个女孩通过直连芯片曾提起过她。她就是那个强迫她做间谍，并在南希体内安装芯片的女人。

欣黛尽量放松下来，她血管里的肾上腺素如此之高，而她的控制面板却没有短路，这让她感到吃惊。这是她永远不愿意舍弃的东西，不会用它去换武器或者自卫的螺丝刀，如果说有什么是她可以舍弃的，那就只有那无用的脚和轻薄的真丝手套。

凯离开欣黛，大步走到女王面前，说道：“陛下，很抱歉打断了舞会进程。”欣黛调整了声音界面，才听到下面的话，“我们没必要在客人面前闹出什么乱子。”

女王黑色的眼睛在舞厅柔和的灯光下显得很明亮。“看来没有我的帮助，你完全有能力闹出一些乱子。”她由微笑转为娇嗔，“噢，亲爱的，你这么反复无常，还真让我有点伤心呢。我一直以为我才是今晚你的特邀嘉宾呢。”她的眼睛又朝欣黛溜了一眼。“你不会认为她比我还漂亮吧。”她伸出手，用指甲在凯的下巴上轻轻划过。“亲爱的，你脸红了？”

凯把拉维娜的手推开，但他还没开口，拉维娜就转向欣黛，脸上满是厌恶。“孩子，你叫什么名字？”

欣黛平复了一下自己的情绪，从嘴里挤出几个字，“欣黛。”

“欣黛。”她高傲地笑了起来，“多么应景。炭渣，土灰，脏东西。”

“够了——”凯说道，但拉维娜还是从他身边走过去，亮闪闪的裙子在臀部摆动着。她举起酒杯，好像要为这次愉快的舞会而对王子表示敬意。

“告诉我，欣黛，你是从哪个可怜的地球小孩那里偷来的这个名字？”她说道。

欣黛隔着丝手套抓住藏着身份卡的手腕，抓得早先的伤口有点疼痛。她的心情无比沉重。

女王用鼻子哼了一声。“你这个甲壳人，”她提高了嗓门，好让所有人听到，“你们以为自己很聪明，所以从死掉的地球人那里偷来身份卡，这样就能混入政府的身份系统，就可以成为人类，可以无忧无虑地在这里生活。你们都是傻瓜。”

欣黛恨得咬牙切齿。她想解释说，她没有其他的记忆，只记得自己是地球人——只记得自己是个赛博格。但她又能够向谁申诉？当然不是女王。而凯……凯正看看她，又看看女王，试图把拉维娜谜一样的话串联起来。

女王又转身对着凯，说："不仅窝藏月族人，还和他们翩翩起舞。我对你很失望，陛下。"她啧着舌头，"这个女孩生活在你的国界内，这就充分证明你违反了星际协约。凯铎皇帝，我认为对协约的公然违抗是一件很严重的事件，事实上，这是在挑起战争。我坚持要立刻拘押这个叛贼，并立刻遣返月球。杰森？"

第二个月族侍卫从人群中走过来，他和其他人一样英俊，长着长长的金发和严肃的浅蓝色眼睛。欣黛呼吸急促，边喊边向周围的人投去疯狂的求救的眼神。

"别动！"凯冲向欣黛，抓住她的臂弯，把她拉近自己，却把她拉了个趔趄，但是侍卫仍不肯松开手。

侍卫又去拽欣黛，因为她戴着丝质手套，很滑，因此被从凯的手里拉了出来。月族侍卫把她抓得紧紧的，紧贴着他的胸脯。这时她听到脑子里有轻微的、像头发上的静电发出的嗡嗡声。

魔力，她意识到了，是他体内的生物电在发出声音。是因为离得近才听到的声音，抑或是她自己的天赋要苏醒的征兆？

"放了她！"凯向女王请求，"这太荒唐了，她不是逃犯——她甚至不是月族人，她只是一个技师！"

拉维娜挑起一根弯眉，明亮的眼睛越过凯盯着欣黛，眼神里透出的既有美丽也有冷酷。

欣黛的脊椎开始感觉发热，慢慢地、慢慢地越来越烫，她害怕那股电流袭来，害怕被疼痛击倒，那样她就会完全失去知觉。

"呃，欣黛？"拉维娜摇着手里白色的葡萄酒说道，"看来你对你的陛下隐藏了一些秘密，你要否认我说的话吗？"

凯转向欣黛。尽管欣黛不敢抬眼看他，但她可以感受到凯很绝望。她的眼睛直视着女王，仇恨的怒火在胸中燃烧。

她很庆幸自己不会流泪，因而此刻不会在众人面前丢脸；不会脸红因而此刻不会显露出内心的愤恨；她很庆幸一直憎恶的赛博格躯体能够在此刻奋起捍卫她最后的尊严。她直视着拉维娜女王。

“如果我没有被带到地球，就会成为你统治下的奴隶，我不会为自己逃跑而道歉。”她说道。

当她道出无可辩驳的事实时，她用眼角的余光看到凯吃惊地睁大了眼睛，脸上露出失望的表情。他一直在追求一个月族人。

这时，从惊惧的人群中传来一声惨叫，人们发出惊呼，砰的一声，爱瑞晕倒在地。

欣黛先是吃了一惊，接着挺直了身子。

“我不需要你道歉，”拉维娜奸笑一声，“我只想把你生活中所做的错事快速坚决地纠正过来。”

“你想看到我死。”

“她真够聪明的，是的，没错，不仅你，还有所有和你一样的人，你们甲壳人是对社会的危害，是对我们的理想和文化的威胁。”

“就因为你不能像对其他人一样对我们洗脑，好让我们崇拜你吗？”

女王的脸一下子绷紧了，就像灰泥贴在了脸上。她无言以对，大厅里顿时寒意逼人，只有她身后的暴风骤雨击打着窗棂。

“这不仅仅是为了我的臣民，也是为了所有的地球人。你们甲壳人是瘟疫。”她停了下来，眼神又重新变得轻松愉快起来，好似要笑出来了。“看来确实如此。”

“我的女王所说的，”那个黑头发的女人说道，“是你们所谓的蓝热病，它给你们的公民带来了无尽的灾难。当然，也给皇室家族带来灾难……愿雷肯皇帝安——”

“这和其他事情扯得上什么关系？”凯说道。

那女人把手伸进她乳白色长袍的喇叭形衣袖里，说道：“难道你们优秀的科学家们还没有得出结论？许多没有天赋的月族人是蓝热病的携带者，是他们把病菌带到了地球，他们会继续传播细菌，似乎根本不考虑有多少人为此丧命。”

欣黛使劲摇着头。“不，”她说。这时，凯转向她，并下意识地向后退了一步。她更加用力地摇着头。“他们根本不知道自己在做什么。他们怎么可能知道？而且，当然，科学家已经得出结论，但他们除了尽快去找到药物，又能做什么呢？”

女王大笑起来。“你用无知来为自己辩护？真是陈词滥调，你必须看清事实，事实就是你应该死掉，如果你早死了，对所有的人都有好处。”

“可根据记录，”欣黛提高了嗓门，说道，“我不是甲壳人。”

女王又得意地笑起来，并不相信她说的话。

“够了，我不在乎她在哪里出生，欣黛是东方联邦的公民，我不会逮捕她的。”凯说道。

拉维娜并不看凯，而是直视着欣黛。“窝藏逃犯就是战争的导火索，年轻的皇帝，这一点你很清楚。”

欣黛的视网膜上出现了一堆乱码，她的视线模糊起来。她闭上眼睛，心里咒骂着，现在可不是大脑出问题的时候。

“但也许，我们可以找到折中的解决办法。”女王说道。

欣黛睁开眼睛，眼前的暗影仍然还在，但是乱码已经消失了。她睁开眼时正好看到女王脸上露出的奸邪冷酷的笑。

“看来，这个女孩认为你爱她，现在就给你证明的机会。”她卖弄风情地忽闪着眼睫毛。“那么告诉我，陛下，你准备为她进行交易吗？”

第三十六章　枪声

“交易，换她的命？”凯说道。

“欢迎来到真正的政治世界。”拉维娜饮了一口杯中的酒。尽管她的嘴唇鲜红如血，杯上却没留下丝毫痕迹。

“此时此地不适合进行此类讨论。”他几乎喊了出来。

“是吗？在我看来这项讨论和这里的每个人都有关系。不管怎么说，你要的是和平、你的臣民的安全，这都是高尚的目标。”她的目光又转向欣黛。“你也很想救这个倒霉的生物，那就这么做吧。”

欣黛的心怦怦跳着，当她把目光转向凯时，她眼前的影像在抖动。

“那么你想怎样？”

“我想做皇后。”

欣黛扭动身体，想从卫兵的手中挣脱出来。“凯，不，你不能这么做。”

凯转向欣黛，表情激动。

“这不会有什么区别的，你知道这没用。”欣黛说道。

“让她闭嘴。”拉维娜命令道。

卫兵随即用手捂住欣黛的嘴，并紧紧拽住了她，但她仍用眼神来祈求凯。不要这么做，这么做不值得，你知道的。

凯走到门口，面对门外的狂怒的风暴，他的肩膀在颤抖。然后转过身来，看着面前的舞厅，看着这些身着华服、穿金戴银的人们，看着四周一张张恐惧、困惑的面庞。

这是年度舞会的现场，第一百二十六届庆祝世界和平的聚会。

他慢慢地呼出一口气，振了振肩膀。“我认为我已经很明白地做出了决定，就在数小时前，我告知国人我会不惜一切来保证他们的安全，不惜一切。”他张开双手，向女王做出恳请的姿态，“我很清楚你们的力量比所有地球王国的力量相加还要大，我也无意发起挑衅。我知道，我对你们的文化和人民所知不多，也不会对你统治他们的方式加以谴责。但我深信你凡事会以本国臣民的利益为重。”他看着欣黛，身体僵硬起来。“但这不是我治理东方联邦的方式。我们要和平，但不能以自由为代价。我不能——不能和你结婚。”

大厅里的空气都凝滞了，人们在低声议论着什么。欣黛的心放了下来，但当她与凯那充满忧虑和痛苦的眼神相遇时，她的心又再次收紧了。他用嘴型告诉她三个字，“对不起。”

她希望自己可以开口告诉他没关系的，她可以理解，这是她一开始就希望他做出的决定，任何事情都不能改变这一点。

不值得为她而挑起战争。

拉维娜双唇紧闭，她虽然外表平静，但内心掩藏的却是愤恨和泪水。欣黛的视网膜扫描仪在眼角疯狂地闪烁，显示出一系列的数字和信息，但欣黛都不予理睬，就像对待一群讨厌的小飞虫。

“你已经做出决定了？”

“是的，”凯说，“那个女孩——逃犯会待在监狱里，直到你离开。”他昂起下巴，似乎要进一步确认自己的决定，“陛下，我不是有意冒犯，但我真诚地希望我们能够在双方都可接受的条件下就结盟的问题达成一致。”

“我们不可能达成一致。”拉维娜说道。她手里的酒杯颤抖着，把透明的汁液洒到了坚硬的地板上。这时从人群中传来一阵尖叫，人们赶紧让开，欣黛也吓了一跳，但月族侍卫对此却无动于衷。“我对你父亲已经提出了很明确的要求，这你也很清楚，现在你来否认这一切真是愚蠢。”她把细长的酒杯往柱子上扔去，葡萄酒从她的指尖滴落。“你要坚决拒绝我的要求吗？”

“陛下——”

“回答问题。”

这时欣黛的视网膜扫描仪亮起来，仿佛有一个聚光灯打在了女王的身上。她呼吸急促，膝盖瘫软，瘫倒在侍卫身旁，后者立刻又把她扶起来。

她赶紧闭上了眼睛，很清楚自己此时头脑混乱，过了一会，又睁开了眼睛。视网膜上的图形的线条重新聚合，精确地显示出女王脸部的轮廓，相对应地显示出眼睛的位置、鼻子的长度、眉毛的宽度。一个完美的图形覆盖在这个完美的女人脸上——然而，二者并不吻合。

欣黛仍呆呆地看着女王，试图弄明白扫描仪所显示的这些线条和角度是怎么回事，这时她才意识到争论已经停止了。因为她突然瘫倒，所以大家都把注意力转移到她身上。

“天呐，”她咕哝着。她的扫描仪看到了真相，它并没有受到月族魔力的影响，可以检测出女王真正的脸部线条，以及她的缺陷、她的瑕疵。“确实是幻象，你并不漂亮。”

女王的脸唰地一下变得毫无血色，世界似乎在欣黛注视的图像周围凝固了，这些小小的点和线揭露了女王最大的秘密。此时，欣黛仍能看到女王的幻象，高高的颧骨、丰满的嘴唇，但这幻象却掩藏在真实的图像背后。她盯着看的时间越长，显示器中出现的数据就越多，并渐渐勾勒出女王的真面目。

她太过沉浸在慢慢显示的图像当中，以至于没有注意到女王已经将长长的手指指向了她。直到一股电流在空气中穿过，欣黛才把注意力从图像上转开。

女王挥挥手指，侍卫后退一步，放开了欣黛。

欣黛强挣着瘫软的腿站起来，差点栽倒在地上——几乎同时，她的手向后伸去，似乎是在自我意志的控制下，从侍卫的枪套里拔出了手枪。

当她出乎意料地把沉重的手枪握在手里的时候，整个人都僵住了。

她的手指扣住了扳机，好似扳机是她手指延长的一部分，枪拿在她的手里是那么舒服自然。但不应该这样啊，她以前可从未拿过手枪。

她的心狂跳着。

欣黛举起了手枪，把枪口对准了自己的太阳穴。她颤抖着发出喊叫，一缕头发垂到她张开的嘴里，她的眼珠突然转向左侧，既看不见手枪也看不见拿着枪的不听使唤的手。她怔怔地看着女王、看着大家、看着凯。

她整个身体的其他部位都在颤抖，但持枪的手臂却是稳稳的，把枪口对准了她。

“不，别碰她！”凯冲到她身边，抓住她的胳膊，试图把枪甩掉，但她却把枪抓得稳稳的，如磐石般稳固。“别碰她！”

“凯——凯，”她结巴着，恐惧攫住了她。她强使自己扔掉枪，强使自己的手指松开扳机，但根本没用。她闭上了眼睛，头上的血管嘣嘣地跳着。肾上腺素水平上升。葡萄糖上升。心率加快。血压上升。警告，警告……

她的手指不听使唤地抽搐，接着，又变僵硬了。

她想象着枪声会是怎样的，想象着看到了鲜血，想象着她的大脑停止了运转，然后一切感觉消失。检测到被生物电控制。启动阻抗程序，3……2……

她的手指慢慢地、慢慢地扣动了扳机。

突然她的脊椎灼烧起来，继而蔓延到她的神经系统和电子线路，接着传导到她的金属肢体。

欣黛大叫一声，用尽全身的力气把枪从自己的脑袋边移开，她的胳膊旋即伸直了，枪口朝向天花板。她不再跟枪较力了，接着扣动了扳机。一盏吊灯在她的头顶开了花，玻璃和水晶碎片伴随着火花散落一地。

人群尖叫着，朝门口涌去。

欣黛弯着身子，瘫倒在地，手枪贴在肚子上。疼痛穿透了她的身体，让她眼冒金星，头疼欲裂，仿佛整个的身体都在排斥机器人部件——爆炸、火花、烟雾，一个个都要撕裂她的肌肤。

在一片混乱中，她听到了耳边凯的声音，意识到疼痛正在减轻。现在任何触碰都让她感到火烧火燎，仿佛被扔进了窑炉。但是疼痛和灼烧正在转向体外，转向皮肤和指尖，而不是在体内燃烧。她睁开了眼睛，眼前出现了白点，显示器红色预警仍在闪动，诊断系统在她眼角显示出数据，她体温过高、心率过快、血压过高。一些外来物质进入她的血液，自身不能去除。她的系统出了问题，自身程序在向她示警：你病了，你生病了，你正在死亡。

但她并不感觉自己就要死了。

她的身体如此灼热，她很惊异自己又轻又薄的裙子怎么没有烧着。大滴的汗珠从额头上冒出来。她感觉自己成了另外一个人，一个坚强而有力的人。

一个燃烧的人。

她颤抖着，跪在地上，看着自己的手。左手的手套就要熔化了，变成了白而热的金属手上一片片黏黏的柔滑的碎片。她可以看到吱吱作响的电流穿过钢制表面，但她不知道是这是人类的肉眼还是机器的眼睛看到的。或者，根本不是人类的眼睛，也不是机器的眼睛。

而是月族的眼睛。

她抬起了头。周围的世界笼罩在一片冰冷、灰蒙蒙的迷雾当中，仿佛一切都凝住了——只有她除外。她的身体逐渐凉了下来，皮肤惨白，金属肢体麻木。她傻乎乎地想把自己的金属手掩盖起来，生怕凯看见，但除非他瞎了，他怎么可能没看见呢？

她又把目光转向女王，当她与女王的目光相遇时，拉维娜似乎停止了愤怒，倒吸一口冷气，吃惊地后退一步，一瞬间，她看上去有些恐惧。

“这不可能。”她低声说道。

欣黛使劲全身的力气站了起来，把枪对准女王，她扣响了扳机。

红头发的侍卫正好站在旁边，子弹打中了他的肩膀。

拉维娜一动不动地站在那里，没有丝毫的恐惧。

血从侍卫的盔甲上流下来，欣黛这才反应过来。

她扔掉枪，撒腿就跑。从慌乱的人群中穿过去是不可能的，于是她就朝离她最近的、通往花园的大门边跑。她从侍卫、女王和她的随从身边跑过，碎玻璃在她偷来的鞋子低下嘎嘎作响。

石露台上，她空洞的脚步声在嗒嗒作响，泥点溅到腿上，周围是新鲜、凉爽的空气，此时，大雨已经转成了毛毛细雨。

台阶就在她的面前，共十二级，下面就是禅意浓厚的花园，接着是高墙和大门，门外就是城市——她可以逃跑。

跑到第五级台阶时，她听到螺栓啪的一声响，电线就像过于绷紧的筋腱，一下子断了，她马上觉得脚踝没了力气，随即向大脑发出了警示信号。

她惊叫一声，滚下了台阶，并下意识地用左手去支撑失衡的身体。剧烈的疼痛从她的肩头扩散到脊椎。当她滚落到沙石地面时，金属与石头相碰发出噼里啪啦的声响。

她侧身躺在地上，刚才支撑到地面的那只手的手套上磨出了大洞，右胳膊肘流出的鲜血染红了乳白色的真丝手套。

她大口地吸着气，头突然觉得很沉重，干脆把头放在地上，小石子硌得她的头皮很疼。她头晕目眩，眯起眼来看着头顶的天空。雨已经停了，只有湿漉漉的雾气紧贴着欣黛的头发和睫毛，让她发烫的皮肤感觉到凉爽。一轮圆月穿透厚厚的云层，在云中慢慢蚀出一个圆洞，仿佛要吞掉整个天空。

舞厅的方向一阵骚动，欣黛把视线转向那里。刚才一直抓着她的侍卫跑到台阶前，突然停了下来，凯紧随其后，跑到前面，扶住栏杆，也猛地停了下来。

他已经亲眼清楚地看到了她——闪光的金属手指和金属腿末端冒着火花的电线。他脸色阴沉，有那么一瞬间，他似乎要吐了。

阶梯上传来杂沓的脚步声，身穿巫师制服的一男一女以及被她射中的侍卫出现在台阶上，那侍卫的伤口仍在流血，但他没有丝毫的恐惧。最后出现的是凯的顾问和女王本人。她又恢复了以往的美丽，但她的美丽却无法掩盖因愤怒而扭曲的脸。她两手抓着金光闪闪的裙裾，迈着重重的脚步朝欣黛的方向走来，但女巫师却指着皇宫的墙壁，轻轻拦住了她。

欣黛循着她手指的方向看去。

那里有一个监视器——从里面可以看到他们，看到欣黛，看到周围的一切。

欣黛身上最后的一点力气也耗光了，她感到疲惫、无助。

凯快速走下台阶，但好像突然踩到了一个受伤的动物似的停了下来。他弯下腰，捡起从丝绒鞋子里掉出来的生锈的机器人脚丫。他仔细看着这只脚，也许想起了这只脚就是他们在市场遇到欣黛时的那只脚。从此，他不会再多看她一眼。

拉维娜撇着嘴说道：“令人作呕。”她站在门口，不在监视器的范围内。与她往常的轻声细语不同，此时她说话是大声的、从牙缝里挤出来的。“让她死了都算便宜了她。”

“说到底，她并不是一个甲壳人，她是怎么掩藏起来的？”希碧尔·米拉说道。

拉维娜哼了一声，“这还有什么关系，她很快就会死了。杰森？”

金发侍卫走下台阶，朝欣黛走来。他的手里又握住了手枪，也就是欣黛扔掉的那把手枪。

“等等。”凯快速走下阶梯，来到欣黛面前。他似乎需要鼓起勇气才能够直视她，刚开始看她的眼神是躲闪的。欣黛猜不出他此时的想法，也许他的想法一直在变化，也许混杂着不信任、困惑和后悔。他的胸脯起伏着，欲言又止，最后，他轻声说道：“这一切都是幻象吗？”

这些话会永远留在欣黛的脑海里。她的胸口一阵刺痛，感觉无法呼吸了。“凯？”

“是我被迷惑了吗？被月族的巫蛊？”

她难过极了。“不。”她使劲摇着头。她怎样才能解释清楚自己并没有月族天赋？即使有，她也绝不会用在他身上？“我从来都不会撒谎——”

这话说不下去了。她撒过谎。他所知道的有关她的一切都是谎言。

“对不起。”她终于把话说完了，声音飘在空气中，显得空荡荡的。

凯扭过头去，无奈地看着花园，植物上的水珠在月下熠熠闪光。“看着你比看着她更痛苦。”

听了这话，欣黛心如刀绞，但她很快意识到自己的心脏就要停止跳动了。她用手抚摸着自己的脸，想最后再感受一下潮湿的丝手套的绵软柔滑。

这时，凯咬咬牙，转向女王，一只手里还攥着她的赛博格脚。欣黛从他身后望去，看到他仍穿着深红色的衬衣，领口上还绣着象征和平的斑鸠。

“她会被拘押起来，”他的话显得那么无力，“直到我们决定该如何处理。但如果你今晚杀了她，我发誓永不再和月族缔结任何盟约。”

女王脸色骤变。即使她同意了，欣黛最终还是会被移交给月球，一旦把她交到拉维娜手里，那她终难逃一死。

凯正在为她争取时间，但时间不会太长。

她不明白为什么他要这么做。

欣黛看到女王内心在做斗争，她知道女王可以在一瞬间同时杀死她和凯。

“她将由我们来拘押，”拉维娜最终做出了让步，“把她遣返月球，交由我们的法庭来审判。”

也就是说：她必须死。

“我理解你的意思是，作为交换，你不会对我们的国家和地球宣战。”凯说道。

拉维娜扬起头，用蔑视的眼神看着凯，“同意。我不会为这点小事而对地球宣战，但我会小心处理的，年轻的皇帝。今晚你确实挑战了我的耐心。”

凯舒了口气，低头看了欣黛一眼，退到一旁，给走下台阶的月族侍卫让开路。侍卫把肢体破碎的欣黛从沙石小路上拉起来。欣黛咬着牙站住了，看着凯。她多想在这最后的时刻用最后的一点力气告诉他，她是多么抱歉。

但当她被侍卫拖走时，凯并没有看她一眼，而只是盯着他手里的那只沾满泥土的钢脚，他攥着脚的手指由于过于用力而发白了。

第三十七章　赛琳公主

在散发着松脂味的白色牢房里，欣黛面朝上躺着，用手指轻敲着白色的地板，听着嗒嗒的声音。在涌入她脑海的所有的记忆中，有一个瞬间是永难忘怀的，它一遍又一遍地在她的眼前浮现。

那是在市场，在一个潮湿的天气里，张萨沙的面包房散发出香甜的面包卷的味道，在广场弥漫。那时这一切都还没有发生——牡丹还没有生病，拉维娜也没有来到地球，凯也没有邀请她去舞会。她只是一个技师，他则是一个浑身充满魅力的王子，而她假装对此无动于衷。一天，他来到那里，出现在只有一只脚的她的面前，欣黛见到他时心怦怦直跳，但尽力让自己平静下来。她几乎不敢抬眼看他，而他则脸上挂着微笑，向前俯身，迫使她不得不看他。

没错。

就是这一瞬间，就是这个微笑。

一遍遍，一遍遍的浮现在她的眼前。

欣黛叹了口气，变换了敲击地板的节奏。

网络上都是有关舞会的消息。她通过网络看到的短片正好 4.2

秒钟——她穿着肮脏的舞裙从台阶上摔下里——然后她关闭了网络。在这个短片上，她就像一个疯女人。很肯定，当拉维娜女王宣称要把她带回月球，对她进行“审判”时，即使是地球人也一定很高兴终于摆脱了她。

此时，她可以听到牢房外卫兵沉闷的脚步声。这里的一切都是白色的，包括她穿的漂洗得很白的棉囚服。她刚进牢房时被迫脱掉牡丹的破舞裙，摘掉已经撕破的白手套。他们没有给她关掉刺眼的白炽灯，这让她感到疲惫、不安。她开始怀疑，也许女王来提审她对她来说是个解脱，也许因此她还能安心地睡一会。

而从她进牢房起，只不过才过了十四小时，三十三分钟，十六秒。十七秒。十八秒。

大门哐地响了一声，把她吓了一跳。她眯起眼从牢房门上的小格窗向外看去，看到外面的大铁门边有一个男人的后脑勺。这里的士兵都不愿意正眼看她。

“有人来看你。”

她坐起身来，问道：“是皇上吗？”

卫兵轻蔑地说道：“哦，是的。”说完他的身影就从格窗外消失了。

“请麻烦你把门打开。”传来一个熟悉的声音，口音也很熟悉。“我必须跟她私下里谈一下。”

欣黛勉强用一只脚站起来，靠在光滑的墙上。

“她现在是一级监禁，我不能让你进去，你必须通过格窗跟她讲话。”卫兵说道。

“荒唐，难道我看上去像是一个危险人物吗？”

欣黛跳到格窗边。原来是厄兰医生，他手里拿着一个白色尼龙袋子，身上仍然穿着实验室穿的白大褂，鼻子上架着银边小眼镜，头上戴着毛线帽子。虽然他看卫兵时要仰着脖子，但他没有丝毫畏惧。

“我是皇家蓝热病研究小组的首席专家，这个女孩是我最重要的试验对象。在她离开地球前，我需要取她的血样。”厄兰医生说着，从袋子里拿出一个针管。士兵吓了一跳，赶快向后退去，同时把胳膊抱在胸前。

“先生，我有命令，你必须拿到皇帝的正式许可证，才可以进去。”

厄兰医生低下头，把针管放回袋子。“好吧，如果这是规定，我可以理解。”说完，他并没有转身离去，而是翻弄着袖口，他先是沉着脸，接着冲卫兵一笑。“喏，你瞧？”他说话时的声音让欣黛的脊椎有种奇怪的感觉从上而下地穿过，医生继续说着，声调就像催眠曲。“我已经从皇帝那里拿到了许可证。”他把手朝牢房大门一挥，“请把门打开。”

欣黛使劲眨眨眼，仿佛这样做可以把脑子里的一团乱麻理清楚。看上去，厄兰医生也想让人把他抓起来，但紧接着，卫兵一脸茫然地走过来，扫描了一下他的身份卡。大门打开了。

欣黛急忙向后闪身，退到了墙边。

“非常感谢，”医生说着，走进牢房里，仍然面对着卫兵。“我请求你让我们单独聊一下，就几分钟。”

卫兵没说什么就把门关上了，脚步声在过道里渐渐远去。

厄兰医生转过身来。当他明亮的蓝眼睛看到欣黛时吓了一跳，吃惊得张大了嘴，赶紧扭头闭上了眼睛。当他再次睁开眼睛时，脸上吃惊的表情已经缓和下来。“如果说以前曾有过怀疑的话，那么现在已经不存在了。你应该学习控制自己的魔力，这对你有好处。”

欣黛用手托住脸，“我现在什么都没做。”

医生清清嗓子，说道：“别担心，你会掌握一二的。”他环视了一下牢房，“你给自己惹的麻烦还挺大的，对吧？”

欣黛举起手，指着门说：“你得教会我这个。”

“林小姐，我很荣幸。这很简单，集中注意力，把你要控制的对象的意志转向你自己，然后清楚地表明你的目的。当然，都是内心活动啊！”

欣黛皱着眉头。这听上去一点也不简单。

医生向她挥挥手。“别担心，你会发现，当你需要它的时候，它自然就会出现，但是我们没时间细讲了。我必须快点，免得引起别人的怀疑。”

“我已经开始怀疑了。”

他并没有理睬她，而是仔细地上下打量着欣黛——白色无袖套衫，因为摔了跟头，金属手上布满划痕，各种颜色的电线从她的裤管里垂下来。

“你的脚没了。”

“是啊，我也注意到了。凯怎么样？”

“怎么？你难道不想问问我怎么样？”

“您看上去很好，说实话，比平时好。”她说道。这话说得没错——牢房的荧光灯让他看上去年轻了十岁。或者，是他对卫兵使用魔力后仍有些影响。“他究竟怎么样了？”

“他应该还很困惑，我想。”医生耸耸肩，“我相信他还是因为你的事而遭到了打击，他发现了你是谁，呣……要接受所有的事实可不是一时半会儿能做到的，这点我可以肯定。”

欣黛很郁闷地挠挠头。因为焦虑，她的头发被她攥在拳里十四个小时，现在早就打绺了。“拉维娜逼迫他做出选择，要么跟她结婚，要么把我交出去。否则，她会依据什么窝藏月族的罪名来挑起战争。”

“看来他做出了正确的选择。他会成为一个好皇帝的。”

“这不是问题的关键，拉维娜对他的决定所持的满意态度不会持续太久的。”

“当然不会。就算他选择和她结婚，她也不会让你活多久。她想让你死，比你想象的还要迫切。这就是为什么她必须确信凯已经尽其所能来拘禁你，而且一旦她回到月球，就会立刻把你移交——我想，这也很快。否则，事态的发展将会给他，也给东方联邦……带来严重后果。”

欣黛眯起眼看着他。“在我看来，他确实是尽其所能来拘押我。”

“说实话，”他旋转着手指说道，“这样就把事情搞复杂了，不是吗？”

“您有什么——？”

“我们干吗不坐下？你一只脚站着肯定不舒服。”说着，厄兰医生就坐在牢房唯一的帆布床上。欣黛顺势滑到墙根，坐在他对面的地上。

“你的手怎么样了？”

“很好，”她弯弯金属手指，“关节有点不好使了，但还没有变得更糟。噢，没关系——”她指指太阳穴，“头上没有洞，我仍然心存感激呢。”

“是的，我听说了女王是怎么整你的了，是你的赛博格系统救了你，难道不是吗？”

欣黛耸耸肩。“我猜是吧，我得到系统警告，说遭到生物电的控制，就在我……我以前从来没得到过这样的警告，即使在您身边也没有过。”

“这还是第一次你被一个月族人支配去做什么事情，而不仅仅是相信或感觉什么事情。而你的系统好像完全按照设计的初衷去发挥作用——这又是你的医生的另一个高明之举，也说不定是林嘉兰的原型起了作用。不管怎么说，尽管你上演的那出烟花秀，许多地球人并不喜欢，但拉维娜也一定大出所料。”

“我当时不知道怎么控制它，也不知道究竟发生了什么。”她弯起膝盖，支住下巴。“也许把我关在这是件好事，这件事发生以后，就算我在外面，也没有合适我呆的地儿。”她又指着白墙外的某个虚空的地方，“拉维娜把我从苦难中解脱出来，也是件好事。”

“她真要这么做吗，林小姐？那太可惜了。我还希望你能从我们的族人那里继承更多的进取精神呢！”

“对不起。好像在网络实况转播我丢掉脚的那刻起，我就丢掉了进取心。”

医生冲她拧拧鼻子。“你总担心这些没用的事情。”

“没用的事情？”

厄兰医生又得意地笑起来。“你知道吗，我来这里是有重要原因的，这半天我们还没说正事呢。”

“是的。”欣黛边咕哝着，边挽起袖子，把胳膊伸给他。“想抽多少血就抽多少血，反正我也不需要了。”

厄兰医生拍拍她的胳膊。“这只是一个计策，我不是来这里取血样的。在非洲还有月族人，我需要测试的话，可以找他们。”

欣黛把胳膊垂到膝盖上。“非洲？”

“是的，我就要去非洲了。”

“什么时候？”

“大约三分钟后。还有好多工作要做，在牢里干活很不方便，所以我决定去发现第一例蓝热病的地方，是在撒哈拉沙漠东部的一个小镇。”他在空中旋转着手指，仿佛指着一个真地图，“我希望能找到一些病菌的宿主，并说服他们来参与我的研究。”

欣黛把袖口放下来。“那您为什么来这儿？”

“也邀请你加入啊。当然，如果方便的话。”

欣黛皱着眉头。“天呐，谢谢，医生。我会查查日历。看看哪天我还有空。”

“林小姐，我希望你有时间。喏，给你一个礼物。实际上是两个礼物。”厄兰把手伸进袋子里，拿出一只金属手和一只金属脚，两件东西在明亮的灯光下都闪着金属的光泽。欣黛高兴得眉开眼笑。

“这是艺术品，”厄兰医生说，“全抛光，百分百钛金属。你瞧！”说完像一个拿着新玩具的孩子一样动动金属手指，露出里面的一个小电灯、一把尖细的刀子、一把自动伸出的手枪、一柄螺丝刀和一个万用连接线。“这是多功能的，麻醉飞镖在这里。”他打开手掌的格挡，露出里面的一打极细的飞镖。“一旦和你的线路匹配，你就可以方便地使用。”

“太……棒了。一旦我被枪口对准了，至少我也可以捎上几个。”

“没错！”他呵呵地笑起来。欣黛皱起眉头，有些不安，但厄兰医生忙着欣赏假肢，也顾不上她了。“我是专门为你做的，我参照了你身体的全息影像，确保尺寸合适。如果时间允许，我还会做出皮肤的，可万事不能求全啊，你说是不是。”

他把假肢递给她，她接过来仔细看着这精美的工艺，但心里却在暗暗担忧。

“别让卫兵看见了，不然我可就麻烦大了。”他说道。

“谢谢。在我活着的最后两天，我一定很乐意装上它们的。”

厄兰医生狡黠地笑了一下，朝牢房四周看看。“有趣，不是吗？这么先进，这么高级的技术水平，可就算最复杂的安保系统也不会考虑到要防备月族赛博格的。我猜，像你这样的人不多也是好事，不然我们就背上了越狱犯的坏名声。”

“什么？您疯了吗？”欣黛压低声音，厉声说道。“您是在说我应该逃跑吗？”

“说实话，这些日子我是有点疯。”厄兰医生挠挠自己满是皱纹的脸。“没办法，所有的生物电都没处可去，没地儿可用……”他顽皮地假装叹着气。“但是不对，林小姐，我不是让你试图逃跑，而是说你一定得逃跑。而且要快，一旦拉维娜来找你，你活命的机会就大大降低了。”

欣黛靠在墙上，开始感到头疼。“您看啊，我非常感谢您的关心，真的。就算我能逃出去，您知道拉维娜会有多么生气？您也说过，如果她不能得偿所愿，就会导致非常可怕的后果。因此不值得为我引起战争。”

听完后他眼镜片后面的眼睛睁得大大的，一瞬间，他看上去很年轻，甚至有点不稳重。“实际上，值得。”

她歪着头，斜眼看着他。也许他真的疯了。

“上周你在我办公室的时候，我就想告诉你了，可你要跑去看你的妹妹——啊，顺便说一句，你妹妹的事我很难过。”

欣黛咬着腮帮子。

“你瞧，不管怎样，我检查了你的脱氧核糖核酸排序，发现了你不仅是月族，不仅不是甲壳人，而且还有很好的遗传，也就是你的血统。”

欣黛的心跳加快了。“我的家庭？”

“是的。”

“怎么样？我有家人吗？我的父母，他们是……”她犹豫起来。当她终于说出口时，厄兰医生的眼中满含着悲伤，“他们死了吗？”

他摘下帽子。“对不起，欣黛，我本应该找个合适的时间跟你说的。是的，你的母亲已经死了。我不知道你的父亲是谁，他是否还活着。你的母亲，我可以这么说吗……是以私生活不检点而出名的。”

她的希望瞬间破灭了。“噢。”

“你还有一个姨妈。”

“一个姨妈？”

厄兰医生两手紧紧攥着帽子。“是的，就是拉维娜女王。”

欣黛吃惊地眨着眼睛。

“我亲爱的孩子。你就是赛琳公主。”

第三十八章　幽灵

寂静充塞在欣黛和厄兰医生之间的白色的、了无生气的空气中，也充塞着欣黛混乱的大脑，困惑的神情始终停留在她的脸上，挥之不去。“什么？”

医生把手放在欣黛的手上。“你是赛琳公主。”

她吃惊地向后闪身，“我不——什么？”

“我知道，这似乎很不可思议。”

“不，这似乎……根本不可能。您为什么要开这种玩笑？”

他温和地笑笑，又拍拍她的手。这时，欣黛感意识到眼中的显示器没有闪烁，让她感到痛苦的橘色显示灯也并没有出现。

她一时间感到手足无措。接着，她的目光落到自己脚踝上垂吊下来的空空如也的电线上。

“我知道你要接受这一切还需要时间，我希望这期间能一直陪伴在你身边，我一定会的。等你到了非洲，我会把一切你想知道的事情都告诉你。但是现在，你需要马上明白为什么不能让拉维娜把你带走，因为你是唯一一个能够替代她的人，你明白吗？”厄兰医生道。

她摇摇头，仍然不太明白。

“公主——”

“别这么叫我。”

厄兰医生焦虑地紧紧攥着膝盖上的帽子，说道：“好吧，林小姐，你听我说，我已经找了你很多年。我认识那个把你带到地球并给你做手术的月族人。我一直追踪他就是为了能找到你，但是那个时候，他已经疯了，我从他那里得到的唯一消息就是你在这里在东方联邦。我知道我要寻找的人是一个十几岁的赛博格——可是很多次我以为在找到你之前，在把这一切告诉你之前，我也会疯掉。可是，我终于找到了你——很突然地——就在我的实验室。这真实一个奇迹。”

欣黛抬起手，打断了他的话。“为什么？他们为什么要把我变成赛博格？”

“因为你的身体在大火中严重受伤，”他说道，仿佛答案显而易见，“你的肢体已经救不回来了，你能活下来就是个奇迹，而你能隐藏这么多年也是——”

“别说了，请不要说了。”她活动活动饱受摧残的手指，然后握住厄兰医生给她拿来的崭新的手。她看着牢房四周，感觉胸口憋闷难忍，头晕目眩，她闭上了眼睛。

她是……

她是……

“那征召，”她有气无力地说道，“你征召志愿者就是为了找到我，一个在东方联邦的……赛博格。”

厄兰医生也有些激动。当她鼓起勇气抬眼看他时，他的眼中也充满愧疚。“我们都需要做出牺牲，但是如果没有人阻止拉维娜的话——”

新的假肢从欣黛的手中滑落，她捂住了耳朵，把脸埋在膝盖上。征召志愿者。所有的赛博格。所有的人认为这是正当的行为，是赛博格超越人类的高尚行为。一旦成为科学研究项目，它永远就是科学研究项目。

而这一切只不过为了找到她。

“欣黛？”

“我快要吐了。”

厄兰医生把手放在她的肩上，但是她把他的手甩掉了。“这一切都不是你的错。而现在，我找到了你，我们可以一起行动来挽回一切。”他说道。

“怎样挽回？拉维娜就要杀死我了！”欣黛胸口起伏着。“等等，她已经知道了吗？”

她回想起拉维娜站在台阶上时的反应，当时她非常恐惧，愤怒，欣黛得到了答案。她又把脸埋起来。“噢，我的天，她已经知道了。”

“欣黛，你的魔力是独一无二的，与珊娜蕊女王的非常像。尽管我怀疑其他人并没有看出来，但拉维娜应该立刻就看出了你是谁，而拉维娜对这一点会尽可能保密，时间越长越好。当然，她也不会浪费时间的，她会杀了你。我敢肯定他们可能此时此刻就在商讨离开的事宜。”

欣黛感到口干舌燥。

“看着我，欣黛。”

她顺从地抬起头。尽管医生的蓝眼睛是如此的清澈晶莹，眼中充满同情，甚至可以让她感到宽慰，但她知道，他并没有操控她的大脑。出现在她面前的只是一个决心推翻拉维娜女王的老人。

一个把所有希望都放在她身上的老人。

“凯知道吗？”她低声说。

厄兰医生难过地摇摇头。“拉维娜在此期间，我一直不能接近他，而这也不是我能够发信息来传递的消息。在我看到他之前，拉维娜就会把你带走。另外，让他知道，他又能做些什么忙呢？”

“如果他知道，他就会放了我。”

“然后冒险让拉维娜把愤怒都转向整个国家？拉维娜会在你远没有夺回王位之前就杀了你。凯如果毫无计划地冲动行事，那他就太傻了。”

“但是他应该知道。他也一直在寻找她。寻找……他在寻找……”

“很多人都在寻找你。但是知道你的存在和助你登上王位是两码事。我为这一时刻已经计划了很长时间。我能帮助你。”

欣黛呆呆地看着他，内心十分慌乱。“让我登上王位？”

医生清清嗓子。“我知道你现在很害怕，而且也很困惑。别想太多。现在我要你做的唯一的事情就是从监狱里逃出去，我知道你可以做到。然后去非洲，其他的由我来安排。你一定要成功，我们不能让拉维娜得逞的。”

她说不出话来，甚至无法理解他要她干什么。一个公主？一个王位继承人？

她摇摇头。“不，我不行，我做不了女王或公主——我是个无名小卒，一个赛博格。”

厄兰医生握住双手。“欣黛，如果你不让我帮助你，那么就等于她已经得逞了，不是吗？不久，拉维娜女王就会把你带走，她也会设法跟凯结婚，成为皇后。然后她会对整个地球联盟发动战争，而我敢肯定，她会赢。许多人会丢掉性命，其余的人会像我们这些月族人一样成为奴隶。我想，如果你不情愿接受自己的身份的话，这就是大家悲惨的命运，然而却无可避免。”

“这不公平，你不能把这一切都算到我头上，然后指望我去拯救一切！”

“我没有，林小姐。我所要你做的就是从这里逃出去，然后到非洲与我会合。”

她张着嘴，眼睛直直地看着他，慢慢地理解了这些话。

从监狱逃走。

去非洲。

他这么说，似乎事情就简单多了。

医生一定是看到了她的表情变化，他又轻轻地拍拍她的手腕，然后，撑住咯吱作响的老关节站起来。“我相信你。”他说完，朝门口走去，敲敲格窗。“不管凯现在是否知道，他也相信你。”

牢房大门打开了，厄兰医生冲她很绅士地轻触一下帽边，然后就走了。

欣黛一直等到两个人的脚步声从过道里消失，才一下子瘫倒在地，浑身颤抖，两手捂住耳朵。她的大脑正在大量下载信息，都来不及梳理：旧报纸登载的关于公主消失的文章、对阴谋论者的采访记录、被大火夷为平地的育儿室的照片——正是在这里发现了她烧焦的皮肉。还有日期、统计数据、顺位继承者拉维娜登基加冕的文件。

赛琳公主的出生日期是第三纪元 109 年 12 月 21 日。比她一直认为的小差不多一个月。这不重要，是个无足轻重的细节，然而一瞬间，她强烈地感觉不知道自己是谁，应该是谁了。

接下来是关于征召赛博格志愿者的信息。所有应征者的名单在她眼前闪现，他们的名字、身份号码、出生日期、宣布死亡的日期，他们是为了东方联邦的利益而光荣献身的。

她听到了自己脑子里钟表的嘀嗒声。

当信息越来越多地涌入时，她感到心潮澎湃、义愤难平。苦水倒进她的嘴里，她又咽了下去。

拉维娜会来找她，她会被处决。这就是她的命运，她已经下定决心，做好了准备，她不要成为王位继承人，不要做女王，不要做救世主或者英雄。

她要坦然迎来即将到来的一切，不做任何反抗，这样事情就简单多了。

在纷乱杂沓的信息带着咔嗒声涌入她大脑的瞬间，很久以前那美好的一刻又回到了她眼前，她的心再次获得了宁静。

凯在市场时，那无忧无虑的微笑。

欣黛蜷缩起身体，关掉了网络。

噪音消失了，播放图像和视频的屏幕转为黑色。

如果她不去阻止拉维娜，那么凯又会怎样？

尽管她试图忘记这个问题，但它却一直萦绕在她的大脑中，挥之不去。

也许厄兰医生说的是对的。也许她应该逃跑，也许她应该试试。

她摸摸放在膝头的假肢，用手环住。她抬起头来，看着牢房门上的格窗。卫兵一直就没有把它关闭。

一阵刺痛穿过她的脊椎，一股奇妙的、新的电流在她的皮肤下流动，告诉她，她不再仅仅是一个赛博格了，现在是月族人。她能控制别人，让他们看到根本不存在的幻象、感觉到虚幻的事物、做本不想做的事情。

她可以是任何人，成为任何人。

这想法令她作呕，也令她害怕，但她决心已下，又恢复了平静。当卫兵走过来时，她已经做好了准备。

当她的手不再抖动时，她把短刀从镀钛的新机械手中拉出来，把刀刃对准自己的手腕。她之前割开的刀口还在，那时她想把身份卡取出来，免得被追踪。可这次，她不再有丝毫的犹豫。

不久，全世界的人都会搜寻她——林欣黛。

少了一只脚的畸形的赛博格。

一个身带偷来的身份卡的月族人。

一个无处可去、无人收留的技师。

但是，但他们要找的，也是一个幽灵。

图书在版编目（CIP）数据

月族 . 1 / (美) 玛丽莎 · 梅尔著；耿芳译 .
-- 北京：北京联合出版公司，2016.8
ISBN 978-7-5502-7890-5

Ⅰ . ①月… Ⅱ . ①玛… ②耿… Ⅲ . ①科学幻想小说
—美国—现代 Ⅳ . ① I712.45

中国版本图书馆 CIP 数据核字（2016）第 129411 号
北京市版权局著作权合同登记图字：01-2016-3894

月族 . 1

项目策划　紫图图书 ZITO®
监　　制　黄　利　万　夏
丛书主编　郎世溟

作　　者　［美］玛丽莎 · 梅尔
译　　者　耿　芳
责任编辑　昝亚会　夏应鹏
特约编辑　张耀强　高　翔
装帧设计　紫图图书 ZITO®

北京联合出版公司出版
（北京市西城区德外大街 83 号楼 9 层　100088）
北京嘉业印刷厂印刷　新华书店经销
220 千字　880 毫米 × 1230 毫米　1/32　11.25 印张
2016 年 8 月第 1 版　2016 年 10 月第 2 次印刷
ISBN 978-7-5502-7890-5
定价：39.90 元